KB269004

潛魔劍仙

잠마검선

김현영 新무협 판타지 소설
FANTASTIC ORIENTAL HEROES

잠마검선 1

김현영 新무협 판타지 소설

초판 1쇄 찍은 날 § 2009년 4월 20일
초판 1쇄 펴낸 날 § 2009년 4월 30일

지은이 § 김현영
펴낸이 § 서경석

편집장 § 문혜영
편집 § 이재권 · 서지현

펴낸곳 § 도서출판 청어람
등록번호 § 제1081-1-89호
등록일자 § 1999. 5. 31
어람번호 § 제2-1726호

주소 § 경기도 부천시 원미구 심곡2동 163-2 서경B/D 3F (우) 420-822
전화 § 032-656-4452 팩스 § 032-656-4453
http://www.chungeoram.com
E-mail § eoram99@chollian.net

ⓒ 김현영, 2009

ISBN 978-89-251-1776-8 04810
ISBN 978-89-251-1775-1 (세트)

潛魔劍仙
1
형산의 기재
潛魔劍仙
잠마검선
김현영 新무협 판타지 소설
FANTASTIC ORIENTAL HEROES
潛魔
劍仙

도서출판
청
람

目次

김현영입니다.

첫 번째 글인 만선문의 후예 이후 여러 날이 지나 다섯 번째 글, 잠마검선으로 여러분과 다시 만날 수 있게 되어 반갑고 기쁩니다. 글을 쓰는 시간도 허리가 뻐근할 때 외에는 꽤 즐거워 다른 어느 때보다 기쁜 나날을 보내고 있습니다.

언제나 글은 전 국민이 행복한 얼굴로 만족하며 읽을 수 있도록 써야겠다는 생각을 합니다. 어쩌면 광오한 생각일지도 모르지만 항상 생각은 더 크고 넓게 가져야 하는 법이니까요.

잠마검선이 세상에 모습을 드러내기까지 도움을 주신 분들에게도 이 자리를 빌어 감사의 마음을 전합니다.

처음 글을 썼을 때의 의식이 어떠했는지를 일깨워 주신 작가 풍종호님!

개인적으로는 팬이기도 하고, 항상 고맙게 생각하고 있습니다. 잠마검선을 쓰면서는 주인공의 정체성의 변화를 가져다줄 것을 고민하고 있을 때, 풍종호 월드의 미발표 설정집 '부전(不傳) 무심록(武心錄)' 에 한자리를 차지하고 있던 '혈마환' 을 끄집어내어 어려운 관문을 무난히 통과할 수 있도록 도와주셨습니다.

또한 청어람 사장님께도 진심으로 감사를 드립니다.

긴 공백 기간에도 마치 어제 보고 오늘 대하듯 편하게 맞아주셔서 열심히 글을 써야겠다는 마음을 끌어내 주셨습니다.

그 외도 여러모로 힘이 되어주신 분들, 일일이 열거하진 못해도 진심으로 감사드립니다.

그리고 끝으로 다시 글로 뵙게 된, 지금 이 글을 읽고 있을 독자님들께도 감사의 마음을 전합니다.

따스한 초봄의 햇살처럼 모든 분의 마음으로 따스함이 깃들길 바랍니다.

김현영

序(一)

호랑이 고기를 뜯던 영호선(令狐仙)이 문득 손을 멈췄다.

갑자기 가슴이 울컥한다.

손에 든 고기 한 점을 보니 잊고 있던 그날이 떠올라 버린 것이다.

"금마(擒魔)……."

그래, 금마 그놈만 아니었어도 삶이 이렇게 뒤죽박죽이 되지는 않았을 것이다. 물론 지금은 추억이 되었지만 스스로 원해서 만들어진 추억이 아니라는 점이 문제다.

"허허, 생각할수록 화가 나네."

영호선이 손에 든 고기를 내려놓았다.

호랑이 고기 맛도 떨어져 버렸다.

곧 영호선은 자리를 떨치고 일어났다.

"정말 생각할수록 화가 나잖아! 금마 이 자식을 내가 왜 잊고 있었지! 와우, 성질나네."

모든 일이 잘 마무리되었음에도 어쩐지 뭔가 찜찜하더라니.

그래, 그건 금마를 처리하지 않았기 때문이었어. 이제 알겠다는 듯 영호선이 눈을 빛냈다.

"금마 이놈을 잡아 죽여야겠어. 아니, 아니다. 그냥 죽일 순 없지. 놈에게도 멋진 추억을 만들어줘야 해. 일단 족히 일 년은 패고 시작해야겠지?"

이윽고 영호선의 신형이 한줄기 빛이 되어 창공(蒼空)을 갈랐다.

잠마혈성(潛魔血星)!

항마검선(降魔劍仙)!

두 상반된 별호를 지닌 영호선이 마지막으로 늙은 쥐를 잡기 위해 빛이 되었다.

序(二)

부르르.

동굴 안 어둠 속에서 금마는 무릎을 세우고 두 팔로 감싼
채로 정신없이 몸을 떨어댔다. 미친 듯이 도망 다닌 결과, 얼
굴은 더욱 늙고 초췌하기 이를 데 없었다.

금마는 알고 있었다.

언젠가는 잡힐 것이다. 벗어날 수 없다는 것을 잘 알고 있
다. 어느 누가 영호선의 손아귀에서 자기를 지켜줄 수 있겠는
가. 하지만 잡히고 싶지 않다.

부르르.

몸을 떠는 중에 영호선의 얼굴이 떠오르자 절로 긴 한숨이

쏟아진다.

"영호선! 마도(魔道)의 잠마혈성, 정파(正派)의 항마검선!"

제길, 아무 일 없기에 잊어버린 줄 알았거늘. 그런데 어느 날 갑자기 잡으러 다니고 있다. 이 나이 먹어 산야를 전전하며 언제까지 도망 다녀야 하는지 알 수가 없다.

금마는 잠시 헛된 상상을 불러왔다.

'다시 과거로 돌아갈 수만 있다면 얼마나 좋을까!'

금마는 과거로 돌아갈 수만 있다면 어느 지점이 좋을지 과거의 기억을 되돌아봤다.

"그때 영호선 그놈을 데리고 가는 것이 아니었어."

지금 와서 후회한들 무슨 소용이 있으랴.

하지만 그래도 자꾸만 후회가 끝없이 밀려든다.

"곡주가 족쳐 대지만 않았다면, 그날 영호선을 만나지 않았더라면, 그때 호랑이 고기에 호기심을 품지만 않았더라도, 아니, 그전에 혈마환 한 알을 찾아내지만 않았어도, 차라리 거리의 점소이를 잡아갔더라면……."

꼬리에 꼬리를 물고 후회가 이어진다.

당시 영호선은 그저 형산(衡山)의 애송이였을 뿐이다. 그때라면 이렇게 도망칠 필요도 없이 일장에 쳐죽일 수 있을 텐데. 현실은 일장에 쳐맞아 죽는 것이다.

돌아가고 싶다. 흑흑흑.

"정말… 돌아가고 싶어."

동굴 주인들인 박쥐 떼가 우르르 이동했다.

"아! 그때 형산파(衡山派)의 장문인이 조운 진인(造雲眞人)이었던가."

第一章
형산의 기재

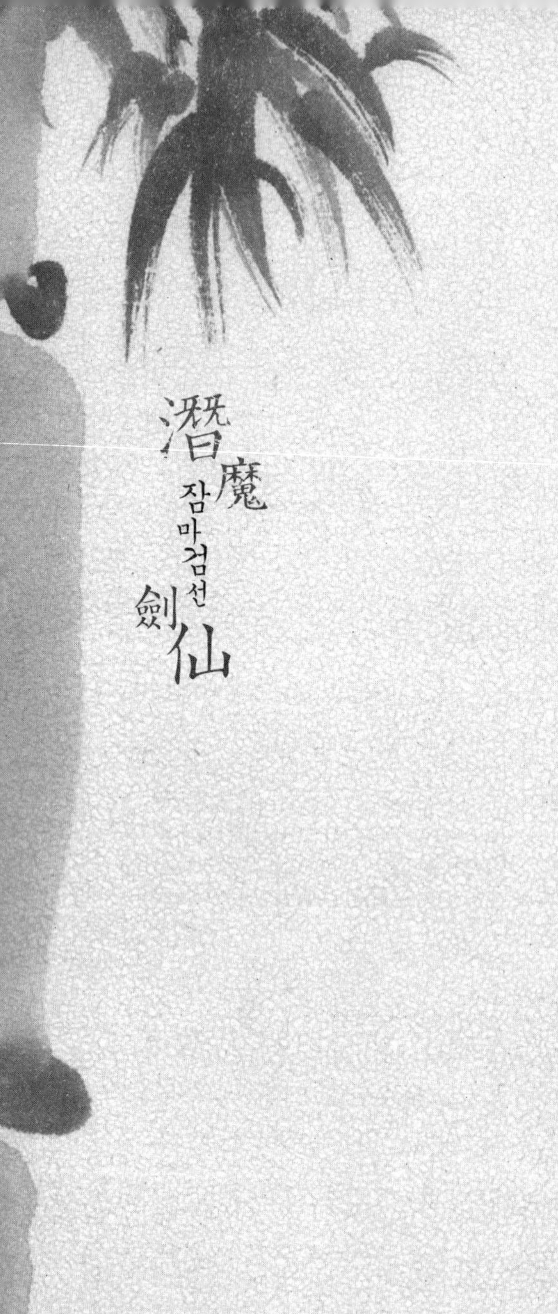

潛魔劍仙
잠마검선

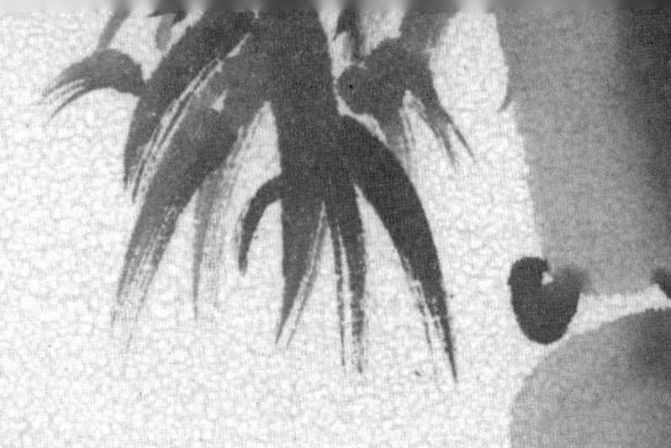

군자검 영호선!

어느 날 형산파 장문인 조운 진인이 영호선을 군자검이라 칭했다. 약관도 안 된 십칠 세의 제자에게 군자검이란 과도한 별호를 붙였으나 형산 문인 중 이에 토를 다는 이는 단 한 명도 없었다.

아니, 도리어 군자검이란 말조차 영호선을 표현하기엔 모자란다고 생각할 정도였다.

영호선은 형산에 입문한 십 세 때부터 남달랐다.

먼저 식사를 할 때는 일각가량 혼자 중얼거렸다. 처음에는 모두 주문을 외우는 줄 알았다. 사형들이 무슨 주문이냐고 했

을 때, 영호선은 단정한 어투로 음식에 대해 감사를 드렸다고
말했다. 어쩌다 육고기가 나오면 감사는 더욱 길어졌다. 심지
어는 눈물까지 뚝뚝 흘릴 지경이었다.

또 어느 날은 처소가 아닌 나무 위에서 잠을 자기도 했다.

이유인즉, 어미 새가 독수리에게 잡혀가 새끼들도 조만간
위험에 빠진다는 것이었다. 영호선은 결국 닷새 후 독수리를
생포했다. 모두들 어미 새의 복수를 위해 독수리를 맛있게 구
워 먹자고 했지만 영호선은 단호히 고개를 가로저었다.

"어머니께서 말씀하시길 모든 생명은 귀하다고 하셨지요.
이 독수리 또한 살기 위해서 어쩔 수 없었을 터이니 제가 앞
으로는 먹이를 주도록 하겠습니다."

그리곤 새장을 구해와 독수리를 키우기 시작했다.

이때가 열세 살 때였다.

영호선은 말투부터가 도대체 어린아이라고 할 수 없었다.
부처님이 현세에 나타나 형산에 입문했다는 말이 나돌았다.
혹은 소림에 가야할 제자가 형산에 잘못 온 것은 아닌가 고개
를 갸우뚱거리기도 했다.

새벽같이 일어나 사부인 청허자에게 절을 올리고, 천지와
동서남북을 향해 큰절을 올렸다. 문중 어른들과 사형, 사제들
에게 언제나 절도있게 예를 표했으며 사제들에게도 결코 하
대하는 일이 없었다.

그렇다고 예의만 바른 것은 아니었다.

무공을 익힘에도 천재적인 자질을 보여 형산에 입문한 지 사 년 만에 사형 중에 그 누구도 영호선을 제압하지 못했다. 그렇다고 영호선이 사형들을 제압했느냐면 그건 또 아니었다. 영호선은 사형 중 누구에게도 지지 않았지만 이기려 하지도 않았다. 사부와의 비무 때는 백 초가 되면 정확히 물러나 검을 거뒀다. 사부 청허자가 왜 검을 거두냐며 호통을 쳤을 때 영호선은 이렇게 말했다.

"제자가 어찌 사부님과 백 초를 넘게 대적할 수 있는지요. 그런 불경한 일은 할 수 없습니다."

청허자가 난리법석을 떨어도 소용이 없었다.

그래서 영호선의 무공이 어디까지 도달했는지 아무도 몰랐다. 늘 부처님의 대자대비한 미소를 띠고 있으니 언젠가는 자신이 부처라는 사실을 깨닫고 권능을 발휘하기 시작하면 그 누구도 적수가 될 수 없으리라 생각했다. 또 누군가는 이미 모든 힘을 발휘할 수 있으나 사용하지 않을 뿐이지 않겠느냐고 말했다.

*　　　*　　　*

초봄의 따사로운 햇살이 형산을 비추고 있었다.

그 햇살 속에 영호선이 있었다.

"열심이시군요. 소인, 진심으로 감복하였습니다."

영호선은 쭈그리고 앉아 땅을 쳐다보며 말했다. 땅엔 아무도 없었다. 시선이 향한 땅뿐 아니라 사방 어디에도 사람은 없었다.

"가슴이 벅차 숨을 쉬기가 어려울 지경입니다."

영호선은 손으로 심장 부근을 어루만졌다.

영호선의 생각에 이분은 삶이 곧 교훈 그 자체였다. 자신도 어느 정도 부지런한 삶을 살고 있다고 생각하는데 이분을 보고 있자니 부끄럽기 짝이 없었다. 교만이었구나. 나는 아직 멀었다. 영호선은 어머니의 말씀을 떠올렸다.

"천지만물 중 의미없는 것은 없고, 그중 무엇이라도 삶의 교훈을 담고 있지 않는 것이 없단다. 한낱 개미에게라도 말이다."

"어머니 말씀이 맞습니다. 제가 그 말씀을 잊고 개미님을 제대로 바라보지 못했습니다."

왜 진작 개미님을 찾아뵙지 못했던 것일까! 영호선은 눈을 반개하고 스스로를 질타했다. 땅을 바라볼 여유를 갖지 못했던 것일까? 아니, 난 지나치게 작은 분이라 무시했던 것이로구나. 아, 영호선아! 작은 것이 큰 것이고 큰 것이 작은 것인 이치를 담고 있는 만물이 얼마나 많은지 잊었단 말이냐!

영호선은 한차례 탄식하고, 이내 그 자리에 무릎을 꿇고 큰

절을 올렸다.

"개미님은 저의 스승이십니다. 가르침을 베풀어주신 은혜, 잊지 않고 더욱더 부지런한 삶을 살겠습니다."

영호선의 머리맡에 한 마리의 개미가 제 몸보다 세 배는 큰 먹이를 등에 지고 열심히 움직이고 있었다.

그러다 영호선이 절을 끝내고 그 앞에 무릎을 꿇자, 개미가 걸음을 멈췄다.

영호선이 말했다.

"스승님, 하명하십시오."

…….

"역시 입이 무거우시군요. 제자는 영호선입니다. 본 제자의 꿈은 백여 년 전의 정파 최고수이신 검절님과 같이 되고자 하는 것입니다. 개미 스승님의 부지런함을 본받아 더욱 정진하여 반드시 꿈을 이루도록 하겠습니다."

…….

개미는 여전히 꿈쩍도 하지 않았다.

영호선은 스승님께서 아무 대답도 없자 걱정하시는 바를 이내 알아차렸다. 스승님께서는 꿈에 대해 염려하고 계시는 것이로구나.

생각이 거기에 미치자 영호선은 즉시 머리를 조아렸다.

"스승님, 너무 염려치 마십시오. 제가 검절님을 마음에 담고 있지만 큰 힘을 가졌다고 하여 의와 협, 약한 자를 불쌍히

여기고, 천지만물에 예를 갖춤은 언제라도 마음 가득 품고 있
겠습니다."

개미가 바쁘게 다리를 움직였다.

영호선은 고개를 끄덕였다. 역시 개미 스승님의 염려는 무
공의 극을 추구하는 와중에 순수한 마음을 잃어버릴까에 대
한 부분이었다. 영호선은 스승님의 가르침을 새기고자 지그
시 눈을 감았다.

그때였다.

"영호 사형! 영호 사형!"

맑고 청아한 목소리였다.

영호선이 '홍미미 사매님?' 하고 중얼거렸다.

몸을 일으켜 바라보니 사매가 신법을 펼쳐 한달음에 달려
오고 계셨다.

"홍 사매님, 어서 오십시오."

영호선이 허리를 숙여 예를 갖췄다. 얼굴엔 부처님의 대자
대비한 미소가 그윽이 떠올랐다.

맑고 청아한 목소리만큼이나 귀엽고 귀티나는 얼굴의 홍
미미는 사형의 존대가 어색할 법도 하건만 이미 익숙해질 대
로 익숙해졌는지 크게 개의치 않는다는 듯 바로 팔을 잡아끌
었다.

"사형, 우리 만두 먹으로 가요."

홍미미의 눈이 반짝거렸다.

"만두 말입니까?"

"약 사형이 그러는데, 화월반점에 새로 주방장이 왔는데 만두 빚는 솜씨가 예술이라잖아요. 손님도 말할 수 없을 만큼 넘쳐 난데요."

영호선은 잠시 망설였다.

어떻게 해야 할까? 방금 개미 스승님의 가르침을 받았다. 곧바로 실행에 옮기지 않으면 스승님께서 필시 노여워하실 것이다.

"저기, 사매님……."

홍미미가 입술을 삐죽 내밀었다.

"나 울어버릴 거야."

영호선은 숨을 크게 들이마셨다.

어찌한다. 눈물이 그렁그렁하다. 하아, 수련은 다녀온 뒤에 하더라도 사매님의 눈물은 다시 주워 담을 수 없지 않는가.

"가시죠, 사매님."

"꺄악! 좋아!"

홍미미가 펄쩍거리자 영호선도 마음이 한결 가벼워졌다. 하지만 한편으로는 개미 스승님께 죄송스러움을 금할 길이 없었다.

"사매님, 잠시만 기다려 주십시오."

영호선은 안력을 돋워 조그마한 스승님을 찾았다.

스승님이 보였다. 여전히 스승님은 꾸준하셨다.

즉시 영호선이 큰절을 올렸다.

"스승님, 제자는 만두를 먹고 와야겠습니다. 그 이후 스승님의 가르침을 따르겠습니다."

홍미미가 눈을 동그랗게 떴다.

"사형, 누구한테 말하고 있어요?"

"네, 사매님. 오늘 뵙게 된 개미 스승님이십니다."

영호선은 개미 스승님을 손으로 가리키며 말했다.

홍미미가 멍해져 눈을 천천히 세 차례를 깜박였다.

영호선이 말했다.

"스승님, 이쪽은 어여쁘고 상냥한 제 사매님입니다. 사매님도 스승님께 인사드리시지요."

홍미미는 넋이 나가 버릴 것 같았지만 사형이 자기를 소개할 때 어여쁘고 상냥하다고 하자 갑자기 기분이 좋아져 아무려면 어떤가 하고 생각했다. 온갖 것이 사형에겐 스승이 아니었던가.

"안녕하세요. 저는 홍미미랍니다. 잘 부탁드려요. 호호호호!"

홍미미는 말을 해놓고도 스스로가 미친 것 같아 웃지 않을 수가 없었다. 사형이 구름과 비와 번개와 풀과 나무와도 서슴없이 이야기를 나누는 것은 잘 알고 있었다. 언제 봐도 이해할 수 없는 상황이지만 자신이 직접 인사까지 한 것은 처음이었다.

"사형, 또 스승님을 모신 거예요? 지난번엔 꿀벌이었죠?"

"네. 사매님은 기억하고 계시는군요."

홍미미의 말을 듣자니 영호선은 아련히 꿀벌 스승님이 떠올랐다. 꽃과 꽃이 서로 이별한 것을 꿀벌 스승님은 부단히 움직이면서 꽃님들의 자손이 번창하게 하고자 노력하셨다.

"꿀벌 스승님들! 잘 계시겠죠?"

"사형, 어서 가요."

홍미미가 세차게 잡아끌었다.

이대로 두면 수개월 전의 스승까지 계속 떠올리게 될 것은 불을 보듯 뻔한 일이었다.

영호선이 고개를 끄덕였다.

"네, 그럼 가시죠."

신법을 펼쳐 형산을 내려온 두 사람은 곧바로 화월반점을 찾아들어갔다.

반점은 북새통이었다. 마침 때가 점심시간이었던 탓도 있지만 그걸 감안하더라도 반점 입구엔 열 명 정도가 차례를 기다리고 있었다.

"정말 맛있나 보군요."

영호선이 줄에 맞춰 서며 말했다.

홍미미는 득의양양한 표정을 지었다.

"이게 바로 맛이 기가 막힌다는 증거인 거죠."

한참을 기다려 차례가 오자 점소이가 자리를 안내했다.

"손님, 죄송합니다만 워낙 손님이 많은 시간인지라 합석을 하셔야 하는데 괜찮겠는지요?"

영호선이 미소를 지었다.

"물론 괜찮다마다요. 마음 쓰지 마십시오."

점소이가 안내한 자리에는 먼저 두 사람이 앉아 있었는데, 이제 일곱 살 정도 되어 보이는 아이와 어머니로 짐작되는 중년 여인이었다.

영호선은 정중히 고개를 숙이고 자리에 앉았다.

주문은 홍미미가 했다.

"귀여운 아드님입니다."

영호선이 부인을 향해 말했다.

부인은 빙긋 웃고는 아들의 머리를 쓰다듬었다.

"고맙습니다. 아직 철이 없지만 착한 아이랍니다."

부인은 젊은이의 용모가 영준하고 눈빛은 맑은 호수 같으며, 입가엔 부처님의 미소가 가득해 귀한 집 자제라고 생각하고 있었는데 아들을 칭찬하자 절로 기분이 좋아졌다.

아이가 어머니를 보며 말했다.

"엄마, 이 아저씨, 닮았어요."

"얘야, 누굴 닮았다는 거니?"

“얼마 전 금산사에서 본 부처님하고요. 웃는 게 똑같아요.”

보는 눈이 다들 같은 모양이다. 아들의 말에 부인이 고개를 끄덕였다.

“네 말대로 정말 그렇구나. 너도 이분처럼 자비로운 사람이 되어라.”

“네.”

그때 점소이가 먼저 온 부인과 아이 쪽에 만두 두 접시를 놓으며 ‘맛있게 드십쇼’ 라고 말했다.

“저희 먼저 식사를 하겠습니다.”

부인의 말에 영호선과 홍미미가 빙그레 웃으며 고개를 끄덕였다.

홍미미는 만두를 먹고 싶은 마음에 군침을 흘렸고, 영호선은 지그시 눈을 감았다.

영호선은 그사이 아까 개미 스승님의 모습을 떠올리고 있었다. 여섯 개의 다리를 부지런히 움직이던 그 모습.

‘음, 내일부터는 개미 스승님처럼 기어 다녀볼까? 쌀가마니도 구하면 좋겠구나. 가마니 세 개면 개미 스승님도 흡족해하시겠지?

쨍그랑!

영호선은 쌀가마니를 누구에게 부탁할까를 생각하다 접시 깨지는 소리에 눈을 떴다.

“어이쿠, 손님! 죄송합니다. 죄송합니다.”

영호선이 보니 점소이가 탕국을 엎질러 그만 중년 사내의
옷에 쏟고 만 것이었다. 반점 내 모든 사람의 시선이 점소이
와 사내에게 쏠려 있었다.
“이 새끼가 감히 내가 누군 줄 알고!”
중년 사내는 인상이 험악하고 허리엔 칼을 차고 있었는데,
곧바로 서슬 퍼런 칼을 빼 들었다. 점소이가 사시나무 떨 듯
떨고 손님들이 놀라 젓가락을 멈췄다.
“살, 살려주십시오, 대인. 제가 잘못했습니다.”
중년 사내가 점소이의 목에 칼을 겨눴다.
“이 옷은 비싸기가 이를 데 없거늘, 아무래도 넌 오늘 목숨
으로 값을 치러야겠다.”
영호선은 고개를 가로저었다.
‘성격이 매우 급하신 분이로구나. 차분히 말하는 법을 배
우지 못하신 모양이야. 안타까운 분이로다.’
또 점소이를 보니 점소이도 해결 방법을 모르고 있는 듯 보
였다. 영호선은 왜 간단히 해결하지 않고 한 명은 떨고 있고
한 명은 칼을 뽑아 드는지 이해할 수가 없었다.
“칼을 치우시오! 옷을 버렸기로서니 너무 지나치지 않
소!”
영호선이 막 몸을 일으키려 할 때였다.
중년 사내의 맞은편에 앉은 두 청년 중 하나가 내지른 소리
였다.

"오호, 협객의 등장이로군."

중년 사내가 이기죽거렸다. 하지만 여전히 칼을 점소이의 목에서 떼지 않고 있었다. 점소이는 덜덜 떨다가 결국 바지를 적시고 말았다. 점소이의 발아래로 물기가 번졌다.

청년이 말했다.

"나는 만운세가의 백이청이오. 옷값은 내가 변상해 드리겠소이다."

중년 사내가 '오호' 하는 표정을 지었다.

"백 공자셨구려. 옷값이라……. 좋소. 정 그렇다면야 싸게 금 한 냥으로 합시다."

영호선은 고개를 갸웃했다.

반점도 술렁였다. 은 한 냥도 지나치게 과할 정도인데 금 한 냥이라니 억지도 이런 억지는 처음 봤다는 표정들이었다.

"대체 무슨 소리를 하는 것이오?!"

백이청이 소리쳤다.

"아깝다? 그럼 어쩔 수 없지. 점소이의 목을 날린 후 그에 해당하는 정적 금액을 협상할 수밖에. 이게 바로 우리 용천방의 방식이지."

용천방!

중년 사내의 말이 떨어지기가 무섭게 반점이 삽시간에 고요해졌다.

용천방은 근자에 위세를 떨치고 있는 정사지간의 방파로, 모든 것을 합법적으로 처리하는 듯하면서도 실제로는 틈이 보이면 악랄한 면모를 드러내는 이들이었다. 바로 지금처럼 시빗거리가 생기면 그 시비를 토대로 돈을 뜯어내는 데 주저함이 없었다. 반점 내 손님들도 그런 소문을 들어왔기에 모두들 침 한 번 제대로 삼킬 생각을 못하고 있었다.

백이청과 그 옆 청년 또한 용천방이란 말에 긴장한 표정이 역력했다.

그러나 산중에서 수양과 수련에 몰두한 영호선은 용천방이 무엇을 하는 곳인지 전혀 알 수가 없었다. 구파일방이나 십대세가, 마도의 굵직한 이름들은 알고 있었지만 용천방은 들어보지 못했다.

영호선이 고개를 돌려 물었다.

"사매님, 용천방이 어떤 곳입니까? 용이 목욕한 물을 파는 곳입니까?"

홍미미도 사정은 마찬가지였다.

"저도 잘 모르겠어요. 하지만 지금의 모습을 보니 꼭 사파의 한 세력 같은걸요. 물을 팔 것 같진 않아요."

"그렇군요."

영호선이 고개를 끄덕이는데 맞은편에 앉은 아이가 곧 울음을 터뜨릴 것 같은 기세로 엄마의 팔을 붙잡고 '엄마 무서워. 집에 가' 라고 작게 중얼거리고 있었다. 그러자 부인이 아이를 꼭 끌어안았다.

영호선이 손을 뻗어 아이의 머리를 쓰다듬었다.

"꼬마님, 염려 마십시오. 소인이 만류해 보겠습니다."

그리고 홍미미를 향해 말했다.

"사매님께는 이 두 분을 부탁드리겠습니다. 놀라셨을 테니 집까지 바래다주시지요."

"사형, 어쩌려고요?"

"아무 염려 마십시오. 사매님은 절 믿으십시오."

"사형, 저는 그런 염려가 아니라⋯⋯."

"네, 무슨 말씀인지 잘 알겠습니다."

영호선은 두 모자에게 가볍게 고개를 숙이고 중년 사내 앞으로 걸어갔다.

중년 사내는 저만치 탁자 쪽에서 중얼거리는 소리가 들리고 이어 한 청년이 걸어오자 가소롭다는 표정을 지었다.

"넌 또 뭐냐?"

"저는 영호선입니다. 용천방의 고수님이셨군요. 혹시 물을 팔고 계십니까?"

"뭔 개소리냐? 물을 팔다니?"

"그럼 혹시 사마외도이신지요?"

"이 망할 놈아, 용천방은 사마외도가 아니다."

"아, 다행입니다. 하마터면 손을 쓸 뻔했습니다. 그럼 이제 제가 빨아드리겠습니다."

"뭘 빨아, 이 자식아!"

중년 사내는 얼굴이 시뻘겋게 달아올랐다.

어린놈이 부처님 미소를 지으며 물어오는데 이상하게 대답이 술술 나오는 것이 스스로가 생각해도 화가 치밀었다. 그리고 이젠 느닷없이 뭘 빨아주겠다니.

맞서던 만운세가의 백 공자도 뭔가 상황이 괴이하게 돌아간다고 생각하고 있었다. 인근에는 용천방을 모르는 이가 없을 지경인데, 용천방에 물을 팔고 있느냐며 묻는 것이며, 말투를 보아 조롱하고 있는 듯싶은가 하면 진심이 가득 담겨 있는 것도 같았다.

반점 내 손님들도 생각은 비슷해 모두 어리둥절하긴 마찬가지였다.

이때 영호선은 문제를 간단히 해결할 수 있겠다고 생각하는 중이었다. 마도가 아니고 물도 안 판다면 단순히 성정이 불같은 분인 것이다.

영호선이 말했다.

"제가 어릴 적에 옷이 더러워진 적이 있었습니다. 제가 어머니께 옷이 더러워졌어요, 라고 하자 어머니께서 말씀하셨습니다. 애야, 더러워진 옷은 빨면 된단다. 그래서 전 옷을 빨았고, 곧 옷은 신기하게도 본래대로 깨끗해졌습니다. 그러니 옷을 벗어주시면 제가 바로 빨아드리겠습니다."

용천방의 중년 사내는 일순 멍해져 할 말을 잃어버렸다. 백이청도 반점 안의 손님들도 상태는 마찬가지였다. 다만 홍미미만이 손으로 이마를 짚고 한숨을 내쉴 뿐이었다. 용천방인지 뭔지가 사형 손아귀에 떨어졌으니 그의 불행은 시작되었다고 해도 과언이 아니었다.

"이 새끼가 죽고 싶어 환장을 했구나."

중년 사내가 칼을 영호선의 목에 댔다.

영호선이 고개를 저었다.

"아, 고수님께서는 싸우고 싶으시군요. 좋습니다. 이곳은 손님이 많고 자리가 협소할 뿐 아니라 장사도 해야 하니 밖으로 나가는 것이 좋겠습니다."

그렇게 말하고 영호선이 몸을 돌리며 중얼거렸다.

"싸우길 원하시니 싸운 뒤에 옷을 빨아드려야겠다."

중년 사내는 어처구니가 없어 칼을 들어 찌르는 것조차 잊어버렸다. 멍해져 버린 것은 비단 중년 사내뿐만이 아니었다. 반점 내의 거의 모두가 그 소리를 들은 것이다.

그저 홍미미만이 고개를 가로젓고 한숨을 내쉴 뿐이었다.

해가 뉘엿뉘엿 저물었다.

반점에서 멀지 않은 작은 공터에서 시작된 승부는 점심 무렵부터 지금까지 계속되는 중이었다.

용천방의 중년 사내는 완전히 녹초가 되어버려 당장에라

도 드러눕고 싶은 마음이 간절했다. 온몸은 땀으로 범벅이었고, 평소 가볍다고 느끼던 칼이 수만 근 같았다.

"헉헉헉!"

'이 새끼, 도대체 정체가 뭐야?

언행이 공손하기 이를 데 없는 것도 그렇고, 아무리 살초를 펼쳐도 맨손의 적을 쓰러뜨릴 수가 없었다. 처음에는 정말이지, 칼질 몇 번에 엎드려 빌며 목숨만 살려달라고 할 줄 알았다. 하지만 일각이 지나고, 일식경이 지나고, 다시 한 시진이 지나도 쓰러지지 않았다. 곧 베어버릴 수 있을 것 같은데 놈은 아슬아슬하게 매번 피하는 것이다.

내력은 바닥을 드러내고, 손가락조차 꿈쩍할 수 없건만 놈은 처음과 다름없이 대자대비한 부처님의 미소를 짓고 있다. 힘들어서 칼을 짚고 숨을 몰아쉬고 있으면 공격하지 않고 기다려 주기도 했다.

당장에라도 그만두고 싶었지만 그렇기도 쉽지가 않았다. 매번 쉴 때마다 '이제 옷을 벗어주시죠' 라고 말하는데 주변의 보는 눈도 많고 용천방을 밝히기까지 한 마당에 스르르 옷을 벗을 수는 없는 노릇이 아닌가 말이다.

차라리 제압을 당한다면 '그래, 어쩔 수 없었어' 라고 마음의 핑계라도 될 텐데 이길 재주가 없는 것인지 이길 마음이 없는 것인지도 헷갈렸다.

'이 씨발 새끼, 정말 무슨 생각인 거야?

답답한 것은 만운세가의 공자 백이청도 마찬가지였다.

백이청은 낯선 청년이 곤란함을 홀로 뒤집어쓰려 하자 걱정이 되어 지켜보게 되었는데, 처음의 걱정 대신 지금은 지켜워 미칠 것만 같았다. 그렇다고 그냥 돌아가는 것도 예의가 아닌지라 보고 있을 수밖에 없으니 이러지도 저러지도 못하고 그저 답답함만 쌓여갈 따름이었다.

반면 홍미미는 꾸벅꾸벅 졸고 있었다. 모자를 집까지 바래다주고 돌아와 보니 아니나 다를까, 걱정했던 일이 벌어지고 있었다. 애초에 사형이 지거나 하는 걱정 따윈 없었다. 오직 시간이 오래 걸리지 않았으면 하는 한 가지 바람뿐이었다. 그래서 지금 그녀가 할 수 있는 일이라곤 지루함을 견디다 못해 조는 것이 전부였다.

"용천방의 고수님, 계속하시겠습니까, 벗으시겠습니까?"

영호선이 반듯하게 선 채로 말했다.

석양이 드리워져 백의가 붉게 번져 있었다.

"이 새끼야, 뭘 자꾸 벗어!"

중년 사내가 역정을 냈다. 하지만 입을 여는 것조차 힘들다는 표정이었다.

영호선은 눈을 지그시 감고 손으로 턱을 어루만지며 생각에 잠겼다.

'아무래도 더 이상 싸우는 건 무리가 있겠어. 고수님이 많이 힘들어하시니 이만 정리하는 게 낫겠다.'

아까부터 고수님의 다리가 후들거렸다. 이 정도면 고수님도 싸우고 싶은 마음을 충분히 해소했을 것이리라.

영호선은 생각을 정리하고 몸을 돌렸다.

"사매님, 일어나십시오. 이제 돌아가시죠."

이어 백이청을 향해 공손히 고개를 숙였다.

"소인은 영호선입니다. 만운세가의 백 공자님의 행동을 보고 많은 것을 배울 수 있었습니다. 다음에 기회가 된다면 다시 뵙고 가르침을 받고 싶습니다."

영호선은 약한 자를 돕고 협을 행하는 이를 진심으로 존중했다. 비록 백 공자가 간단히 옷을 빨겠다고 말하지 않는 점이 의아하긴 했지만 그 마음만큼은 본받을 만했다.

"저 또한 오늘 견문을 넓힐 수 있어서 기뻤습니다. 언제 시간이 나시면 만운장을 찾아주십시오."

백이청은 그제야 웃었다.

이 지루한 대결이 이제야 종지부를 찍은 것이다. 어린 사람에게도 존댓말을 하고, 사문은 모르겠으나 사매라는 여인에게도 하대하지 않는 괴이함에, 무공도 높고 외모 또한 영준하고 눈이 맑다. 나이는 자신이 더 많은 듯하지만 강호의 친구로 삼고 싶다는 생각이 들었다.

"네, 그리하겠습니다. 백 공자께서도 형산에 들러주시면 저 또한 기쁘게 맞겠습니다."

백이청이 놀라 입을 벌렸다.

“형산파셨군요.”

무공이 강한 것이 바로 이해됐다. 게다가 구대문파 중 하나의 제자가 이렇듯 겸손할 줄은 꿈에도 생각지 못했다. 오늘의 기다림이 결코 헛되지 않았던 것이다.

“네.”

영호선이 대답했다.

그 시인하는 소리에 용천방의 중년 사내는 얼굴을 와락 일그러뜨렸다. 얽히지 말아야 할 사람과 얽히고 말았다. 용천방이 위세를 떨친다 한들 어찌 형산파와 견줄 수 있겠는가. 용천방의 강령 중 한 가지는 구파일방과 오대세가와는 문제를 일으키지 않는 것이었다. 비록 자신이 용천방의 부단주라고 해도 예외는 아니었다. 이제 해야 할 일은 신속히 이 자리를 뜨는 것이었다.

“난 이만 가겠다. 점소이나 백 공자의 일은 재수가 없었던 것으로 칠 테니 그리 알아라.”

“잠시 기다려 주십시오.”

막 달아나려던 중년 사내가 멈췄다.

“뭐냐?”

“옷을 빨아야 합니다.”

“제길, 됐다니까!”

중년 사내는 기죽지 않으려 노력했다. 하지만 스스로가 생각해도 말투가 어눌해지고 있는 것을 느낄 수 있었다.

영호선이 고개를 저었다.

"그건 옳지 않습니다."

스윽!

영호선이 신형을 움직였다. 그리고 어느새 손으로 마혈을 제압했다.

중년 사내가 눈을 부릅떴다.

몸이 빳빳하다. 움직이는 것을 보지 못했다. 순간적으로 이 장여를 좁혀 들어와 혈도를 찍어버린 것이다.

머리가 어떻게 돼버릴 것 같았다. 이 정도의 실력을 가지고 있으면서 도대체 지금까지 왜 시간만 질질 끌었단 말인가! 왜 그동안 공격을 안 한 거냐!!

"뭐, 뭐지? 이게 무슨 짓… 니까!"

당혹스러움에 말이 멋대로 튀어나왔다. 항의는 해야겠고, 상대의 무공이 높아 존대도 해야겠고, 머리가 복잡하게 꼬인 탓이었다.

영호선이 말했다.

"무례를 용서하십시오. 옷을 빨기 위한 것일 뿐 다른 생각은 없습니다. 사부님께서는 이런 말씀을 하셨습니다. 책임을 져야 할 문제가 생기면 반드시 끝까지 최선을 다해야 한다. 전 그 말씀이 옳다고 느끼고 있습니다. 사매님, 가시죠."

영호선이 중년 사내를 옆구리에 끼었다. 그 상태로 백이청에게 살짝 목례를 한 영호선이 신형을 날렸다. 그 뒤를 홍미미가 따랐다.

　순식간에 멀어져 가는 세 사람을 백이청이 멍한 눈으로 바라봤다. 용천방 사내가 마구 비명을 질러대고 있었다.

　중년 사내의 이름은 염아백으로 그는 용천방의 악룡단 부단주였다.

　그는 지금 영호선이 빨래하는 것을 잡혀온 닭처럼 지켜보고 있었다.

　그리고 그 광경을 또 형산의 제자들이 신기한 듯 구경하는 중이었다. 못 잡아도 이십 명이 넘었다.

　염아백은 하도 식은땀을 쏟아 이젠 흘릴 식은땀도 없었다.

　척척척!

　정말 씩씩한 빨래질이었다.

　영호선이 손을 부지런히 놀리면서 말했다.

　"때가 잘 안 지는군요."

　그 말에 곧바로 응원이 붙었다.

　"사형, 잿물을 더 묻혀요."

　"사제, 한 방향으로만 하지 말고 이리저리 돌려가면서 해야 때가 잘 져."

　"사숙, 제가 해드릴까요?"

영호선은 형산 장로 중 한 명인 청허자의 제자였기에 배분이 높았다. 형산의 제자 중 장로 급 배분의 제자들과 이대제자들까지 우르르 몰려 있는 것이다.

영호선이 손을 쉬지 않은 채로 말했다.

"아닙니다. 제가 해야죠. 용천방의 고수님, 조금만 기다려주십시오."

사방은 어둠이 내려앉고 있었다.

염아백은 미쳐 돌아가실 지경이었다. 빨래가 다 되면 또 말린다고 시간을 보낼 것이 분명했다. 머리가 희끗한 사람만 봐도 심장이 오그라들었다. 까닥 잘못하면 오늘 형산에서 자고 가야 할지도 모를 일이었다. 아니, 안 자면 수혈을 찍어 재워 버릴 것 같았다. 그러다 용천방 사람이라며 트집을 잡으면 영영 형산을 못 떠날 수도 있는 일이다.

아까부터 형산의 어린 제자들이 자기들끼리 용천방이 뭐 하는 곳이냐며, 개방하고 비슷하냐고 묻는가 하면, 그에 대해 답을 한답시고 혹시 용을 잡으러 다니는 사람들인가 하는 웃기지도 않는 이야기를 나누고 있기도 했다.

그때였다.

"아, 다 됐다."

영호선이 환한 미소로 일어섰다.

염아백은 옷을 낚아채 젖은 채로 입고 도망가고 싶었다. 그러나 그럴 일은 일어날 수도, 일어나지도 않을 것 같았다.

역시 영호선은 실망시키지 않았다.

"하하하, 이제 말려야겠습니다."

"아니, 저 이제……."

"겸양하지 않으셔도 됩니다. 제가 곧 말려 드리겠습니다. 한 번도 해보지 않아 잘 될지 모르겠습니다만 시도를 해보겠습니다."

곧 말려준다는 말에 염아백은 무슨 소린가 내심 고개를 갸웃했다. 좋기는 한데 무슨 수로 옷을 바로 말린단 말인가.

미간을 좁히고 지켜보던 염아백은 아랫입술을 깨물어야 했다. 영호선이라는 작자가 이제야 비로소 화가 났다는 듯 옷을 양손에 마구 구기고 있었기 때문이다.

'씨팔, 화나 버렸네, 화나 버렸어.'

염아백은 진심으로 울고 싶어졌다. 어쩐지 부처님의 미소가 의심스럽더라니. 오늘 일은 그저 장난을 친 것임이 틀림없었다.

그런데 그때였다.

부스스.

구겨진 옷에서 수증기가 피어올랐다.

염아백은 침을 꿀꺽 삼켰다. 보고도 믿을 수가 없었다.

'서, 설마… 이건…….'

그는 곧바로 자신의 말이 틀리지 않았다는 것을 확인할 수 있었다.

"와아, 사형! 삼매진화로군요!"

"사제, 삼매진화로 옷을 말리는 건 낭비다, 낭비!"

지켜보던 형산의 제자들이 각기 한마디씩 던진 것이다.

염아백은 자신이 도대체 오늘 무슨 짓거리를 한 것인지 손을 들어 자신의 뺨을 후려갈기고 싶을 지경이었다.

삼매진화라면 옷이 타버려야 한다는 것이 염아백의 상식이었다. 그런데 얼마나 무공이 고절하면 그걸 조절해 삼매진화로 젖은 옷을 말리고 있단 말인가.

이윽고 영호선이 옷을 쭉 펴 손바닥으로 후려쳤다. 그러자 옷이 장력에 맞아 활짝 펴지기를 반복했다. 이내 옷은 구김이 완전히 사라졌다.

"자, 이젠 된 것 같습니다. 기다리시느라 고생 많으셨습니다."

영호선이 공손히 염아백에게 옷을 건넸다.

염아백이 옷을 받아 들었다. 온몸이 후들거렸다.

"가, 감사합니다."

"자, 이제 마음 편히 돌아가십시오. 혹시라도 훗날 빨래하기가 귀찮다거나 때가 잘 안 지는 빨래가 있거든 언제든지 형산으로 찾아와 주십시오. 제가 정성을 다해 빨래를 해드리겠습니다. 아, 그리고 오늘은 이미 저녁이 되었으니 제 방에서 주무시고 가는 것이 어떻겠습니까? 넓고 조용해 잠을 자기가 좋습니다. 불편하시면 전 밖에서 자도 되니 그리하시지요."

염아백은 사정없이 머리를 저었다.

"저, 전 저녁에 따로 처리해야 할 일이 있습니다. 마, 마음만으로도 그저 감사할 따름입니다."

"음……."

영호선은 지그시 눈을 감고 생각에 잠겼다.

'이대로 보내 드려야 하는 것일까?

원래 영호선은 빨래를 해드리고 함께 식사도 하고 잠도 자면서 이런저런 이야기를 나눌 생각이었다. 낮에 보았을 때 용천방의 고수님이 아직 말하는 법과 성정을 다스리는 법을 익히지 못한 듯하였기에 도움을 드리고 싶었던 것이다. 그런데 급한 일이 있는 듯하니 또 붙들기도 난처했다. 어찌한다.

영호선이 눈을 떴다.

"그럼 돌아가십시오. 그전에 한 가지만 약속해 주십시오."

"말씀하십쇼."

염아백은 마음을 졸이다 냉큼 대답했다.

"다음번에도 오늘 같은 일이 벌어지거든 너그럽게 웃어주십시오. 미소가 끝나기 전에 저절로 아무 일도 아닌 것같이 느껴지실 겁니다."

"마음에 새기겠습니다."

"그럼 다음에 꼭 빨랫감을 들고 오시길 고대하고 있겠습니다."

영호선이 공손히 머리를 숙였다.

염아백도 덩달아 조아렸다.

영호선이 총총히 걸음을 옮기자, 구경하고 있던 제자들도 삼삼오오 흩어져 오로지 그 자리에 남은 건 염아백뿐이었다.

염아백은 홀로 남아 바람을 맞았다.

머릿결이 휘날렸다.

순식간에 방치되었다. 아무도 신경을 쓰지 않고 가버린 것이다. 그래도 쉽게 보내지 않을 것이라고 생각했거늘…….

그런데 모두 가버렸다.

용천방이라면 어떠했을까? 외부인이 이렇게 덩그러니 무방비 상태로 버려질 수 있을까? 절대 그럴 리 없었다. '누구냐? 뭐 하는 놈이냐? 염탐하러 온 것이냐?' 따위의 말들이 난무하고 바로 포박했으리라.

형산은 말하고 있었다.

누구든 와서 설쳐 봐라. 그 뒷감당을 할 수만 있다면. 아니면 그냥 조용히 가라.

이 자신감은 뭐란 말인가?

염아백은 방치된 채로 한참을 서 있다가 쓸쓸히 형산을 내려갔다.

第二章
또 다른 나

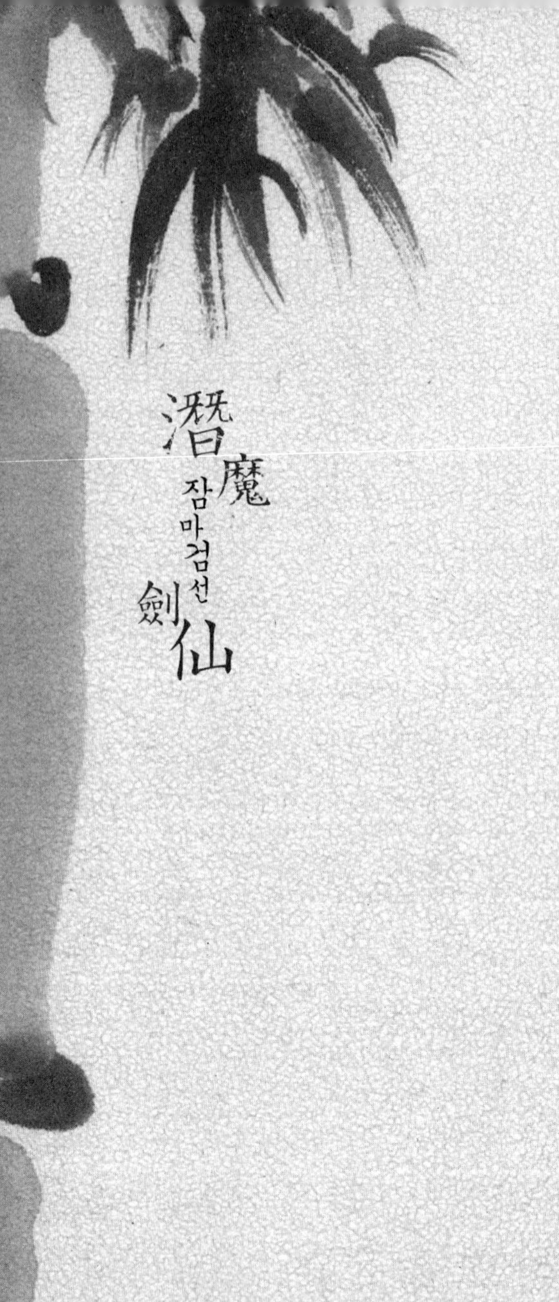

潛魔
劍仙
잠마검선

　영호선은 방에 앉아 눈을 절반쯤만 뜬 채로 사형의 눈물을 보고 있었다. 눈물은 언제 봐도 슬프다. 사형의 눈물은 바닥이 아니라 자신의 심장에 방울져 떨어지는 것 같았다.

　사흘 전, 그러니까 빨래를 마친 그 밤이 문제였다.

　그날 영호선은 장문인의 부름을 받았다.

　그 자리에서 장문인 조운 진인은 정파 연합체인 무림맹(武林盟)에서 각 명문정파와 명문세가의 유망한 어린 기재들을 불러들여 특별한 체계 속에서 가르침을 주고자 개설된 항마원(降魔院)에 영호선을 보낼 생각을 밝혔던 것이다.

　장문인과 사부님의 말씀에 따르면 항마원은 정파의 어린

기재라면 누구나 선망하는 곳이라고 했다. 무학에 대한 폭넓은 이해와 배움이 있다고도 했다.

장문인과의 면담이 끝난 후 소식을 들은 사형과 사제들이 일제히 축하의 말을 건넸다. 그런데 유독 약효운 사형의 얼굴이 어두웠다.

그리고 오늘 약효운 사형이 야심한 밤에 찾아와 축하의 말과 함께 눈물을 떨어뜨리고 있는 것이다.

사형의 말이 귓가에 어른거린다.

"사제, 축하해. 난… 난… 항마원에 꼭 가고 싶었는데… 아, 이런 추태를……. 아, 왜 자꾸 눈에 먼지가 들어가지. 사제가 가는 것이 내가 가는 것과 다를 바 없지. 아무렴. 그렇고말고."

'항마원이라…….'

그전에도 들은 기억이 있었다. 마도에는 잠마원이 있고 정도에는 항마원이 있다고 했다. 하지만 영호선은 사실 항마원에 굳이 가야 할 필요는 느끼지 못하고 있었다. 형산에서도 충분히 검절님의 꿈을 이룰 수 있다고 믿었다. 그러나 또 장문인과 스승님의 말씀에 고개를 저을 수도 없는 일이라 그러겠노라 대답을 한 것이 전부였다.

"사제, 내가 괜히 찾아온 모양이야. 난 그저 축하를 해주려고 했을 뿐인데……."

약효운이 말을 흐렸다.

"이만 돌아가십시오. 밤이 늦었습니다."

영호선은 몸을 일으켜 공손히 머리를 숙였다.

약효운의 얼굴에 이내 실망이 떠올랐다.

약효운은 군자검 영호선이 눈물을 보이면 양보할 것이라고 생각했었건만 평소와 달리 완고한 모습을 보이자 항마원에 대한 욕망은 어쩔 수 없는가 싶었다.

"그래, 늦은 시간에 미안하구나."

"편안한 밤이 되시길 바랍니다."

사형이 방을 나서자, 영호선은 다시 방 안에 좌정했다.

눈을 절반쯤 뜬 채로 지그시 허공을 응시했다.

마치 부처님이 눈을 반개한 모습과 닮아 있었다.

'항마원이라……. 삼 개월이면 되겠구나.'

이른 아침 청허자는 서신을 들고 몸을 부들부들 떨었다.

영호선이 남긴 서신이었다.

정말 제자이지만 부처님을 제자로 받아들인 기분이었다.

사부님께 용서를 구합니다.

제자 영호선, 견문을 넓히고자 잠시 강호를 주유할까 합니다.

세상에는 수많은 가르침이 있다는 사부님의 말씀을 마음속에 새기며 짧지만 의미있는 여행을 다녀오겠습니다.

그동안 문안드리지 못할 것이기에 미리 밤새 삼백 번 무릎을 꿇고 절을 올려두었습니다.

독수리는 염려하지 마십시오.

사매님께 서신을 따로 남겨 부탁드려 놓았습니다.

돌아오는 그날까지 강녕하시길 제자 간절히 바랍니다.

부디 부디 강녕하소서!

제자 영호선 올림.

청허자가 서신을 마구 구겼다.

그러나 문득 생각났다는 듯 서신을 열심히 편 다음 곧바로 장문인에게 달려갔다.

장문인도 서신을 보고는 잠시 말을 잃었다.

그리고 길게 한숨을 내쉬었다.

"본인의 불찰입니다. 군자검이라 불러놓고도 그 아이의 마음을 이해하지 못했다니. 군자검이 좋은 것을 양보하는 것이 하루 이틀이 아니었거늘. 하물며 항마원이라면 백번이고 양보하고 떠날 수 있었던 것이거늘. 아! 아무 말 없이 손을 붙들고 항마원에 그냥 데리고 가는 것이었는데……."

아마도 영호선이 돌아오는 날은 항마원 입부가 결정 난 다음일 것이리라.

"아직 멀리가지 않았을 테니 붙들고 와야지요."

장문인의 말에 청허자가 고개를 끄덕였다.

"제가 몇몇을 선별해 직접 찾도록 하겠습니다."

*　　　*　　　*

마곡(魔谷)의 장로 금마(擒魔)는 머리가 지끈거렸다.

"무림맹 이 죽일 놈들!"

금마는 쥐수염을 손으로 가지런히 펴며 연신 투덜거렸다.

그는 본래 천하를 종횡하며 옛 마도의 흔적을 찾아다니는 것이 삶의 유일한 낙(樂)이었다.

마도에는 수많은 가문이 있고, 그중에는 오래전에 멸문한 곳도 많았다.

금마는 바로 그러한 곳을 찾아다니며 이들이 어떻게 멸문했으며, 멸문하기 전에는 어떠한 생을 살았을까를 기록으로 남겼다. 거기엔 남겨진 유적을 토대로 한 사실도 있고, 스스로의 생각도 첨부하여 적게 되는데 그럴 때면 마치 과거 위세 등등했던 마도 가문이 바로 눈앞에 살아 움직이는 것 같았다.

유적을 돌아보는 일은 그 자체가 그에겐 즐거움이지만 가끔은 뜻하지 않는 소득을 얻기도 했다. 그것은 과거 멸문한 마도 가문의 비급이나 혹은 신병이기, 영약 등이었다.

하지만 대부분이 완전한 형태는 아니었는데, 비급이라면

너덜거리는 상태로 고작 몇 장이 남아 있다든지, 병기의 경우엔 부러지거나 사용할 수 없을 정도로 훼손된 경우가 대다수였다.

가장 최근의 수확이라면 과거 마교와 힘을 겨룬 혈마문의 흔적을 살피다 찾은 한 알의 혈마환(血魔丸)이었다.

그렇게 발견한 것들은 그만의 비밀 장소에 은밀히 모아두고 틈틈이 전시물을 감상하면 그렇게 기분이 좋을 수가 없었다.

그런 그가 지금 두통을 호소하며 무림맹을 욕하는 것은 무림맹 때문에 자신만의 즐거움을 누리지 못하고 있기 때문이었다.

"망할 무림맹 놈들 같으니! 네놈들이 항마원을 세우지 않았다면 마도련에서 잠마원을 만들지 않았을 것 아니냐. 이 망할 놈들아!"

그러니까 결국 금마의 고민은 잠마원에 있는 셈이었다.

생각이 거기에 미치자 금마는 순간 곡주의 고함 소리가 들리는 듯해 귀를 틀어막았다.

"금마! 입 닥치지 못할까! 이 썩을 놈아, 이미 지존의 명으로 마곡에서 한 명을 잠마원에 보내라는 지시가 있었단 말이다! 그러니 당장 거리의 점소이라도 잡아와! 내가 지존에게 맞아 죽는 꼴을 보고 싶은 것이냐!"

금마는 고개를 절레절레 흔들었다.

곡주님도 곡주님이지만 더 심각한 건 마도지존님이다.

다른 마도 문파나 가문에서는 이해 못하는 부분이지만 현재 마곡에는 어린 기재 자체가 없었다.

마곡의 최연소자인 염천마동(炎天魔童)의 나이가 마흔네 살이다. 인간들이 어떻게 된 것인지 다들 염천마동을 어린아이로 착각을 하고 지내고 있는 것이다.

거기에 대고 마도지존이 잠마원에 한 명의 어린 기재를 보내라고 했는데 곡주나 장로들이 염천마동이 가면 되겠다며 정신없는 소리만 해대다가 정작 날짜가 임박하자 난리가 난 것이다.

금마가 백번 양보해서 거기까진 이해를 한다고 해도 왜 하필이면 자신이 그 일을 맡아야 하느냐는 것이었다.

그런 뜻을 곡주에게 피력했을 때 곡주의 대답은 간단했다.

"네놈이 가장 많이 돌아다니잖느냐!"

모두 골짜기에 파묻혀 지내는 통에 가장 만만한 것이 바로 금마였던 것이다.

"제길, 내가 마곡에서 제명을 당하든지 해야지. 더러워서."

곡주의 말대로 무작정 거리의 점소이를 데리고 갈 수는 없었다. 방법이 없지는 않다. 아니, 이보다 더 확실한 방법은 세상 어디에도 없으리라.

금마는 슬그머니 말아 쥔 손을 폈다.

"휴우, 그래, 믿을 건 너뿐이다. 아깝지만 어쩌겠니!"

오래되어 색이 바래긴 했지만 붉은빛을 띤 한 알의 혈마환이 금마의 손바닥 위에서 묵묵히 주인을 기다리고 있었다.

*　　*　　*

어둠에 잠긴 깊은 산야에 고기 굽는 냄새가 솔솔 풍겼다.

장작이 활활 타오르는 위로 호랑이가 껍질이 홀라당 벗겨진 채로 지글거리며 구워지고 있었다. 기름이 떨어질 때마다 장작불이 확 일어났다가 가라앉았다.

그 앞에 한 청년이 있었다.

청년은 잠깐 호랑이를 바라보더니 넙죽 절을 올렸다.

"호랑이님, 잘 먹겠습니다. 소인, 호랑이님께서 사슴을 덮치려고 해서 손을 쓴다는 게 그만 과했습니다. 이왕 이리 되었으니 배고픔을 면하고자 합니다. 진심으로 고맙습니다."

청년은 바로 영호선이었다.

형산을 떠나 무조건 서쪽으로 내달린 지 이십여 일이 지났다. 닷새 전부터는 제대로 식사조차 못하고 있는 터였다.

자세를 고쳐 앉고 가만히 불꽃을 들여다보았다.

지금쯤이면 약효운 사형께서 항마원을 향해 떠났으리라.

혹시라도 사부님께서 쫓아오실 것 같아 쉬지 않고 달려왔는데 내일부터는 여유를 가지고 유람하는 기분으로 돌아볼 참이었다.

영호선이 호랑이 고기를 돌리며 이 생각 저 생각을 할 때였다.

"어이쿠, 이 무슨 냄새야. 구수하니 사람을 미치게 만드는구면."

영호선은 눈을 동그랗게 떴다.

'어이쿠' 하는 말은 희미하게 멀리서 들려왔는데, 말이 끝나기도 전에 한 노인이 모습을 드러냈기 때문이다. 노인은 붉은 마의에 쥐수염을 달고 있었다.

영호선은 생각했다.

'얼마나 배가 고팠으면 이리도 빠르게 달려오셨을까.'

안타까움을 금할 길이 없었다.

영호선은 생각이 그에 미치자 망설이지 않고 호랑이 고기를 뜯어내 노인에게 다가갔다.

"어르신, 이걸 드시고 허기를 채우십시오."

노인은 잠시 어리둥절한 표정을 짓더니 화통하게 웃었다.

"하하하, 이 깊은 산속에서 이런 친절한 대접을 받을 줄이야. 어린놈이 예의 바르기도 하지. 고맙다, 고마워."

노인은 고기를 쭉 찢어 입에 넣었다.

"캬하, 죽이는구먼. 입 안에서 살살 녹는구나. 자자, 앉아서 실컷 배부터 채우도록 하자."

노인은 자리에 앉자마자 엄청난 속도로 고기를 먹어치우기 시작했다.

영호선은 흐뭇했다. 혼자 먹기엔 벅찰 정도로 많은 양의 고기가 아니었던가. 배고픈 노인을 기쁘게 했다는 사실이 뿌듯했다. 호랑이님 또한 한 명이 아닌 두 명의 먹이가 된 것을 기쁘게 생각했으리라.

영호선도 천천히 고기를 뜯었다.

두 사람은 한참 동안 말없이 호랑이 고기를 탐식했다.

그러다 노인이 이제 배가 차는지 꺼억, 하고 이어 배를 퉁퉁 두드리더니 불쑥 물었다.

"호랑이를 잡을 정도라니 네 사문이 궁금하구나."

영호선은 어르신이 예사 노인이 아니라는 것에 잠시 망설였다. 노인의 신법이 고절한 것은 그만큼 무공이 탁월함을 뜻하고, 몸에서는 처음부터 마기를 풍기고 있는 것을 알아차렸기 때문이다. 호랑이 고기를 나누는 것이야 문제없지만 혹여 이야기를 나누다 보면 서로 손을 쓰게 되는 상황이 오지 않으리라는 보장이 없었다.

'음, 어찌하면 좋을까. 호랑이님, 이럴 때는 어떻게 해야 하나요? 호랑이님 덕분에 마도의 어르신을 뵙게 되었습니다.

저는 본시 생명을 소홀히 여기는 마도를 계도하라고 배웠으
나 제가 과연 저 어르신을 감당할 수 있을지 모르겠습니다.
매일 매일 고기를 대접하며 정성껏 의와 협, 생명의 소중함을
전해볼까요? 네, 그게 좋겠습니다. 사람은 변하니까요.'
　생각을 정리한 영호선이 입을 열었다.
　"저는 형산의 영호선입니다."
　노인이 눈에 이채를 발했다.
　"오호, 형산파였군. 어쩐지 헌앙한 기운이 감돌더라니."
　영호선이 웃었다.
　얼굴에 대자대비한 부처님의 미소가 떠올랐다.
　노인이 그 미소를 보고 고개를 갸웃했다.
　"근데 넌 내가 궁금하지 않냐?"
　영호선이 말했다.
　"야심한 밤에 산길을 고절한 신법으로 평지 달리듯 하시니
무림인이실 테고, 마기를 풍기시니 마도에 몸을 담고 계시는
분일 것이며, 호랑이 고기를 십인 분가량 드셨으니 배가 무척
고프셨던 어르신이시겠지요."
　노인의 눈이 가늘어졌다.
　"재밌는 녀석일세. 재밌어. 그래서 네놈은 내가 마도인이
라는 것이 아니꼽다 이거냐?"
　영호선은 그저 말없이 웃음만 지었다.
　노인이 입을 삐죽 내밀고 말했다.

“쳇, 기분 나쁘게 관음보살 같은 웃음 짓지 마라. 네놈이 다짜고짜 고기를 건네지만 않았어도 입을 찢어버렸을 게야. 흥. 네놈도 형산의 물을 먹었으니 마도가 싫겠지?”

영호선은 웃음을 거두지 않았다.

“마도는 힘을 가졌다고 하여 의와 협, 예와 질서를 무시하기 때문이지요. 더불어 생명을 보잘것없이 여기지 않습니까?”

노인이 짜증스럽다는 듯 눈살을 찌푸렸다.

“어휴, 아주 글을 읽어라, 읽어. 그래서 내가 정파 놈들이 답답하다고 하는 거야. 협의지사네 뭐네 하면서 떠들다 개죽음당하기 일쑤거든. 다른 사람 목숨 귀한 줄은 알면서도 제가 뒈지는 것은 모르고 있단 말씀이지. 그런데 마도는 그게 아니야. 자유롭지. 훨훨 날아가는 새처럼. 알겠냐? 하고 싶은 대로 하는 거야. 나를 가로막은 장애물? 그런 건 그냥 부수고 가는 거야. 예의에 속박당해 쩔쩔매는 일도 없고. 크크크크, 이 얼마나 멋진 삶이냐!”

“어르신!”

영호선이 차분히 불렀다.

“왜?”

“어르신은 저와 함께 한 달간 생활해야 합니다.”

“크크크, 웃긴 놈이네. 내가 네놈하고 왜 살아? 이놈아, 취향이 늙은이였냐?”

"어린아이에게도 배울 점이 있다는 말이 있습니다. 어르신께서 저와 함께 생활하시다 보면 바른길을 간다는 것이 얼마나 편안한지 느끼실 수 있을 겁니다."

"이놈이 째진 입이라고 아무 말이나 마구 뱉어내는구나. 아가리 찢어버리기 전에 입 닥쳐라."

"사람은 언제라도 변할 수 있습니다."

"변해? 이 금마가? 크하하하하! 이 녀석, 완전히 돌아버린 놈이로구나."

노인, 아니, 금마는 어린놈이 뭘 믿고 이렇게 터무니없을 수 있는지 알 수 없었다. 워낙 대놓고 이야기하니 쳐죽이거나 입을 찢어버린다는 생각도 안 날 지경이었다. 육십 평생 살면서 수많은 사람을 만나보았지만 이렇게 대책없는 놈은 처음이었다. 같이 지내자니. 하하, 정말 기괴한 놈이 아닐 수 없었다.

광소를 터뜨리던 금마는 그러다 문득 웃음을 그쳤다.

'가만, 변해? 변한다고?'

금마가 눈을 가늘게 뜨고 영호선을 바라봤다.

'제길, 내가 왜 그 생각을 못했지.'

허기진 배 때문에 정신이 나가 버렸던 것이리라. 이제 보니 자신이 지금 찾아야 할 먹잇감이 눈앞에 떡하니 버티고 있는 것이 아닌가. 어린놈의 말이 맞았다. 사람은 하루아침에도 바뀔 수 있다. 정파 놈들 중에 스스로 변절하고 마도에 투신하는 놈들이 어디 한둘인가. 물론 그건 마도인도 마찬가지지만.

게다가 품엔 희대의 괴약이랄 수 있는 혈마환이 있다. 혈마환이 아깝지만 곡주에게 맞아 죽지 않으려면 어쩔 수 없는 노릇이다. 기회가 왔을 때 후다닥 해치워 버려야 한다.

"흠흠, 네 말인즉, 날 바른길로 인도하겠다는 것이렷다?"

"네, 어르신은 원래부터 착한 분이셨으니까요."

영호선은 어르신이 마음을 바꾸려는 듯하자 기분이 좋아졌다. 역시 사람은 진심으로 대하면 진심을 느끼게 되는 것이다. 세상 만물에 가득한 바름의 길을 하나씩 보게 된다면 어르신은 반드시 본성으로 회귀하리라.

그때 금마가 말했다.

"아니야, 아니야. 이건 내가 전적으로 손해지. 공평하지 않단 말씀이다. 나도 널 마도인으로 만들 수 있어야 공평하다고 할 수 있지. 아무렴."

영호선도 듣고 보니 그 말이 옳았다.

"그럼 각자 한 달의 기간을 가지고 서로를 변화시키는 것이 좋겠습니다."

"그래, 머리가 아주 팍팍 돌아가는구나. 에헴! 이놈아, 설마 장유유서라는 말은 알고 있겠지?"

영호선이 빙그레 웃었다.

"당연히 어르신이 먼저 가르침을 베푸셔야지요."

"흐흐, 그래 네놈은 싹수가 있을 것이라고 생각했다. 나는 너를 윽박지르지도, 살인을 하라고도 하지 않겠다. 오직 한 가지만 하면 된다."

"말씀하십시오."

금마는 손을 품에 넣고는 이내 작고 붉은 환약을 꺼냈다.

"이 약만 먹으면 된다. 춘약도 독약도 아니다. 내 목을 걸고 장담하지. 널 해롭게 할 약은 아니라는 것을 말이다."

금마가 눈을 번쩍였다.

강호 밥을 먹은 놈치고 의심없이 약을 먹을 놈이 어디에 있겠는가. 금마는 말은 했지만 그저 떠보려는 수작에 불과했다. 그는 즉시 손에 내력을 모아 발출할 태세를 갖추었다.

"제가 어르신을 믿어도 되겠는지요?"

"크크크, 아무렴. 난 그저 널 자유롭게 해줄 생각뿐이다."

"좋습니다."

영호선이 손을 뻗어 환약을 집어 곧바로 삼켰다.

어르신이 살심을 품은 것이라면 굳이 약을 사용하지 않았을 것이다. 영호선은 이미 금마라고 밝힌 노인의 무공이 자신이 어찌할 수 없는 수준이라는 것을 간파하고 있었다. 자신이 믿음을 보인다면 어르신도 한 달 뒤에는 고분고분 가르침을 따를 것이리라. 진심과 믿음은 결코 배신하지 않는 법이니까.

또한 약 따위가 마음을 변하게 할 수는 없는 일이라고도 생각했다. 마음은 우주와 같아서 그 드넓은 곳에 약물은 먼지

한 톨에 불과했다.

한편 금마는 영호선이 망설임없이 혈마환을 삼켜 버리자 놀라움을 금치 못했다.

'뭐야, 이 새끼! 의심도 안 하네? 허허, 뭐 이런 새끼가 다 있어? 관음보살의 미소도 그렇고, 이렇게 순전한 마음을 가진 놈은 살다 살다 처음이군. 도리어 내가 죄짓는 기분인걸. 뭐, 기왕 이렇게 되었으니 마도의 자유로운 삶을 맘껏 살아봐라.'

정녕 괴이한 놈이 아닐 수 없었다. 오늘 처음 대면했고, 많은 이야기를 나눈 것도 아니다. 분명히 독약도 아니고 춘약도 아니지만 구대문파의 제자라는 녀석이 믿어도 되냐는 한마디만 던지고 덥석 삼켜 버린 것이다. 먹으라고 했지만 어처구니가 없을 지경이었다.

"기분이 어뗘냐? 이건 나도 안 먹어본 거야. 귀한 거지."

"잠시만… 기다려 주십시오."

영호선은 단전 어림 부근이 타는 듯 뜨거워짐을 느끼고 있었다. 열기가 한순간 가슴과 목을 타고 올라와 머리로 치고 올라왔다.

쿵!

머리에 벼락이 내리꽂혔다.

눈앞이 뿌옇게 번졌다. 세상이 빙글빙글 돌았다.

영호선이 휘청거리며 몸을 일으켰다.

"어르신… 저를 속이신 겁니까?"

"결코 널 속이지 않았다."

금마가 대답했다. 진솔한 목소리였다.

"그렇군요. 속이지 않았군요. 그럼 견뎌보겠습……."

털썩!

영호선은 말을 맺지 못하고 그대로 허물어졌다.

금마가 기다렸다는 듯 영호선을 들쳐 멨다.

"쯧쯧, 부처님의 변절이라……. 기대되는군. 자, 이제 마곡으로 가자꾸나. 네놈이 혈마환에 어떻게 변할지 노부도 궁금해 미칠 지경이다."

순간 신형이 흐릿해지는가 싶더니 금마는 그 자리에서 사라졌다.

마곡의 한 처소 침상에 영호선은 의식 없이 누워 있었다.

의식을 잃은 지 어느덧 사흘이 지났다.

영호선은 의식이 없었기에 지금 몸에 어떤 현상이 일어나고 있는 지 전혀 알 수가 없었다.

그것은 핏빛 지렁이였고, 사실은 혈관의 꿈틀거림이었다.

영호선의 얼굴 가득 촘촘히 이어진 수많은 혈관이 마구 요동치며 굵은 핏빛 선을 그리며 꿈틀대고 있었다.

비단 얼굴뿐이 아니었다. 지금 모든 몸의 혈관들이 수없이 많은 핏빛 지렁이가 움직이듯 그렇게 요동치고 있었다.

의식의 내면세계에서 영호선은 깨어났다.

몸을 일으키려는데 내력이 모두 빠져나간 듯 힘이 하나도 없었다. 몸을 뒤집어 온몸을 떨며 간신히 일어섰다.

'여긴 어디일까?'

작은 환약을 먹은 것까지는 기억이 났다.

어르신의 마지막 말도 떠올랐다.

"결코 널 속이지 않았다."

진심이 담겨 있는 목소리였다. 비록 지금은 기운이 하나도 없지만 속이지 않았다면 곧 힘은 돌아올 것이다.

'영호선아, 믿음은 배신하지 않는 게야.'

스스로를 다독인 후 영호선은 주변을 둘러보았다.

"어?"

드넓은 실내에 사방이 거울로 가득했다. 천장도, 바닥도, 사방 벽에도 오직 거울뿐이었다. 거울들은 각도를 달리하고 있었는데, 족히 수천 개는 될 것 같았다.

그 거울에 수천 명의 영호선이 앞, 뒤, 옆모습 등 각양각색으로 나타나 있었다.

"와, 내가 굉장히 많구나."

　말을 내뱉자 거울 속의 수천 명의 영호선이 동시에 움직이
면서 말했다.
　신기한 광경이었지만 그보다 몸이 당장 지쳐 버렸다. 고작
서서 말을 몇 마디 한 것에 불과했지만 이내 서 있는 것조차
힘이 들었다. 현기증이 나면서 서서 균형을 잡기도 어려웠다.
　'하아, 도대체 무슨 일일까?'
　그때였다.

　'난 자유롭고 싶어.'

　영호선이 깜짝 놀라 주변을 돌아보았다. 거울 속 수천 명의
영호선도 동시에 돌아봤다.
　"누구신지요?"
　힘든 몸으로 사방을 둘러보았지만 거울 외엔 아무도 없었
다.
　"모습을 보이시어 소인이 정중히 예를 갖출 수 있도록 도
와주십시오."

　'나야. 영호선!'

　"죄송하지만 제가 영호선입니다."

'내가 영호선이야. 그리고 너도 영호선이지.'

"복잡하군요."

'여길 봐.'

영호선은 소리를 좇았다. 모든 거울 중 그곳 거울만 달랐다. 그것은 자신의 모습이었지만 또 자신이 아니었다. 거울 속의 영호선은 팔짱을 끼고 비릿한 미소를 짓고 있었다.
영호선은 자신의 팔을 보았다. 자신의 두 팔은 힘겨워하는 몸을 지탱하느라 무릎을 짚고 있다.
"요법이로군요."

'아니. 난 안쪽에 갇혀 있었어. 하지만 이제 네가 갇혀 있어야 할 차례가 된 거지. 넌 이제 영원히 나오지 못해. 후후후후.'

"무슨 말씀이신지 고인께선 요법을 거두고 말씀하시지요."

'닥쳐, 이 답답한 인간아! 네놈 때문에 내가 얼마나 화가 났는지나 알아?

"왜 저 때문에 고인께서 화가 나신 건지요?"

'이 멍청아! 그건 내가 바로 너이기 때문이다.'

거울 속의 영호선이 으르렁거렸다.
그와 동시에 멀쩡하던 거울이 일제히 으르렁거렸다. 영호
선은 숨을 몰아쉬며 그 광경을 지켜봤다.

'배려하고, 희생하고, 예절이랍시고 피곤하기만 하고. 젠장,
망할 놈! 그딴 것 다 집어치우란 말이다.'

"노여워 마시고 차분히 말씀해 보십시오."

'차분히? 흥! 지겨우니 이제 사라져라.'

그 말과 함께 거울 속의 영호선이 거울 밖으로 유령처럼 빠
져나왔다.
영호선은 피하려 했지만 몸이 말을 듣지 않았다. 거울 속의
영호선이 그대로 가슴을 파고들었다. 자줏빛 광채가 번쩍 일
더니 사라졌다.
그 순간 영호선은 내부에서 거대한 폭발이 이는 것 같았다.
쾅!

뭔가 소중한 것이 박살나는 느낌이 뒤따랐다.

정신을 추스를 새도 없이 다른 거울에서 유령, 영호선 유령
이 튀어나왔다.

'나는 강해질 것이다. 최고가 될 것이다.'

쾅! 쾅!

'의와 협 따윈 개한테나 줘버려.'
'자유로워질 테다. 죽이고 싶으면 죽이는 거야.'

연속해서 거울 속에서 유령이 튀어나와 가슴으로 파고들
었다. 영호선은 정신이 어지러운 중에 힘겹게 입을 열었다.
"그만하십시오. 이것은 올바르지 않습니다."
수천 개의 거울이 동시에 비웃었다.

'멍청아! 이젠 꺼져라!'

그리고 그 말과 함께 비웃음 가득한 거울 속 수천 명의 영
호선이 일제히 쏟아져 나왔다. 어떤 것은 머리로 파고들고,
어떤 것은 가슴, 배, 등, 어깨 할 것 없이 부딪치며 자줏빛 광
채를 내며 사라졌다.

어깨를 구부리고 머리를 숙인 채로 영호선은 눈을 감고 죽은 듯 서 있었다.

번쩍!

한순간 영호선이 눈을 떴다.

두 눈에 핏빛 광채가 떠올랐다.

영호선은 서서히 어깨를 폈다. 목을 좌우로 꺾었다가 한 바퀴 돌렸다.

얼굴에 비릿한 미소가 가득했다. 어디에도 관음보살의 대자대비하고 신비로운 미소는 없었다.

"크흐흐……."

살짝 벌어진 입에서 괴소가 흘러나왔다.

"기분이… 좋군. 아주 상쾌해. 크흐흐흐… 그동안 도대체 내가 뭘 하고 지낸 거지? 내가 그동안 얼마나 갇혀 있었던 것이냐!"

영호선은 진정 기분이 좋았다. 하늘을 날 듯 자유로움이 가득했다. 이렇게 마음이 편안하고 가뿐한 삶이 있을 줄이야. 늙은 영감탱이의 이름이 금마라고 했던가? 금마를 만난 건 일생일대의 행운이었다.

문득 형산파에서 머물던 기억이 떠올랐다.

독수리새끼, 꿀벌, 개미, 그리고 얼마 전 옷을 빨던 일까지.

"크크, 내가 생각해도 낯 뜨겁군. 부끄러운 일이야. 고리타분한 형산 같으니. 하지만 뭐, 이젠 상관없지. 내가 원하던 것

을 찾았으니까. 지금의 내가 바로 진정한 영호선이다. 크하하
하하!"

*　　　*　　　*

혈마환!

혈마환은 과거 이백여 년 전 마교와 맞선 전사 집단 혈마
문(血王門)의 신단이었다. 혈마문은 혈마환을 통해 마도 가문
비전인 혈마공(血魔功)을 더욱 강화하는 수단으로 사용하였
다.

당시 마교에서는 혈마문 혈족을 멸하고 남겨진 스물아홉
알의 혈마환을 입수하였는데, 혈마문 혈족의 가공할 무위가
혈마환에 기반을 두었을 것이라는 생각에 그 공능을 실험하
기에 이르렀다.

실험을 주도한 것은 귀유마의(鬼幽魔醫)였다.

처음엔 우선 열 사람이 혈마환을 복용했다. 그들은 복용
즉시 반 갑자의 내력이 상승하였다. 하지만 부작용이 나타났
다.

그들은 하나같이 마성이 폭주해 반미치광이가 되어 사람
을 구분치 않고 살수를 펼치게 된 것이다. 혈마환이 마성을
폭발시킨 결과였다. 실험에 참여한 이들은 이미 마성(魔性)을
지닌 터라 마치 불에 기름을 부은 것과 같았던 것이다.

귀유마의는 고민했다.

만약 혈마환이 무조건 마성을 극대화시켜 주변을 가리지 않고 살수를 펼치는 상태가 되고 만다면 왜 혈마문 일족은 서로를 죽이지 않고 연합할 수 있었던 것일까?

그 뒤에도 실험은 실패로 끝났다.

마교 교주는 부작용이 발생하여 스물여덟 명의 마도인만 죽어나가자 귀유마의를 책망하며 혈마환이 없어도 충분히 강해질 수 있다며 중단을 명했다.

귀유마의는 자존심에 상처를 받아 스스로 분을 참을 수 없었다.

그는 연구용으로 남겨둔 한 알의 혈마환을 정파인을 납치해 복용케 했다. 결과는 성공이었다. 정파인은 마성이 깨어나긴 했어도 폭주로 사망에 이르는 일은 없었다.

그는 마치 처음부터 마도인이었던 것처럼 바뀌기만 한 것이다. 그러나 거기에도 문제가 있었다. 그것은 마인들과 달리 정파인에겐 혈마환으로 인한 내력 상승이 전혀 보이지 않았다는 점이었다.

귀유마의는 마지막에는 뜻을 이루었지만 더 이상 혈마환이 남아 있지 않는데다 혈마환을 통해 내력을 상승한다는 것의 의미가 사라지자 혈마환에 대한 연구를 접었고, 그 이후 혈마환은 조용히 잊혀져 갔다.

그러던 것이 혈마문의 옛 흔적을 쫓던 금마에 의해 한 알의 혈마환이 발견되었고, 영호선에게 이르게 된 것이다.

*   *   *

　새롭게 태어난 영호선은 마곡의 심처에 마련된 처소를 나와 하늘을 올려다보았다. 구름 한 점 없이 맑은 파란 하늘이었다. 기분이 확 상했다.

　"더럽게 맑은 하늘이구나. 먹구름도 끼고 번개도 쳐야 제맛이지. 재수없군. 퉤!"

　거침없이 침을 뱉어낸 영호선은 깨어나자마자 찾아온 금마의 말을 떠올렸다. 마도 기재들의 교육기관인 잠마원에 들라는 이야기였다.

　"크크큭, 잠마원이라……. 기대되는군. 항마원 따위완 비교할 수 없겠지. 장차 마도의 지존이 되기 위해선 잠마원도 필요하겠지. 이 영호선님이 최고가 되어주마."

　영호선은 혈광을 번들거리며 잠시 뜰을 거닐었다.

　문득 발아래 개미 떼가 열심을 다해 식량을 옮기는 것이 보였다.

　"이 거추장스러운 개미새끼들! 감히 내 앞길을 가로막았겠다!"

　영호선이 발을 들어 무참히 개미들을 밟았다.

　"죽어라, 죽어!"

개미들이 거의 학살 수준으로 죽어갔다.

영호선은 눈치채지 못했지만 이 광경을 바라보는 두 사람이 있었다. 마곡의 곡주 염제와 장로 금마였다.

곡주 염제가 눈살을 찌푸렸다.

"야, 금마, 재 상태가 왜 저래? 크큭대다가 왜 개미들을 죽이고 난리야?"

곡주는 금마로부터 보고를 받고 직접 눈으로 영호선을 확인하기 위해 온 것이었다. 그런데 하늘을 보고 뭐라고 떠들더니 침을 뱉고는 이어 크큭대다가 갑자기 개미를 밟아 죽이고 있는 것이다.

"흐흐, 혈마환의 공능입죠."

금마가 대답했다.

곡주가 벌컥했다.

"인마, 저건 공능 정도가 아니라 완전히 돌아버린 것 같잖아!"

금마가 땀을 삐질 흘렸다.

"원래 예와 의에 몰두하던 놈인만큼 내재되고 억눌린 감정이 컸던 것으로 보입니다."

"쿵, 잠마원에 보낼 때 잠마원주에게 혈마환 복용 사실을 알리도록 해라. 만일의 사태라는 것도 있으니까."

"그리하겠습니다."

마곡의 곡주는 찡그린 인상을 풀지 않았다.

아직까지도 영호선이 개미를 학살하고 있었기 때문이다. 애
상태가 지나치게 극단적이었다. 저래선 장수하긴 그른 것이다.
 "저거 아무래도 잠마원에 가자마자 죽겠구먼."

第三章

潛魔
劍仙
잠마검선

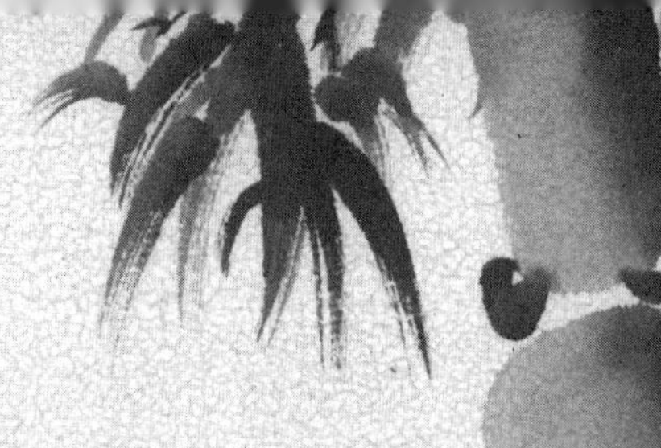

　잠마원의 풍경은 실로 괴이했다.

　활화산이 연기를 뿜어내고 있으며, 온천이 곳곳에 형성되어 있건만 산 중턱 분지 안에 여러 전각과 연무장이 마련되어 있는 것이다. 그럼에도 전각과 연무장은 산의 한 부분처럼 자연스럽기 그지없어 마치 처음부터 산과 함께 있어왔다는 듯 조화가 어우러져 있었다.

　제십사대 잠마원 입부식이 중앙 대광장에서 열렸다.

　잠마원주 소요마선이 중앙 단상에 서 있었다.

　백발이 성성했지만 풍채가 좋고, 깊은 심연처럼 고요한 눈빛으로 지그시 이백 명의 기재를 내려다보았다.

잠마원주가 입을 열었다.

"환영한다."

무심한 표정에 입술은 벌어지긴 했나 싶을 정도에 불과했다. 그리고 음성은 깊고 무거웠다. 대광장은 일시에 바람조차 멈추며 고요해졌다.

대광장에 도열한 이백 명의 마도 기재는 형형한 안광을 빛내며 잠마원주를 주목했다.

그들 중엔 영호선도 있었다. 영호선의 눈은 형형하다고 할 수 없었다. 잠깐이지만 혈광이 번쩍였다가 그윽이 가라앉았다. 흰자위로는 서너 가닥의 실핏줄이 지렁이처럼 끊임없이 꿈틀거렸다. 입술은 살짝 벌어졌고, 한쪽 입꼬리가 올라가 있었다. 거기에 머리도 우측으로 삐딱하게 기울어져 있었다.

그때 다시 잠마원주 소요마선의 입술이 달싹거렸다.

"환영한다."

여전히 똑같은 말을 반복했다. 하지만 이번엔 뭔가 달랐다. 슬쩍 잠마원주의 얼굴에 미소가 그려져 있었다. 변한 것은 그것뿐이었고, 도리어 이번엔 미소까지 드리워졌다. 그러나 장내의 분위기는 더욱 깊고 어두워졌다.

잠마원주 소요마선의 미소가 한층 짙어졌다. 이어 잠마원주가 한줄기 사자후를 토했다. 벼락이 내리치듯 대광장을 후려쳤다.

"자, 싸워라! 스스로를 증명하라!"

도열한 대다수의 기재들이 놀란 눈으로 잠마원주를 바라
보았다. 사자후 때문이 아니었다. 사자후에 놀라 경기를 일으
킬 만큼 약한 기재는 이곳에 없었다. 그들은 모두 아직도 귓
가에 윙윙거리는 '싸워라! 증명하라!' 를 생각하고 있었다.

'싸워?'

'누구와?'

'입부식이잖아?'

'뭘 증명하란 거야?'

순식간에 놀란 눈은 의문으로 돌변했다. 거의 모두가 엉거
주춤한 상태로 주변을 둘러보다가 진의를 분별하려는 듯 잠
마원주 쪽을 바라보았다.

잠마원주는 할 말 다 했다는 듯 단상을 내려오고 있는 중이
었다. 모두의 얼굴이 얼어붙었다. 그들 중 누구도 잠마원주의
뜻을 이해하지 못하고 있었다.

그러나 단 한 사람, 다른 반응을 보인 이가 있었다.

'재밌군. 아주 제멋대로야. 마음에 든다. 이게 바로 마도의
방식인 게야. 그리고 내가 원한 것이기도 하지.'

영호선은 혼자 클클거리며 웃었다. 진심으로 희열을 느끼
고 있었다. 싸우란다. 증명하란다. 이 얼마나 멋진가! 규칙도
없다. 그저 마음 가는 대로 마음껏 누구든 패버리면 되는 것
이다. 물론 뒤에 짜증나게 추궁하는 일도 없을 것이다.

영호선이 웃음을 흘리자, 바로 옆에 서 있던 기재 하나가 영호선을 보며 인상을 찡그렸다. 그는 아직도 잠마원주의 마지막 말에 어리둥절한 상태였다.

영호선도 옆으로 고개를 돌려 바라보았다.

기재가 아랫입술을 한차례 깨물며 말했다.

"이봐, 기분 나쁘게 왜 실실거려?"

"클클!"

영호선이 웃음과 함께 번개같이 손을 뻗었다. 그리고 뻗었다 싶은 순간 기재의 팔을 양손으로 잡고 나무 분지르듯 부러뜨렸다.

뚜둑!

"으아아악!"

단말마의 비명이 고요한 잠마원에 울려 퍼졌다.

모두의 시선이 비명을 좇았다.

팔이 부러진 기재 한 명이 몸부림치고 있었다. 팔꿈치에서 어깨 사이가 두 동강난 탓에 제멋대로 팔랑거리는 것이 잠마원의 입부식에서 벌어진 일이라고는 믿기 힘든 잔혹한 광경이었다.

"흐흐흐! 싸우라잖아, 멍청아!"

몸부림치는 모습을 보며 영호선이 웃음을 지었다.

고작 팔 한쪽 부러졌다고 발광하는 꼴이라니. 근성없는 녀석이었다. 이놈뿐이 아니었다. 잠마원주가 싸우라고 하는데도 모두들 멍하니 정신을 놓고 있다니 한심하기 짝이 없었다.

"약해, 이 자식아!"

영호선은 발을 뻗어 몸부림치는 기재의 복부에 꽂아 넣었다. 기재는 공중으로 솟아올라 그대로 땅에 처박혔다. 몇 번 꿈틀대던 기재는 이내 죽은 듯 꼼짝도 하지 않았다.

몸부림치는 것보다 백번 나은 모습이었다.

영호선은 고개를 끄덕였다.

"크크, 보기 좋군. 좋은 자세야. 기분이 상쾌하구나. 크하하하! 주체하기 힘들 정도야."

과거 형산의 군자검 시절에는 상상도 할 수 없을 일을 자행하고도 영호선은 연신 킬킬거렸다. 만약 형산 문중의 누가 이런 광경을 보았다면 군자검의 인피면구를 쓴 마인이라고 했으리라.

그때까지도 다른 기재들은 상황을 전혀 파악하지 못하고 있었다. 잠마원 입부식에서 어떻게 이런 일이 일어날 수 있냐는 듯 그저 입만 벌리고 있을 따름이었다.

영호선이 그런 기재들을 쭈욱 둘러봤다.

"모두 기뻐해라. 마도 역사상 최고의 고수가 될 이 몸께서 오늘 입부식 기념으로 너희 모두를 박살 내주마. 나는 나를 증명해 보이겠다."

말이 끝나기가 무섭게 신형이 주변을 휩쓸었다. 장(掌)과 각(脚)이 현란하게 번뜩이자, 이내 멍한 표정으로 지켜보던

십여 명의 기재가 영호선의 공격에 피를 토하며 쓰러졌다.

이것이 시작이었다.

이내 대광장은 아수라장으로 변했다.

잠마원의 기재들은 비로소 잠마원주의 말이 의미하는 바를 여실히 깨달았다. 싸워라, 증명하라 하는 말은 미래의 상황이 아니었다. 바로 지금 이 순간을 의미했던 것이다. 저만치 잠마원주와 교두로 보이는 이들이 팔짱을 낀 채 희미하게 웃고 있는 것이 그 증거였다. 팔이 덜렁거리고 피를 쏟아도 대수롭지 않다는 모습이다.

일제히 함성이 일더니 신형이 날고 장력이 난무했다.

"미친 새끼!"

"저 새끼부터 죽여!"

잠마원주의 말뜻은 서로 난투를 벌이라는 것이었다. 하지만 상황은 묘하게 돌아갔다. 거의 모두가 영호선 하나를 향해 일제히 공격을 가하고 있는 것이다.

그 광경을 낱낱이 지켜보는 잠마원주 소요마선과 교두들의 얼굴에는 허탈한 미소가 걸려 있었다.

이게 아니었다. 싸우라고는 했지만 적과 아군의 가림 없이 승부를 내라는 것이었지 지금처럼 모두가 한 놈을 공격하고, 그 한 놈이 연신 킬킬거리면서 쓰러뜨리고 있는 것을 바란 것이 아니었던 것이다.

입부식의 이 혈투는 잠마원 내 기재들의 서열을 가리는 절

차이기도 했다. 돌아가는 모양이 서열이 가려지긴 할 것 같은데 짜증이 나려고 하는 것은 어쩔 수가 없었다.

"허참, 웃어야 할지 울어야 할지."

잠마원주가 중얼거렸다.

그야말로 잠마원 입부식 역사상 처음 있는 일이었다.

"허허, 완전히 돌아버린 놈이 들어왔어."

"네, 완전히 미쳐 돌아가는데요. 마곡의 금마가 데려왔다고 했나요?"

교두 중 하나가 말을 받으며 되물었다.

"그래, 혈마환을 처먹였다더군."

"네? 아직까지 그게 세상에 남아 있었던가요?"

"금마가 천지를 떠돌아다니더니 한 건 제대로 했군. 게다가 마곡 놈들이 원래 상식없는 건 알고 있었지만……. 쯧쯧쯧."

어느덧 대광장의 난투극은 순식간에 마지막을 향해 달려가고 있었다.

이백 명에 이르는 기재 중 장내에 두 발을 딛고 선 자는 영호선을 포함하여 고작 아홉에 불과했다.

이미 쓰러진 기재들은 어느새 치워져 외곽 쪽에 쓰러진 시간대 별로 나란히 정돈되어진 채로 임시 치료를 받고 있었다.

남은 아홉 명은 일시 소강상태를 유지하고 있었다.

그들의 상태는 그리 좋아 보이진 않았다. 머리는 멋대로 헝클어지고, 옷도 여기저기 찢겨져 나갔다. 영호선도 가슴 부위의 옷이 찢겨져 팔랑거리고 있었다. 그래도 혼자 맞서 싸우면서 창자가 삐져나와 덜렁거리지 않고 그저 옷만 팔랑이는 것은 대단하다고 할 일이었다.

바로 그 점 때문에 영호선을 잡아먹을 듯 노려보는 여덟 명은 난처하기 이를 데 없었다. 대체 어디서 어떤 영약을 처먹고 어떤 수련을 한 것인지 가끔씩 눈에서 불을 뿜을 듯 혈광을 번뜩이며 설쳐 대는데 장이 맞부딪친 자들은 모조리 선혈을 토하고 나자빠지기 일쑤였다.

무리 중에 오광문 출신의 기재 청당은 이제 동료나 다름없게 된 일곱을 바라보았다.

남자는 자신을 포함해 다섯, 여자가 셋이었다. 남녀를 막론하고 지친 기색이 역력했다.

"저 새끼, 뭐 하는 놈인지 아는 사람 있냐?"

"난 저런 미친 새끼 모른다."

"동귀어진까지 쓰면서 죽자고 달려드는 놈은 첨 봤다."

"씨발, 잠마원에 죽으러 온 것도 아니고, 뭐 하는 짓인지……."

"혹시 마교 사인방 중 한 명이냐?"

"사인방 중엔 저런 놈 없다."

그때 여자 기재 중 하나가 피 묻은 손으로 머리를 쓸어 넘기며 말했다. 그녀는 염라문 출신의 소묘희였다.

"언제까지 잔소리만 할 거지?"

청당이 말을 받았다.

"그래, 그럴 때가 아니지. 아무래도 무작정 맞서기보다 전략적으로 나가는 게 좋겠다. 일단 우리 남자들이 놈을 공격하고 그 틈새를 여자 쪽에서 공략하는 건 어떠냐?"

소묘희가 콧방귀를 뀌었다.

"흥, 남자라는 거냐?"

"지금 그걸 따지자는 것이 아니잖아!"

청당의 말에 소묘희도 조금 누그러졌다.

"좋으실 대로."

그 광경을 폴짝거리면서 보고 있던 영호선이 소리쳤다. 이제 쉴 만큼 쉰 것이다. 다시 몸에 혈기가 충천하고 손이 마구 근질거렸다.

"크흐흐, 여자들은 다 꼬신 거냐?"

여덟 명의 기재의 얼굴이 일제히 일그러졌다.

영호선이 입꼬리를 올렸다.

"어째 안 넘어왔나 보군. 미련한 새끼들, 낯부끄럽게 대낮에 무슨 짓이냐!"

"저 새끼가!"

청당을 비롯한 다섯 기재가 신형을 날렸다. 영호선도 폭주했다.

그 모습을 세 명의 여자 기재는 조금은 느긋한 눈으로 바라보았다. 그러다 이내 세 여인의 눈이 휘둥그레졌다.

　어이없게도 영호선의 신형이 자신들이 있는 쪽으로 달려오고 있었기 때문이다.

　"너희부터 패주마."

　예상치 못한 기습 공격에 여자 기재들의 손발이 어지러워졌다. 목표를 잃어버린 다섯 패거리의 황당함도 만만치 않았다. 그들은 뒤늦게 신형을 틀어 전장으로 뛰어들었다. 이렇게 되자 흥분한 세 여인과 다섯 기재, 그리고 영호선까지 마구 뒤엉켜 난장판이 되고 말았다.

　신바람이 난 것은 영호선이었다.

　"카카카카, 신난다. 다 죽어봐라, 이 쌍놈들아."

　부상을 당해 먼저 실려 나간 대다수의 기재들도 이젠 한 명의 구경꾼이 되어 이 난전을 지켜보고 있었다. 그들은 각기 한숨을 쉬기도 하고, 입을 쓰게 다시기도 하고, 심지어는 아예 외면하는 이들도 있었다. 그들은 아무런 말도 하지 않았지만 눈빛은 마치 '잠마원에 오는 게 아니었어' 하는 후회가 역력했다.

　그사이 난전은 다시 정리가 되어 이제 대광장에 남은 건 영호선과 그에 맞서는 두 명뿐이었다. 그 둘은 오광문의 청당과 염라문의 소묘희였는데, 지친 기색이 완연해 숨을 쉴 때마다 가슴이 크게 부풀었다가 가라앉기를 반복하고 있었다.

　"이쯤 되면… 항복할 만도 하겠군."

　영호선이 여유롭게 한 명씩 돌아가며 바라봤다.

“하지만 말이야, 멋대로 항복하면 나한테 뒤진다. 재미없게 그러기 없기야.”

청당과 소묘희가 이를 악물었다. 그리고 서로를 마주 봤다. 지금껏 저 미친개에 맞서 남은 두 사람이다. 동지애가 저절로 솟아난다. 이내 둘은 눈빛을 교환하고 고개를 끄덕였다.

순간 두 사람의 신형이 일시에 영호선을 향했다.

이심전심!

광포한 기운을 머금은 청당과 한기를 품은 소묘희의 장력이 하나는 폭풍처럼, 또 하나는 귀신처럼 폭사했다.

그 공세를 영호선이 십 년 만에 만난 친구를 환영하듯 두 팔을 명치 부근에 두었다가 일순간 펼쳐 냈다.

“하하하하! 어서 와라! 천지폭뢰(天地爆雷)!”

쌍장(雙掌)이 뻗어가기 전 중심에 머문 가공할 기운이 팔의 안쪽을 타고 면면히 흘러 두 사람을 각기 맞아들였다.

펑!

장력이 부딪치며 폭발음이 터졌다. 영호선의 신형이 주르르 뒤로 밀려 나갔다. 그러다 결국 뒤로 사정없이 팔랑거리며 나뒹굴었다.

반면 소묘희와 청당의 몸은 그 자리에 굳건히 버틴 채였다. 둘은 서로를 바라보았다. 말은 없었지만 우리가 해냈다는 눈빛이 오고 갔다. 막강한데다 미치기까지 한 한 마리의 개를 끝내 무찌르고 비로소 승리를 쟁취한 동지의 연대감이 흘렀다.

지켜보고 있던 교두들이 쯧쯧 혀를 찼다.

"결국 저렇게 되고 마는군."

"이미 손을 뻗을 때 알아보긴 했지만, 쩝, 그리 유쾌하진 않군."

두 사람의 말이 끝날 때쯤 청당과 소묘희가 서로를 향해 씨익 미소 지었다. 그러나 그 미소는 곧 사라졌다.

왁!

누가 먼저랄 것도 없었다.

거의 동시에 청당과 소묘희는 선혈을 토해내고는 믿을 수 없다는 듯 입가의 피를 닦아냈다.

털썩.

힘없이 무너지며 두 사람은 영호선 쪽을 바라봤다.

거기엔 영호선이 천천히 몸을 일으키고 있었다. 영호선의 몸에는 피 대신 먼지가 가득했고, 먼지를 풀풀 날리며 옷을 털고는 손을 흔들어 '크하하! 나 무사해! 걱정하지 마라!' 라고 떠들고 있는 것이 보였다.

청당과 소묘희의 얼굴에 믿을 수 없다는 표정이 떠올랐다.

교두들이 고개를 가로저었다.

"저 멍청이들, 전혀 예상 못했던 모양이네?"

"힘을 고스란히 받아내고 지들이 이긴 듯 웃다니, 한참 애송이들이로구먼."

영호선은 머리와 옷의 먼지를 난잡하게 털고는 청당과 소묘희 앞에 다가섰다.

해를 가리고 선 탓에 청당과 소묘희의 눈에는 영호선의 표정을 읽을 수 없었지만 보지 않고도 득의한 표정이 가득하리라는 것은 충분히 예상할 수 있었다.

"넌 도대체 뭐 하는 놈이냐?"

청당이 물었다.

"나? 크하하하하!"

거침없이 웃던 영호선이 주먹을 불끈 쥔 오른손을 힘차게 하늘로 뻗었다. 이어 쩌렁거리는 목소리가 잠마원에 울려 퍼졌다.

"나는 형산파의 영호선이다! 음하하하하하! 근데 지금은 마도의 지존이 될 영호선이랄까? 크하하하하!"

청당과 소묘희, 그리고 부상에 신음하고 있던 모두가 순간 멍해져 버렸다.

형산파라니? 근데 마도의 지존이 되겠다고?

휘이잉~

한줄기 한풍이 대광장을 쓸고 지나갔다.

그렇게 한참을 웃던 영호선은 마무리는 바로 이렇게 하는 것이라는 것을 보여주겠다는 듯 청당과 소묘희를 걷어차기 시작했다.

퍽퍽퍽퍽!

"감히 이 영호선님께 대들었겠다?"

누워 있는 위치에 따라 청당은 배를 연신 맞으며 신음을 내질렀고, 소묘희는 여자라는 점을 전혀 고려 받지 못하고 엉덩이를 걸어채였다.

"앞으로 내 앞에서 까불지 마라."

퍽퍽퍽!

그렇게 한참 때리고 있으려니 뒤쪽으로 기척이 느껴졌다.

영호선이 살짝 고개를 갸우뚱거렸다.

"뭐야? 아직 남은 놈이 있었나?"

"그래도 꽤 똑똑하구나."

막 고개를 돌리려던 영호선은 뒤통수에서 불꽃이 튄다고 느꼈다. 머릿속이 순간 하얀색으로 번져 간다.

털썩!

허물어진 영호선은 소묘희의 엉덩이를 베개처럼 깔고 누워버렸다.

영호선의 시선에 흐릿하게 네 개의 인영(人影)이 비쳤다. 하지만 이내 그것마저 볼 수가 없었다.

대광장의 난투의 결과는 곧바로 잠마원 서열이 되었다.

영호선은 이백 명 중 당당히 오위를 차지했다.

하지만 바로 그 점이 영호선은 마음에 들지 않았다. 화가 머리끝까지 치솟아 머리에서 김이 무럭무럭 날 지경이었다.

모두 패버렸다고 생각했다. 당연히 잠마원 내 기재 서열 일위는 자신이어야 함은 물론이고, 그로 인해 마도의 초절정절예를 익히고 영약을 밥처럼 먹어 조만간 천하제일이 될 것이라고 확신했다.

그런데 숨어 있던 네 마리의 쥐새끼가 있다는 것을 몰랐다. 없는 사람마냥 몰래 숨어 있다가 찍 소리를 내며 나타나서는 뒤통수를 후려갈겼으니 울화통이 터져 미쳐 버릴 것만 같았다.

덕분에 잠마원 기재 서열 오위가 되고, 총 열 개의 조 중 일조장이 아닌 오조장으로 전락해 버렸다.

"마교의 사인방(四人幇)이라고 했겠다. 와우, 이 쥐새끼들! 구워 먹고, 삶아 먹고, 튀겨 먹어도 시원찮을 놈들."

더욱 화가 나는 것은 방금 조장, 부조장 소집 회의에서 교두가 밝힌 내용 때문이었다.

"앞으로 보름 동안 일체의 암습이나 비무는 없다."

영호선에게 다른 말들은 뭐라고 하는지 들리지도 않았다. 그렇게 듣는 둥 마는 둥 하고는 지금 오조의 부조장이 된 초이량과 함께 배정된 조 숙소로 향하는 길이었다.

“야, 넌 화 안 나?”

영호선이 신경질적으로 말했다.

부조장 초이량이 꿀꺽 침을 삼켰다.

낮에 영호선을 피해 달아나다 어깨에 장력을 맞아 나자빠졌던 초이량이다. 아직도 오른쪽 어깨를 움직이기 힘든 상황이었다.

사실 초이량은 부상으로 쓰러진 뒤 입부식의 난전이 서열과 조별 구성을 위한 사전 작업이라는 것을 알고 나서는 제발 자신이 서열 십오위가 아닌 십사위나 십육위가 되길 간절히 바랐다.

왜냐하면 오조의 인원은 십오위, 이십오위, 삼십오위 등의 오로 끊어지는 서열로 이십 명이 편입되기 때문이었다. 그런데 웬걸, 정확히 십오위로 판명나자 정말이지 하늘이 무너져 내리는 것 같았다.

잠마원 내에서 서열 육위부터 서열 이백위까지를 혼자 패버린 놈이다. 거기까진 좋다. 그런데 형산파였다니…… . 어째 형산파 놈이 눈알을 희번덕거리면서, 그것도 가끔씩 눈이 혈광을 뿜어내면서 미쳐 날뛴단 말인가. 이미 잠마원 내 기재들 사이에서는 영호선을 ‘잠마광견(潛魔狂犬)’ 이라고 부르는 중이었다. 무슨 괴상한 약을 먹고 미쳐 버렸다는 말도 나돌고 있었다.

그러니까 결국 미친개를 조장으로 삼게 된 것이다.

그리고 지금 영호선이 보름 동안 암습이나 비무가 불가능하다며 불같이 화를 내고 있지만 초이량이 봤을 때 그건 화를 낼 일이 아니었다. 교두는 보름 후가 되면 잠마원 내에서 기재들 사이에 살인까지 가능하다고 이야기했기 때문이다.

그런데 이 미친개는 염려가 아니라 화를 내고 있고, 화가 안 나냐며 묻고 있는 것이다.

그러나 초이량은 마음을 곧이곧대로 드러낼 수는 없었다.

"화… 나지."

초이량이 간신히 입을 열었다.

영호선이 눈을 째렸다.

"근데 너, 표정이 왜 그래? 이 새끼, 너! 꼭 화 안 난 것 같잖아. 꼭 그렇게 얌전한 표정 지어야겠냐!"

당장 초이량이 험악한 인상을 만들었다.

영호선이 그제야 입술을 삐죽 내밀고 고개를 끄덕였다.

"좋아, 바로 그거야. 마도가 그 정도는 되어야지."

"그런데 궁금한 게 있다만……."

"뭐?"

영호선이 눈동자만 돌려 바라봤다. 순간 혈광이 눈동자를 뒤덮었다가 사라졌다.

초이량의 표정이 해쓱해졌다.

그 순간 영호선의 손바닥이 날아 초이량의 뺨을 갈겼다.

짜악!

“이 새끼야, 표정!”

초이량이 정신을 차리고 험악하게 인상을 찡그렸다.

“좋아, 궁금한 게 뭐냐?”

“됐어.”

초이량은 정말로 질문이 필요없어졌다. 원래는 형산파에서 얼마나 있었느냐고 묻고 싶었다. 하지만 한 대 시원하게 얻어맞자 그 질문이 얼마나 의미없는 것인가를 깨달아 버린 것이다. 게다가 눈에 번뜩이는 혈광은 보는 것만으로도 소름이 돋았다.

묻지 않아도 눈에 선했다.

잠마광견은 분명 연쇄 살인, 방화, 강간을 일삼다 도망쳤으리라. 적어도 수십 명은 기분 내키는 대로 도륙했을 것이고, 처녀들을 강간한 뒤 묻어버렸거나, 어쩌면 형산 안에서도 살인이나 강간을 벌이고 튄 것인지도 모른다. 형산의 고수들은 눈에 불을 켜고 찾아다녔을 테고, 오직 살아날 길은 오직 마도에 투신하는 것이었으리라.

그렇게 초이량이 나름 혼자 잠마광견 영호선의 과거를 정리할 때였다.

짜악!

초이량의 고개가 돌아갔다.

영호선이 멱살까지 틀어잡았다.

“됐다니! 이 새끼가 어디서 장난질이야!”

초이량은 왈칵 눈물이 흐르려는 것을 아랫입술을 깨물며 참았다. 이 자식은 살인마다. 괜히 눈물을 보이면 또 연약한 표정 짓는다며 모가지를 돌려 버릴지도 모르는 일이었다.

"너, 똑바로 해!"

초이량은 얼굴을 정면으로 마주 보게 되자 진짜 울고 싶어졌다.

영호선의 안면에 느닷없이 핏줄이 멋대로 솟구쳐 핏빛 지렁이가 빠르게 이동하는 것처럼 핏줄기가 왕래하고 있는 것이다. 핏줄이 지나가는 소리는 나지 않았지만 초이량은 스악스악 하는 소리까지 들리는 것 같았다. 마공 중 이렇게 살기등등한 마공이 있다는 건 듣도 보도 못했다.

초이량이 고개를 빠르게 끄덕였다. 물론 인상을 험악하게 쓰는 것도 잊지 않았다.

영호선이 멱살을 풀었다.

"좋아, 다음에 기억나면 말해라."

오조 숙소는 온통 하얀색이었다. 벽이 하얀 것은 아니었다. 오조에 배치된 열여덟 명 기재의 창백한 안색이 숙소를 하얗게 밝히고 있는 중이었다. 그들은 자신이 오조가 된 것이 전생에 큰 죄를 지었거나 하늘의 저주, 혹은 삼재 중 하나일 것이라고 생각했다. 아니, 애초에 잠마원에 오는 것이 아니었다.

이윽고 영호선과 초이량이 숙소 안으로 들어왔다.

숙소가 한층 더 하얘졌다.

영호선이 분위기가 이상하자 바로 인상을 썼다.

"표정들이 왜 이 모양이야! 급체라도 한 거냐? 왜 이렇게 창백해!"

초이량이 험악한 인상을 잊지 않은 채 영호선을 바라봤다.

'정말 이유를 모르는 거냐, 이 미친개야?'

그러나 말을 꺼낼 용기는 내지 못했다.

"모두 일어나!"

영호선의 한마디에 열여덟 명이 신속하게 일어났다. 모두들 두들겨 맞아 몸 상태가 그리 좋은 편이 아니었지만 지금은 몸 상태를 따질 때가 아니었다. 괜히 미적거리다 영영 드러누워 버릴 수도 있었다.

"어휴, 이 답답한 새끼들. 마도의 패기라곤 눈을 씻고 봐도 없네. 일어나란다고 진짜 번개같이 일어나냐!"

영호선이 가장 가까이에 있는 조원 하나를 후려갈겼다.

빠악!

입에서 피를 뿌리며 날아가 벽에 부딪치고 떨어졌다.

순간 조원들의 눈이 불안하게 흔들렸다.

'일어나면 안 되는 거였나?'

그 의문을 듣기라도 한 듯 곧바로 영호선이 답했다.

"근성도 없이 정파의 못 쓰레기들을 어떻게 상대할 참이냐! 쯧쯧쯧, 이 불쌍한 새끼들. 눈에 힘 한 번 줬다고 창백한 안색이라니. 당장 쪼그려 뛰기… 아니, 아니야. 지금 즉시 연무장 백 바퀴 돌고 온다."

조원들이 눈알이 사정없이 흔들렸다.

연무장으로 뛰어가야 옳은지 그냥 무시해야 하는지 갈피를 잡을 수가 없었다. 곧바로 뛰어가면 또 근성없다고 얻어터질 것 같았기 때문이다.

모두 굳어 있자 영호선이 실실거렸다.

"크크, 이 새끼들이 이제 반항을 하네?"

그 말이 신호였다. 열여덟 명 모두 숙소 입구가 멀다며 창문으로 분분히 뛰어내렸다.

초이량은 그 모습을 보며 쓴웃음을 지었다. 다들 마도 문파나 가문에서는 한가락 한다는 기재들이 창백한 안색으로 정신없이 신형을 날리는 모습이라니. 방금 벽에 날아갔다가 고꾸라진 녀석만 해도 이름이 평안생으로 귀곡문주의 손자였다. 귀곡문주는 자신의 손자가 잠마원에서 이렇게 처맞고 뻗어버린 것을 상상이나 하고 있을지.

그때였다.

"넌 왜 가만있어?"

초이량이 흠칫해서 보니 영호선이 실실 쪼개고 있었다.

정신이 번쩍 든 초이량이 번개같이 신형을 날렸다. 이층에서 바닥으로 내려서기까지 그 체공 시간 동안 눈이 뿌옇게 흐려졌다. 정말 울지 않으려고 했는데 서러움이 복받쳐 저절로 눈물이 나고 말았다.

"씨발!"

사실 잠마원에 들 정도의 기재들에게 있어 대연무장 백 바퀴를 뛰는 것은 보통 사람이 두세 바퀴를 도는 수준에 불과했다. 신법을 펼쳐 달리면 산보나 다름없었다.

하지만 문제는 쪽팔리다는 데 있었다.

각 전각마다 창가에 달라붙어 바라보고 있는 수많은 시선이 마치 강노가 쏟아지는 것처럼 가슴을 아프게 찔러왔다. 모두의 시선이 '에휴, 이 불쌍한 놈들아. 쯧쯧쯧' 하는 것 같았다.

그 덕에 오조원들은 광풍같이 신법을 펼쳐 백 바퀴를 채우고는 붉게 상기된 얼굴로 숙소로 돌아왔다. 더 이상 창백한 안색 따위는 누구에게도 찾아볼 수 없었다.

그때 영호선은 의자에 앉아 비급을 훑어보고 있는 중이었다. 소집회의 때 각 조에 배부된 여섯 권의 비급으로 보름의 기간 동안 잠마원의 모든 기재들은 반드시 암기해야 한다고 했다.

"심법에 건곤마환공(乾坤魔幻功), 외공에 마룡박격(魔龍搏擊), 금나법인 독응금나(禿鷹擒拿), 축골공인 역천축골(逆天縮骨), 신법에 혈우파보(血雨破步), 안법에 적안마심공(赤眼魔心

功)이라……. 쳇!"

대충 훑어보던 영호선은 비급을 툭 던졌다.

모두가 익히는 것이라면 대단할 것도 없었다. 좀 더 희소가치가 있는 초절정의 마공이 필요했다.

"모두 수고했다. 난 쉴 테니 초이량 네가 전달 사항을 알려 주도록 해라."

초이량이 험악한 인상을 쓰며 고개를 끄덕였다.

영호선이 숙소 내에 마련된 두 개의 방 중에서 하나로 쏙 들어가자 모두들 소리 나지 않게 한숨을 내쉬었다.

초이량이 입을 열었다.

"모두에게 오늘은 힘든 하루였을 테니 간단히 말하고 끝내마. 가장 중요한 사항은 두 가지다. 하나는 앞으로 보름 후부터는 교육 시간과 취침 시간을 제외한 나머지 시간 동안에는 암습과 결투가 가능하다는 것이다. 즉, 요점을 말하자면 잠마원은 작은 강호이며, 언제든지 살해당할 수 있다는 거지."

연무장을 백 바퀴 뛰느라 상기되었던 오조원들의 안색이 일제히 창백하게 변했다. 모두의 두려움은 오직 한 사람 때문이었다. 영호선! 수틀리면 그냥 죽여 버릴 것이 아닌가 말이다.

초이량이 말을 이었다.

"안심해라. 같은 조끼리는 해당 사항이 없다고 하니까. 어쩌면 다행인지도 모르지."

그러나 순간 모두의 눈, 심지어 초이량까지 아직까지 뻗어 일어나지 못하고 있는 귀곡문주의 손자 평안생에게 향했다. 아무래도 그런 걸 따질 것 같지가 않았다. 가슴이 콱 막혔다.

초이량이 이를 악물고 다음 전달 사항을 말했다.

"다른 하나는 각 조에 공히 전달된 여섯 권의 비급을 보름 동안에 걸쳐 암기해야 한다는 것이다. 많은 분량은 아니니 그리 걱정하지 않아도 될 듯싶다. 그리고 마지막으로."

초이량이 조원들을 쭈욱 훑었다.

"살아남자."

조원들은 순간 울컥했다.

잠마원에 살아남기 위해 온 것이 아니었다. 그러나 이젠 목표를 현실에 맞게 수정할 필요가 있었다.

조원들은 이내 고개를 끄덕였다.

第四章
잠마원을 요동치는 칠현금

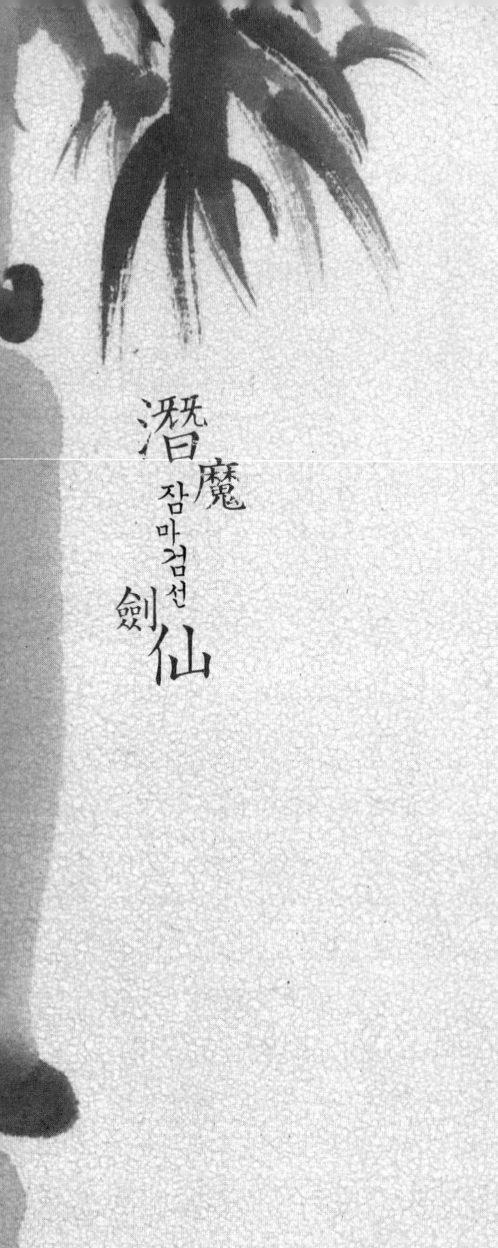

潛魔劍仙
잠마검선

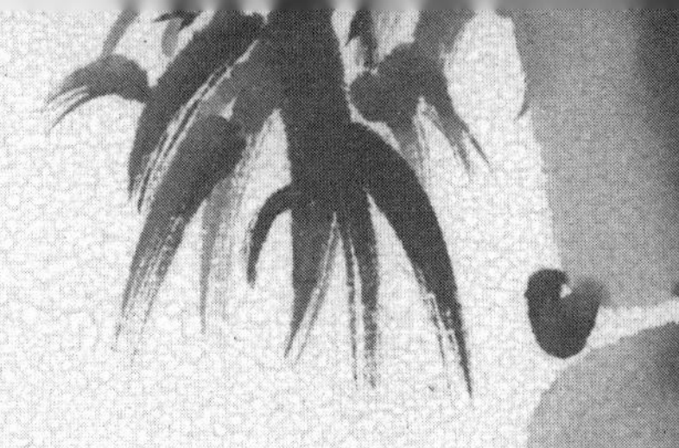

잠마원주 소요마선은 찻잔을 들어 살짝 입술을 적셨다.

"바둑 두는 사람 어디 갔나?"

바둑판을 사이에 두고 맞은편에는 사십 초반 정도의 사내가 심각한 표정으로 앉아 있었다. 사내는 얼굴 윤곽이 뚜렷하고 전체적으로 잘생긴 얼굴이었다. 차가운 기운이 약간 감돌았지만 그마저도 잘생긴 얼굴을 돋보이게 하는 것 같았다.

이 사내는 교두 중 한 명으로 무영마객 현원령이었다.

"하아, 어렵군요, 어려워. 아무래도 항복해야겠는데요."

현원령은 고개를 가로젓고 패배를 선언했다.

잠마원주가 흐뭇하게 웃었다.

“실력을 더 쌓아야겠어.”

“하하, 노력하겠습니다. 그런데 원주님, 영호선 말입니다.”

“영호선이 왜?”

“괜찮겠습니까?”

“괜찮다마다. 원래 그런 놈들이 하나쯤은 있어야 긴장감도 생기고 좋은 법이지.”

“설치는 걸 봐서는 얼마 못 가 죽어버릴 것 같습니다만.”

“흐흐, 그럴 수도 있겠지. 죽어도 어쩔 수 없지.”

“혈마환이 풀리는 일은 없습니까?”

“그거? 안 풀려. 마곡 놈들이 무식하긴 해도 대책이 아예 없는 건 아니거든. 만에 하나 풀리면 바로 죽이면 그만이고.”

“특별히 걱정할 문제는 아니로군요. 그래도 혹시 모르니 긴밀히 주시하도록 하겠습니다.”

현원령이 일어섰다.

“그래, 수고해 주게.”

“그럼 이만 물러가겠습니다.”

현원령이 머리를 숙이고 이내 자리를 나섰다.

잠마원주는 찻잔을 들고 조금 남겨진 차를 마셨다.

그때였다.

쿵!

전각이 통째로 흔들렸다.

잠마원주는 얼굴을 찡그렸다.

지진이었다. 화산지대의 특성상 불규칙적으로 늘 발생하는 일이었다. 그래도 짜증이 나는 건 어쩔 수 없었다.

쿵!

찻잔이 딸그락거렸다.

"제길, 잠마원을 옮기든지 해야지 원."

＊　　　＊　　　＊

쿵!

육조 숙소가 지진으로 흔들렸다.

칠조장 소묘희는 흔들림이 멈추길 기다렸다가 자리에서 일어났다.

"좋아, 그럼 난 이만!"

육조장 청당은 앉은 채로 고개를 끄덕였다.

소묘희가 몸을 돌리자 머릿결이 찰랑거렸다.

방에서 소묘희가 떠났지만 아직 체향은 그대로였다.

청당은 소묘희의 말을 떠올려 보았다.

"앞으로 닷새면 살인이 가능해지지. 영호선은 그날 세상에서 사라지는 것이다. 팔조와 구조, 십조의 조장까지 함께하기로 했다. 너도 동참했으면 싶군."

영호선을 죽인다라……. 물론 생각하고는 있었다. 하지만 문제는 무력이었다. 영호선은 일조부터 사조까지의 조장을 맡고 있는 사인방을 제외하고 나머지 모두를 쓰러뜨렸다. 어쩌면 사인방조차 영호선의 상대가 안 될지도 모르는 일이었다.

그러나 암습이라면?

"충분히 가능하지."

청당이 중얼거렸다.

잠마원의 기재 서열 육위부터 십위까지 다섯 명이 암습을 가한다면 영호선이 제아무리 출중한 재주가 있을지라도 피하지 못할 것이리라.

청당은 도리어 자신이 먼저 제안하지 못하고 제안을 받는 입장이 된 것을 탓했다.

입부식 때 소묘희는 피에 젖은 손으로 머리카락을 쓸어 올렸다. 수려한 외모에 고집스러운 표정, 말투는 또래의 사내마냥 거칠다. 청당은 그날부터 소묘희의 모습을 잊지 않고 있었다. 그리고 영호선이 소묘희의 엉덩이를 걷어찬 것도.

"영호선, 이 씹어 먹어도 시원찮을 놈! 네 목은 소묘희를 향한 내 선물로 삼겠다."

육조장 청당은 지금껏 십칠 년을 살아오면서 오직 무공에만 몰두하며 나날을 보냈다. 누군가에게 마음을 줘본 적이 한 번도 없을 뿐 아니라 또래의 여자를 구경한 것도 처음이었다.

그러니 자연히 이러한 이성에 대한 감정도 그에겐 새로운 경험이었다. 그가 속한 오광문은 여자라곤 다 합해 총 열 명이 넘지 않았고, 그마저도 모두 사십대를 넘긴 상태였다.

첫눈에 반했다는 말처럼 웃기는 말도 없다고 생각했었다. 하지만 청당은 이곳에서 소묘희를 처음 보는 순간 마음을 빼앗기고 말았다.

그렇기에 입부식 날 영호선에게 복부를 얻어맞으면서도 바로 옆에서 소묘희가 엉덩이를 걷어채이는 것을 보며 얼마나 가슴이 아팠는지 모른다. 영호선을 제거하는 것은 너무도 당연한 일이었다. 게다가 영호선의 제거 작업은 소묘희와의 연합이다. 이보다 더 좋을 수는 없었다.

*　　　*　　　*

쿵!

지붕 위에서 영호선은 팔베개를 한 채로 지진의 흔들림을 만끽했다.

이윽고 소묘희가 청당에게 말하는 목소리를 들을 수 있었다.

"좋아, 그럼 난 이만!"

영호선이 한쪽 입꼬리를 올리고 웃었다.

'흐흐, 잘 가라. 엉덩이가 토실토실한 소묘희!'

입부식 때 풍성한 엉덩이가 보이기에 걷어챴는데 꽤 발에 닿는 촉감이 좋았다. 크크, 앙심을 품을 만하지. 영호선은 당연하다고 생각했다. 그렇게 얻어맞고 가만히 있다면 그보다 맥 빠지는 일이 어디에 있겠는가.

사실 소묘희의 계획은 사흘 전에 눈치를 챈 상태였다.

한 명씩 포섭하는 것을 보고 육조장 청당에게도 갈 것이라고 생각했는데 짐작이 맞은 것이다. 그런데 일이 재밌게 되려는지 청당의 사사로운 감정도 알게 되고 말았다.

'재밌군, 재밌어. 소묘희는 청당이 콩깍지가 씌인 것을 알고 있으려나. 크크.'

사인방을 작살내기 전에 간단한 유희로는 제격이었다.

한줄기 옅은 웃음과 함께 영호선의 신형이 사라졌다.

*　　　*　　　*

청당의 두 눈에는 불꽃이 일고 있었다.

저만치 영호선이 소묘희 곁에 바짝 달라붙어 무슨 말인지를 씨불이고 있었기 때문이다.

"죽일 놈, 감히 어디서 수작이야."

그 때문에 보통 때 같았다면 당장 달려가 협박성 언사라도 질렀을 테지만 질투심이 드러날까 봐 속으로만 부글거리고 있을 따름이었다.

말이 다 끝났는지 영호선이 화사한 웃음과 함께 소묘희에게 손을 흔들며 자리를 떠나는 모습이 보였다.

'헉.'

청당은 가슴이 무너지는 것 같았다. 영호선의 웃음 때문이 아니었다. 소묘희가 영호선을 향해 흐릿하게 미소로 화답하는 것을 보았기 때문이다.

'뭐지? 설마 소묘희가 저놈에게 마음이 있는 것일까? 아니야. 그럴 리 없어. 그런 수치를 당했는데 좋아할 리가 없잖아?'

아닐 것이라고 부정했지만 자꾸만 마음속에 소묘희의 웃는 모습이 떠나지 않았다.

불현듯 일전에 들은 유혼파파(幽魂婆婆)의 말이 떠올랐다.

"원래 여자들은 강한 남자를 좋아하는 법이지. 넌 이해 못하겠지만 여자들은 묘하게도 나쁜 남자를 사실 더 매력적으로 본달까나."

당시에는 유혼파파가 다 늙어 노망이 나서 하는 소리라고 생각했지만 지금 생각해 보니 그 할망구의 말이 맞을지도 모른다는 생각이 들었다.

그런 생각 때문인지 청당은 그 뒤로도 영호선이 소묘희 근처에 접근해 시답잖은 말을 건네고, 소묘희가 버럭 화를 내도 그것이 마냥 싫어서 그런 것은 아닌 듯한 생각에 사로잡혔다.

‘제길, 저놈을 어서 쳐 죽여야 해.’

이제 조원들 모두 비급을 암기하는 것도 마쳐 가고 있는 터라 구체적으로 암습에 대한 계획을 세워야 할 때가 가까워지고 있었다. 청당은 어서 빨리 소묘희와 연합할 날이 오기만을 간절히 바랄 뿐이었다.

                    *   *   *

청당은 다른 날과 마찬가지로 아련히 소묘희의 모습을 떠올리며 잠을 청했다. 그녀의 웃는 모습에 괜히 부끄러운 마음이 들어 이불을 머리끝까지 뒤집어썼다.

‘소묘희는 이런 내 마음을 알고 있을까? 그녀 또한 나를 떠올리며 잠들었으면 얼마나 좋을까?

그때였다.

[묘희야!]

청당은 귓가로 들려오는 음성에 문득 선잠에서 깨어났다.

‘묘희? 소묘희?

분명 낯익은 목소리였다. 하지만 왜 이곳 육조에서 소묘희를 찾는 목소리란 말인가. 그것도 사내놈이다. 청당은 이불을 뒤집어쓴 채로 잠든 척하고는 다음 말을 기다렸다.

[나야, 영호선. 약속해 놓고 이렇게 깊이 잠들면 어떡하나?]

청당은 하마터면 벌떡 자리를 박차고 일어날 뻔했다.

'영호선 이 망할 자식이 도대체 무슨 소리를 하는 거지? 약속을 하다니? 그럼 설마……?'

처음에는 목소리인 줄 알았는데 지금 보니 은밀히 전음으로 말하고 있었다.

마른침을 꿀꺽 삼키고 싶을 정도로 침이 고였지만 참고 다음 말을 기다렸다.

[새근거리는 소리도 듣기가 좋구나. 어제 너와 입맞춤할 때 머리가 하얗게 변해 버리는 것 같았어. 오늘 하루는 걷는 것이 아니라 날아다니는 것 같았다니까. 흐흐흐.]

청당은 가슴이 무너지는 것 같았다.

'이 개자식이 소묘희의 엉덩이를 걷어찬 것뿐 아니라 이젠 입술까지 뺏었다니. 아, 그리고 소묘희는 도대체 무슨 생각으로 이런 놈에게 정을 준단 말인가.'

[이 말을 해주고 싶었어. 잘 자. 내 꿈 꾸고.]

그 말을 끝으로 기척이 완전히 사라졌다. 하지만 청당은 몸을 움직일 수가 없었다. 가슴이 아려오면서 뜨거운 눈물이 흘러내렸다.

숙소의 구조상 육조와 칠조는 혼동하기 쉬웠다. 문패가 붙어 있는 것도 아니고 서로 마주 보는 형태인지라 처음엔 수련생들도 헛갈려 하며 잘못 들어와 뻘쭘한 표정을 지으며 돌아선 경우도 허다했다.

게다가 각 숙소는 기본적으로는 개방형 침상이 나란히 배치되어 있었지만 각 숙소마다 두 개씩 방이 마련되어 있었다.

이는 몇 명 되지 않은 소수 여자 수련생들을 위한 것으로 불편을 없애려는 생각에 여성 수련생들은 방에 거하게 했던 것이다.

하지만 육조에는 여성 수련생이 한 명도 없어 조장인 청당이 방을 차지하고 있었던 것인데, 영호선이 방을 잘못 찾아와 속삭이고 간 것이었다.

아무리 어두워도 사람을 구분할 수 없을 리 없지만 마침 청당이 이불을 머리끝까지 뒤집어쓰고 있었기에 청당은 영호선과 소묘희의 관계를 명확히 알게 되고 만 것이다.

청당은 이불 속에서 이불자락을 입안에 구겨 넣으면서 울음소리가 새어 나오지 않도록 해야 했다.

*　　　*　　　*

다음날 육조의 오전 교육은 공교롭게도 칠조와 함께였다. 원래는 외공인 마룡박격 교육이 있어야 했지만 교두가 다른 용무로 인해 외부로 출타한지라 진법 강의를 칠조와 함께 듣게 된 것이다.

야외에서 이루어지는 교육에서 육조 조장 청당의 시선과 정신은 오직 소묘희에게 집중되었다. 교두의 말 따위는 한마디도 들리지 않았다. 지난밤 영호선의 말이 자꾸만 떠올라 가슴이 터져 버릴 것만 같았던 것이다.

툭!

누가 건드리나 싶어 보니 옆에 앉은 부조장 독상군이었다.

"……?"

눈으로 묻자 독상군이 앞을 가리켰다.

거기엔 진법 교두인 삼뇌신마 담요가 짜증 섞인 표정으로 바라보고 있었다.

"정신을 어디에 두고 있는 거냐? 귀가 먹기라도 한 것이냐?"

"죄, 죄송합니다."

"죄송은 됐고, 구궁요마진(九宮妖魔陣)의 기본 배열에 대해 말해보아라."

청당은 저절로 식은땀이 흘렀다. 정신이 온통 소묘희에게 쏠려 있던 탓에 지금껏 아무것도 들은 것이 없었던 것이다.

그저 꿀 먹은 벙어리처럼 안절부절못하는 모습에 삼뇌신마가 혀를 끌끌 찼다.

"얼빠진 놈 같으니. 어린놈의 자식이 벌써부터 여색에 빠져 헤매는 꼴이라니. 네놈이 끝까지 남아 있을지 의문이구나. 정신 놓고 있다가 열흘 뒤쯤에는 싸늘한 시체가 될 게 뻔하지. 이리 나와라."

청당이 얼굴이 벌겋게 달아올라 앞으로 나가자 삼뇌신마가 차게 말했다.

“옷 벗어라.”

“네?”

청당은 경악스러웠다.

그와 함께 여기저기서 휘파람 소리가 들리며 노골적인 웃음이 터져 나왔다.

“이놈, 제대로 귀가 먹었나 보네. 네놈이 정녕 죽고 싶어 발악을 하는구나!”

청당은 숨조차 쉴 수가 없었다.

교두들에겐 살인 권한이 있었다. 만약 교두에게 대항할 경우 즉결처분을 당해도 아무런 말을 할 수 없는 곳이 바로 이곳 잠마원이었다.

청당은 주섬주섬 옷을 벗기 시작했다. 바라보는 시선이 모두 남자라고 해도 부끄러울 터인데 이 중엔 여자 수련생만 해도 소묘희와 한 명이 더 있었다.

그냥 콱 맞아 죽는 것이 더 낫지 않을까 하는 생각마저 들 지경이었다. 한 꺼풀씩 벗겨질 때마다 살갗이 벗겨지는 것만 같았다.

휘이익~

“와우, 근육 좋은데?”

“매끈하구만.”

배려나 안타까움 등은 어디에서도 찾아볼 수가 없었다. 물론 대부분의 함성이 칠조에서 나온 것이었지만 육조원들도 이 재밌는 광경 앞에 실실거리는 미소를 띠긴 마찬가지였다.

아래 속옷만 남기고 고개를 푹 숙였다.

"그건 옷 아니냐?"

"네? 하지만……."

"어린놈이 부끄러움을 아예 모르는 줄 알았더니 또 그건 아닌 모양이구나. 하지만 네가 강호에서 살아남으려면 지식과 힘이 얼마나 소중한 것인지, 그것이 자신을 지켜줄 것이라는 것쯤은 알아야 한다. 진정 부끄러운 것은 힘이 없는 자신의 모습이지. 다 벗어라."

잠시 머뭇거리는 사이 일제히 외침이 쏟아졌다.

"벗어라! 벗어라! 벗어라!"

"손은 들고! 손을 들고! 손은 들고!"

청당은 이를 악물고 속옷을 내렸다.

그때였다.

"꼴 보기 싫다. 저리 처박혀 있어라."

삼뇌신마의 발이 어떻게 움직였는지 보이지도 않았는데 청당의 몸은 훌훌 십 장여나 날아 흙바닥에 처박혀 그만 혼절하고 말았다.

청당의 속옷은 무릎에 걸려 있었고, 하얀 엉덩이가 두 개의 달처럼 휘영청 떠올랐다.

*　　　*　　　*

"뭘 꾸물거리는 거야. 빨리빨리 그리란 말이야. 어허, 이 새끼들아, 무작정 빨리 그리면 안 되지. 적어도 청당의 엉덩이 모양은 확실히 나와야 할 거 아니냐. 옥헌무를 봐. 빠르면서도 그림이 예술이잖아."

영호선은 오조 숙소에서 격려와 협박을 열렬히 쏟아냈다.

드디어 청당이 미끼를 덥석 물고 낚시에 걸린 것이다. 순진한 놈이 아닐 수 없었다. 밤에 전음으로 속삭인 것이 역시 치명타였으리라. 삽질도 이만저만 한 것이 아니었다. 게다가 교두가 적절하게도 엉덩이를 까라고 한 것이니 금상첨화였다. 이젠 확인 사살이었다.

"초이량 너, 이따위로 그림 그릴래? 너 지금 청당 무시하냐? 그냥 내 손에 맞아 죽는 게 낫겠지?"

초이량이 정신을 바짝 차리고 그림에 열중했다.

오조 숙소는 한 사람도 빠짐없이 조장 영호선의 격려 속에서 그림을 그리기에 여념이 없었다. 그림 속에는 한 그루의 나무와 그 옆에 엉덩이를 추켜올리며 알몸을 드러낸 청당의 모습이 적나라하게 그려지고 있었다.

그리는 사람이 각기 다른지라 그림도 제각각이어서 어떤 그림은 세밀한 묘사가 되어 있는가 하면, 또 어떤 그림은 대충대충 그려지기도 했다. 하지만 아무리 엉터리로 그린 그림일지라도 그림 속의 인물이 청당이라는 것을 모를 리 없을 정도의 수준이었다.

영호선은 신바람이 나 혈광을 뿌리며 연신 독촉하기에 바빴다.

"빨리빨리 그려서 붙이러 가잔 말이다."

거의 이백 장 정도가 완성되었을 때, 영호선이 조장으로서의 지엄한 명령을 내렸다.

"좋아, 붙이러 가자. 사람이 많이 지나다니는 곳에 집중적으로 붙여야 한다. 알겠나?"

이제 그림을 천지사방에 붙여놓기만 해도 청당은 산 채로 매장당하는 격이었다. 어느 누구도 청당과 연합하려는 조는 없을 것이다.

오조원들도 그림을 움켜쥐고 희색을 발했다.

그들도 영호선의 그늘 아래 있어서 그렇지 각 문파와 가문에서는 한가락 하는 성질을 지니고 있었다. 이렇게 한 사람을 매장시켜 버리는 일은 즐거운 일이 아닐 수 없었다.

영호선이 날듯이 달려가자 오조원들도 희희낙락 신바람을 내며 잠마원을 날뛰어 다녔다.

이 일로 가장 충격을 받은 것은 당연히 청당이었다.

청당은 곳곳에 걸린 적나라한 그림에 수치심을 견딜 수가 없었다. 즉시 조원들에게 그림을 떼라고 지시했지만 조원들은 어느 누구도 꿈쩍도 하지 않았다.

그의 조장으로서의 권위는 땅에 떨어져 도저히 회복할 수

없는 지경에 빠지고 만 것이다. 거기에 더해 한 가지 소문이
그의 머리를 빠개질 지경까지 몰아갔다.

　―육조장 청당이 칠조장 소묘희를 좋아한다던걸!
　―그때 청당이 넋이 나가 있었던 게 소묘희를 멍하니 보고
있었기 때문이라잖아.
　―얼빠진 놈일세. 잠마원에 놀러 온 건가?
　―어쩌면 제일 먼저 목이 달아날지도 모르겠다.

　청당은 홀로 그림을 떼어내면서 사나이가 세상에 태어나
세 번 울어야 한다는 것은 말도 안 된다는 듯 눈물을 쏟아냈
다.
　본능적으로 이 모든 일의 배후에는 영호선이 있을 것이라
는 생각은 하고 있었지만 대놓고 책임을 물을 말한 것이 없었
다. 고작 따져 봐야 그림을 붙인 일 정도였다.
　엉덩이를 까고 뻗은 날 이후 소묘희의 행동도 눈에 띄게 달
라져 눈조차 마주치지 않으려고 했기에 청당의 절망감은 말
로 할 수가 없을 지경이었다.
　육조가 무력화되면서 청당과 원래 친분이 있던 팔조장 구
준악과 구조장 한익의 입지도 약화되었다.
　청당의 소문에 휘말린 소묘희는 소묘희대로 억울하기 짝
이 없었다. 비록 청당만의 잘못이긴 해도 청당의 이야기가 나

오면 당연히 자신의 이름이 따라서 거론되니 울화를 참을 수
가 없었다.

　적나라하게 알몸을 드러낸 청당과는 말도, 눈빛도 주지 않
았지만 이대로 방치할 경우 소문이 어디까지 확대, 재생산될
지 모르는 일이었다.

　이젠 그저 눈을 마주치지 않는 것만으로는 해결할 수 없었
다. 어떻게든 이것이 사실이 아니라는 것을 모두에게 보일 필
요가 있었다.

　청당이 하얀 달덩이를 까발린 다음날 저녁 식사를 마친 소
묘희는 조원들과 함께 검을 뽑아 들고 육조의 숙소에 들이닥
쳤다. 흉흉한 살기를 드러내며 소묘희가 카랑카랑한 목소리
를 발했다.

　"월병, 청당 이 개자식 어딨어!"

　어느새 청당의 별명은 월병(月餠), 즉 달떡이 되어 있었다.
엉덩짝이 달덩어리 같다고 해서 만들어진 것이었다.

　칠조원의 급습에 육조원 모두가 벌떡 일어나 병기를 빼 들
었다. 오늘부로 규정상 결투가 가능했고, 이 시간에는 누가
죽어도 할 말이 없었기에 모두들 바짝 긴장했다.

　"뭐 하는 짓이냐!"

　부조장 독상군이 버럭 고함을 내질렀다.

　"너희들에겐 관심없다. 청당 나오라고 해."

　저녁 식사도 거르고 안쪽 방에 틀어박혀 있던 청당은 심장

이 덜컥 내려앉았다.

나가야 했지만 도무지 다리가 떨어지지 않았다. 지금 심정으로는 도저히 소묘희의 얼굴을 대면할 수가 없었다.

하지만 소묘희의 분노는 숨는다고 해결될 수준이 아니었다.

쾅!

문짝이 통째로 날아가며 방이 활짝 개방되자, 침상에 걸터앉은 청당의 황당해하는 모습이 고스란히 드러났다.

"이 얼빠진 인간이 아직 상황 파악이 안 되는 모양이로군. 소문은 어떻게 된 것이냐?"

청당은 비참한 기분을 억제할 수 없었다.

처음 보자마자 마음이 끌렸던 여인에게 얼빠진 인간이라는 말을 듣게 될 줄이야.

"멍청한 놈이 비겁하기까지 하군. 당장 나와라."

거침없이 쏟아지는 말에 청당은 입술을 깨물었다. 비참함이 이내 분노로 변했다. 정작 뒤로 호박씨를 까고 다닌 것은 소묘희가 아니던가. 남몰래 영호선과 입술까지 비벼댄 당사자가 이렇게 행패를 부리니 인내심도 바닥이 났다.

"이 할망구야, 감히 여기가 어디라고 행패냐! 누가 너 같은 못생긴 년을 좋아한다는 것이냐! 정작 영호선과 정분이 나서 놀아난 건 네가 아니더냐?"

"뭐라고? 무슨 개소리냐! 네가 정녕 죽으려고 발악을 하는구나.”

소묘희의 눈초리가 치켜 올라갔다. 소문에 휘말려 정신이 없을 지경인데 이젠 거기에 더해 난데없이 원수 같은 영호선이 튀어나오자 소묘희의 눈이 뒤집어졌다.

“오늘 네놈의 목을 따지 않으면 내가 개나 돼지다!”

신형이 폭사하며 청당이 앉은 침상이 산산이 부서졌다. 제때 피하지 않았다면 청당의 몸은 팔다리 할 것 없이 떨어져 나가고 말았을 것이다.

“흥, 영호선 그놈 이야기가 나오니 참을 수 없는 모양이구나. 오냐, 좋다. 오늘 누가 죽나 해보자.”

이 말이 소묘희를 더욱 분노케 했음은 말할 것도 없었다. 할 말이 없자 이젠 생억지를 쓴다고 생각했다.

전심전력으로 본신 내력을 모두 끌어올려 격돌하니 방은 한순간에 난장판으로 변하고 말았다.

막상 소묘희를 따라온 칠조원들은 그저 엉거주춤 이 광경을 지켜볼 따름이었다. 그건 육조원들도 마찬가지였다. 칼을 휘두르는 순간 이 더러운 꼴에, 스스로를 더럽히는 것이라고 생각한 것이다.

두 사람의 실력은 거의 차이가 없었지만 소묘희와는 달리 청당은 검을 들고 있지 않아 조금씩 위험에 노출되는 빈도가 높아졌다.

특히 협소한 공간에서 검을 막느라 더욱 곤란했다. 조금 더

넓은 장소라면 신법을 마음껏 펼칠 수 있으니 비록 검이 없다 하더라도 지금처럼 몰리지는 않았을 것이다.

마음에 떠오르자 청당은 곧바로 행동에 옮겼다.

장력으로 소묘희를 일시적으로 밀어내고 창으로 몸을 던졌다.

와장창!

창이 박살나고 청당의 신형이 이층에서 떨어져 내렸다.

바로 그 순간, 아직 청당이 허공에 머물고 있을 때였다.

띵~

맑고 청아한 칠현금(七絃琴) 소리가 거짓말같이 울려 퍼졌다. 마치 기다렸다는 듯 정확했다.

척!

청당이 바닥에 착지하자 다시금 띵, 띵 하며 칠현금이 울려 퍼졌다.

그 순간 청당은 자신이 처한 상황을 서둘러 파악했다.

주변은 둥그렇게 이십여 명이 둘러싼 형태로 포위하고 있었고, 둥글게 감싼 한 지점에서 때려죽여도 시원찮을 얼굴이 보였다.

그건 다름 아닌 영호선이었다.

영호선은 칠현금을 앞에 두고 지그시 눈을 감은 채로 연신 띵띵 칠현금을 켜고 있었다.

'저 새끼가.'

그러나 그 광경에 마냥 화를 내고 있을 여유 따윈 없었다.

어느새 소묘희가 뒤따라 몸을 날려 검을 뻗어왔기 때문이다.

그때 오조의 부조장 초이량이 검을 던져 주었다.

"받아라."

청당은 반사적으로 검을 받아 들어 소묘희의 검을 막아냈다.

그때부터 다시금 치열한 격전이 이어졌다. 두 사람의 대결은 오조원이 빙 둘러 친 인의 장막 내에서 이루어졌으며, 이 층에서는 물론이고 다른 숙소에서도 여러 수련생들이 이 희한한 구경거리를 보기 위해 전부 모습을 드러냈다.

띵~ 띵~ 띵~

고요히 울려 퍼지는 칠현금의 음조(音調)는 듣는 것만으로 눈물이 쏟아질 듯 구슬프기 짝이 없었다. 한쪽에서는 기합 소리와 함께 욕설이 난무하고, 그것을 슬퍼하듯 다른 한쪽에서는 칠현금이 울리고 있었다.

사실 청당과 소묘희의 지저분한 소문을 낸 것은 순전히 영호선의 지시를 받은 오조원들이었다.

영호선은 성깔있는 소묘희가 소문을 들으면 가만있지 않을 것이라고 생각했다.

아니라 다를까, 드디어 칠조가 육조를 급습했다는 소식을 들은 것이다. 이 기회를 놓칠 수는 없는 일. 영호선은 오전 교육이 끝나고 연습 목적으로 챙겨 든 칠현금을 들고는 오조원들을 몰고 아래쪽에서 기다리고 있었던 것이다.

띵띵!

손이 스칠 때마다 칠현금이 잠마원에 울려 퍼졌다.

음률(音律)은 마치 사랑하는 두 사람이 어쩔 수 없는 사정에 의해 서로 칼을 겨눌 수밖에 없는 절박하고 애달픈 모습을 담고 있었던 것이다.

서로의 실력 차가 거의 없는 만큼 청당과 소묘희의 대결은 쉽게 끝나지 않았다.

소묘희는 처음엔 반드시 청당의 목을 따버릴 생각을 한 것은 분명한 사실이지만 지금에 이르러선 어서 빨리 이 싸움을 끝내고 싶은 마음으로 변해 있었다.

찢어 죽여도 시원찮을 영호선이 연신 타고 있는 칠현금 속에서 치열한 격전을 벌이는 꼴이 마치 온몸이 벌거벗겨진 채 모두의 구경거리로 전락한 기분이었다.

그것은 청당도 마찬가지였다.

이것은 사랑싸움도 아니고, 특별한 명분이 있는 것도 아니었다. 그런데 마치 칠현금은 맺어지기 힘든 사랑을 위로하는 듯 애절하기만 하니 미치고 환장할 지경이었다.

그러나 영호선의 손길은 무정하게도 멈추지 않았다. 두 사람의 마음쯤은 내가 다 헤아리고 있다는 표정까지 짓고는 더욱더 구슬픈 가락을 뽑아내고 있었다.

그리곤 급기야 눈을 번쩍 뜨더니 노래를 부르기 시작했다.

사랑은 얼마나 위대하고 아름다운가.
서로를 사랑하지만 사랑한다고 말하지 못하는 슬픔을 그
무엇과 비교할 수 있으랴.
심장을 꺼내 보여줄 수 있다면 내 심장에 그대의 모습이 새
겨진 것을 보여줄 수 있을 텐데.
그러나 심장을 꺼내는 순간,
내가 뒈져 버릴 것이니 그럴 수도 없구려.

아, 사랑하는 사람을 향해 칼을 겨눌 수밖에 없는 잔인한
현실이여!
내 칼은 그대의 심장을 후벼내 얼굴이 새겨져 있는지 확인
하고 싶구나.
하지만 그러면 뒈져 버리니 서로의 심장만 보고 싶어하노니,
이기적인 사랑은 정녕 슬프기 짝이 없구나.

말도 안 되는 가사가 난무하자 청당과 소묘희는 정말 이 싸
움을 멈추고 당장 영호선의 목을 그어버리고 싶은 마음이 간
절했다.
하지만 이젠 도저히 멈출 수가 없었다. 이미 서로에게 해서
는 안 될 말을 했기에 제삼자에게 칼을 돌리기엔 너무도 멀리

와버린 것이다.

띵~

긴 여운을 남기고 칠현금 소리가 그쳤다.

벌떡 자리에서 일어난 영호선이 검을 뽑고 눈물을 주르르 흘렸다.

"모두 돌아가라! 이게 지금 구경거리냐! 어서 꺼져, 이 망할 놈들아! 너희가 사랑을 알기나 해!"

그리고는 오조는 물론이거니와 다른 수련생들에게까지 검을 들이대며 으르렁거렸다.

오조원들이야 원래 미친 조장이란 것을 잘 알고 있는지라 킬킬대며 숙소로 돌아갔지만, 다른 수련생들은 온갖 욕설을 하며 분분히 신법을 전개해 피하다 워낙에 살벌하게 설치는 지라 침을 뱉으며 도망쳤다.

"이층에 있는 네놈들도 어서 꺼지지 못해! 싸움 구경하고 불구경하는 놈들이 세상에서 제일 나쁜 놈들인 거 모르냐, 이 잔악한 놈들아!"

이층에서 구경하던 이들이 일제히 욕을 쏟아냈다.

"확 모가지 분질러 버리기 전에 조용히 해라!"

"자신있으면 올라와 봐라, 이 미친놈아!"

영호선은 '오호' 하고는 눈에 불을 켰다.

"좋아, 네놈들! 도망치면 죽을 줄 알아!"

영호선이 날듯이 곧장 이층으로 올라갔다.

"아까 나한테 뭐라고 했더라?"

"히익!"

사실 이층에 있는 수련생 중 영호선을 당해낼 사람은 한 명도 없었다. 이미 입부식 때 전부 두들겨 맞은 이들이었다.

살기등등한 모습에 목을 움츠렸다.

영호선이 눈을 부라렸다.

"내려다보는 놈은 눈깔을 뽑아버린다."

그 와중에도 계속 싸우고 있던 청당과 소묘희는 구경꾼들이 모두 물러가자 내심 안도의 한숨을 내쉬었다.

청당은 소묘희에게 칼을 겨누고 싶은 마음이 애초에 없었고, 소묘희도 청당을 죽이려는 것보다는 그저 자신은 청당과 아무런 관계도 없다는 것을 보여주면 그만이었다.

'그래도 저 미친놈이 마지막 양심은 있구나.'

'이쯤에서 그만두는 게 좋겠군.'

원래 싸움이라는 것이 말리는 사람이 없으면 빨리 끝나는 법이다. 청당과 소묘희는 대충 험악한 말 몇 마디를 교환하고 잠시 후 손을 놓을 생각을 품었다.

그때였다.

띵~

칠현금이 울렸다.

청당과 소묘희는 공방을 나누면서 소리를 쫓았다.

당연히 돌아갈 것이라고 생각했던 영호선이 모두가 떠난

빈자리에 홀로 자리를 잡고 앉아 칠현금을 타고 있었다.

음조는 아까와 같은 애타는 심정을 고스란히 표현하고 있었다.

청당과 소묘희의 당혹스러움은 말로 할 수 없을 지경이었다.

'저 새끼가 정말……'

'그만 좀 꺼져라. 제발.'

정말이지, 칠현금의 애절한 음률 따위를 배경음으로 싸우고 싶은 마음은 추호도 없었다. 게다가 다른 사람도 아니고 영호선이 지켜보는 중에 칼질이라니.

두 사람은 이제 이심전심의 지경까지 이르러 싸우면서도 슬슬 자리를 옮겨가기 시작했다.

청당이 신형을 날려 저만치 훌쩍 옮겨갔다. 그러자 소묘희도 그에 호응하여 쫓아갔다. 소묘희로서는 그런 청당이 고맙기까지 했다. 하지만 두 사람이 간과한 것이 있었다. 그건 바로 영호선 또한 두 발이 달려 있다는 것이었다.

"옮기냐?"

영호선은 '끙차' 하는 소리를 내며 칠현금을 들고 따라붙었다. 정확히 오 장여를 유지한 채였다.

띵~ 띵~

'제발 이 망할 놈아, 그냥 좀 가라고.'

'미치겠네, 정말.'

청당과 소묘희는 연신 자리를 옮겨 영호선을 떼어내려고 갖은 노력을 했고, 영호선은 스르륵 다가와 칠현금 연주를 이어갔다.

몇 번 더 그런 상황이 반복되자, 급기야 영호선이 소리를 빽 질렀다.

"쌍! 왜 자꾸 옮겨 다녀! 함께 동반 여행이라도 하는 거냐, 아니면 진짜 사귀고 있는 거야?"

사귄다는 말이 나오자 소묘희가 이를 악물고 검을 사납게 몰아쳤다. 당연히 청당의 반격도 매서워질 수밖에 없어 조금은 느슨해졌던 싸움이 다시금 불이 붙었다.

영호선은 그제야 고개를 끄덕였다.

"아! 사귀는 거 아니었구나?"

청당과 소묘희의 마음은 이제 거의 재 덩어리가 되어버렸다.

이런 식으로 싸우기 시작한 지 어느덧 두 시진째다. 잠시 여유를 부리려면 곧바로 영호선이 의심의 눈초리를 보냈고, 그럼 다시 정신을 차리고 열심히 검을 휘둘러야 했다. 말이 두 시진이지 쉴 새 없이 검을 휘두르는 것은 결코 간단하지 않았기에 청당과 소묘희는 입에서 단내가 날 지경이었다.

만약 영호선이 없었다면 누구라도 먼저 '이젠 제발 그만하자'라는 말을 꺼냈을 테고, 또 상대방은 기꺼이 받아들였을 것이다.

'이젠 정말 한계다.'

'영호선 저놈은 지치지도 않나.'

두 사람이 거칠어진 호흡으로 간신히 검을 휘두르는 상태가 되었을 때다.

띵~

길게 칠현금이 울리는 것을 끝으로 영호선이 칠현금을 옆구리에 끼고 몸을 일으키는 것이 보였다. 청당과 소묘희는 정신의 절반 정도는 영호선에게 가 있었던 터라 영호선이 자리를 털고 일어나자 그렇게 고마울 수가 없었다.

'너도 지친 거냐, 이 미친 새끼야.'

'그래도 지금이라도 가니 고맙다, 이 망할 개자식아.'

청당과 소묘희는 아직 검을 거두지 않고 있었다.

시야에서 영호선이 사라져야 했다.

걸음을 옮기던 영호선이 휙 돌아봤다.

슬슬 검을 오가는 시늉으로 전락해 버린 두 사람이 영호선의 시선을 받고 화들짝 놀라 격하게 움직였다.

"이제 그만 싸워라."

'응?

두 사람이 웬일인가 싶어 멈췄다.

영호선이 혀를 끌끌 찼다.

"쯧쯧, 멍청이들아, 취침 시간이야. 아무리 마도라도 지킬 건 지켜야지. 난 자러 간다."

느긋하게 휘파람과 함께 영호선이 걸음을 옮기자, 청당과 소묘희가 검을 거두고 거칠게 숨을 몰아쉬었다.

문득 두 사람의 눈이 마주쳤다. 그러다 누가 먼저랄 것도 없이 눈을 돌렸다.

왜인지 울고 싶다는 생각이 드는 두 사람이었다.

*　　　*　　　*

수련생들의 숙소와 그 부근까지 훤히 내려다보이는 곳에 선 두 사람의 얼굴엔 웃어야 할지 울어야 할지 모르겠다는 표정이 떠올라 있었다.

한 사람은 잠마원주였고, 다른 한 사람은 삼뇌신마 담요였다.

그들은 이 난장판을 고스란히 지켜보고 있었다.

"웃기는 놈이로군. 혈마환이 이렇게 재밌는 물건이었을 줄이야. 근데 청당에겐 너무 심하지 않았나?"

잠마원주가 말했다.

삼뇌신마가 머리를 긁적였다.

"그때는 심하다고 생각하지 않았는데 지금은 청당 녀석에게 미안해지는군요. 사실 그날 녀석이 소묘희를 멍청한 눈으로 계속 바라보고 있지만 않았어도 그렇게까지는 하지 않았을 텐데 말이죠."

“다음엔 그런 경우가 생기면 그냥 죽도록 패버리게. 괜히
엄한 벌을 내리면 영호선 저놈이 무슨 짓을 할지 모르겠어.”
　“그래야겠습니다. 근데 아주 신통하긴 하군요. 영호선 저
놈이 오늘 처음으로 칠현금을 배웠다고 하더군요.”
　“처음이었다고?”
　“네. 호음객이 그러더군요. 수업이 시작되기 전만 해도 칠
현금의 음계조차 모르고 있었다고 말입니다.”
　“허허, 여러 가지로 미친놈이었구만. 뭐, 저놈 때문에라도
심심하진 않겠어.”

第五章
사인방

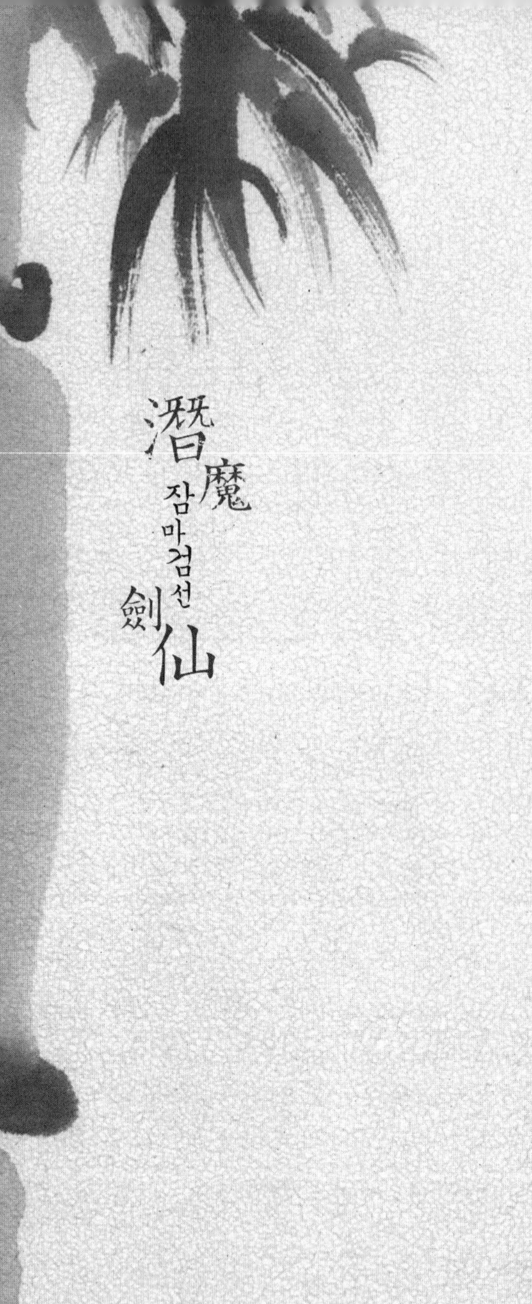

潛魔
잠마검선
劍仙

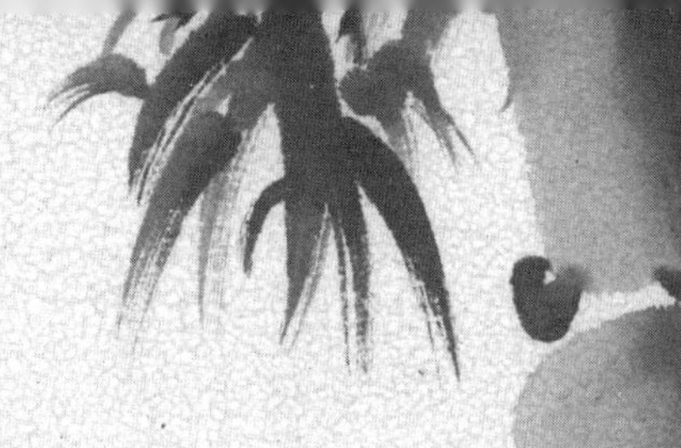

　다음날이 되어 청당은 전혀 다른 사람이 되어 있었다.

　그의 머리는 백발이 성성했다. 얼굴은 싱싱한 젊음을 유지하고 있었지만 머리는 새하얗게 새어버려 도저히 어제까지 멋진 흑발이었다고는 보고도 믿을 수 없는 지경이 되고 말았다. 그의 마음고생이 얼마나 심했는지 알 수 있는 부분이었다.

　심지어 그 모습을 확인한 소묘희조차 어제의 싸움이 미안해질 지경이었다.

　점심시간이 되어 서로 눈이 마주쳤지만 그저 쓰게 웃을 뿐 두 사람은 서로 욕을 하지도, 그렇다고 서로 미안하다는 말도 꺼내지 않았다.

반면, 오늘도 식당 내에서 변함없이 소란스러운 사람은 영호선이었다.

"쿠오오오오… 오늘은 닭 요리로군."

주로 음식은 정갈한 채소였지만 가끔씩 이런 육류가 등장하곤 했고, 그때마다 수련생들은 기다렸다는 듯 두 그릇씩 밥을 비웠다.

같은 탁자에 앉은 오조의 부조장과 일부 조원들은 창피한 마음에 고개를 푹 숙이고 젓가락만 움직일 따름이었다. 사실 아직까지도 그들은 오조라는 것이 부끄러웠다. 하지만 실핏줄 어린 눈을 번들거리면서 대화보다는 주먹을 선호하고, 그 주먹이 꽤 아프다는 점에서 그들은 고통 대신 차라리 부끄러움이라는 현실을 택할 수밖에 없었다.

"사랑의 힘은 대단하군. 하루아침에 머리가 백발이 되다니."

"백발 다음엔 대머리겠지? 흐흐흐."

"하하, 그거 꽤 볼만하겠군."

신경을 아낌없이 긁어대는 소리에 막 식사를 끝내가던 청당은 소리가 난 곳을 바라보았다.

당연히 오조일 것이라고 생각했지만 그곳은 일조부터 사조까지의 조장들이 태연히 떠들고 있었다. 각기 무공이 뛰어날 뿐 아니라 마교 신사인방이라고 불리는 이들이다.

일조 조장인 설요홍은 명실상부한 마도련의 지존이자 마교 교주인 불세천마(不世天魔)의 손녀이고, 그다음 이조장부터는 마교 내 상주하는 절대 가문으로 불리는 구유문과 망혼문, 신독문을 대표하는 기재들이었다.

청당은 노가 끓어올랐지만 반응하진 않았다. 지금에 있어서 아군은 눈을 씻고 찾아봐도 찾을 수 없다. 오조의 영호선은 물론이고, 칠조의 소묘희, 그리고 소묘희와 절친한 십조, 심지어 육조의 조원들마저 무시하는 상황에서 더 강한 적을 새로 만들 수는 없는 노릇이었다.

그렇게 청당이 이를 악물고 막 자리에서 일어나려고 할 때였다.

쾅!

빠자작!

굉음에 이어 한줄기 호통이 식당을 울렸다.

"네놈들이 정녕 인간이냐! 사람을 앞에 두고 어떻게 그런 말을 할 수 있는 것이냐!"

영호선이었다.

영호선은 사인방의 탁자 위로 날아올라 두 발로 탁자를 부수고 사인방의 중앙에 선 채 입안 가득 닭다리 하나를 물고는 마구 살점을 튕겨내며 분노를 표했다.

덕분에 사인방의 옷은 의자에 앉은 채로 탁자 위에 놓여 있던 음식들이 튀어 더러워졌다.

식당 안의 모두의 시선이 영호선과 사인방에게 쏠린 것은 당연했다. 그러나 다른 수련생들이 흥미진진하게 바라보는 것과 달리 오조원들의 안색은 거의 파랗게 질려가고 있었다.

사실 지금까지 일조와 사조까지의 조장인 이들 마교 신사인방이 조용히 지냈기에 망정이지 움직이기 시작하면 오조원 모두 어서 빨리 노잣돈을 마련해 저승길을 갈 채비를 해야 하는 것이다.

그만큼 사인방의 무공 실력은 이미 잠마원이 생기기 전부터 마도련을 위진시키며 모두를 놀라게 할 정도였다.

안색이 급변한 것은 오조원뿐만은 아니었다.

막 자리에서 일어나 못 들은 척 자리를 떠나려고 했던 청당은 사인방보다는 영호선을 쳐 죽이고 싶었다.

엉덩이를 까뒤집은 그림을 천지사방에 붙여놓고, 어젠 칠현금까지 타면서 괴롭힌 놈이 지금 누구를 변호하고 있단 말인가. 부글부글 끓어오르는 마음에 차라리 이 기회에 영호선이 사인방에게 맞아 죽길 바랐다.

사인방은 물끄러미 영호선을 바라보고 있었다.

그들의 표정은 화를 낸다거나 가소롭다거나 하는 표정 대신 의문이 떠올라 있는 상태였다.

그건 마치 '왜 못 죽어서 안달이 난 걸까?' 정도의 표정이었다.

그러거나 말거나 영호선의 외침은 바로 이어졌다.

　"네놈들이 사랑을 해봤어? 사랑이 얼마나 고귀한 것이지 아느냔 말이다!"

　오조의 부조장 초이량이 이마를 짚었다.

　'어이, 이봐 조장. 그건 아니잖아.'

　하지만 원래 아니었던 것이 한둘이던가.

　조원들의 표정도 보니 입을 쩍 벌리는 사람에, 탁자에 엎드려 어깨를 들썩이는 이들까지 보였다. 이쯤 되면 정말 심각하게 잠마원의 중도 탈퇴도 고려해야 할 시점이다.

　그 와중에도 영호선의 일장 연설은 계속되었다.

　"얼마나 마음고생이 많았으면 저렇게 머리가 하얗게 샜겠냐. 내가 오랜만에 닭 요리가 나와서 이렇게 흥분하는 것이 아니야. 소묘희를 사랑하는 청당의 마음쯤은 같은 수련생으로서 이해해 주어야 하지 않느냔 말이다."

　영호선이라면 이젠 쳐다보기조차 싫은 소묘희가 소용돌이에 빠져들까 두려워 막 식당을 나가려 할 때였다.

　소묘희는 자신의 이름이 노골적으로 거론되자 걸음을 멈추고 몸을 부르르 떨었다.

　"야, 영호선!"

　식당 안이 한 번 들렸다 내려올 정도로 쩌렁거리는 소리가 소묘희의 목젖을 통과해 울려 퍼졌다.

　다음 말을 이어가려던 영호선이 닭다리를 빼 들고 손을 들어 만류하는 손짓을 했다. '그래, 네 마음 다 안다, 알아' 정도쯤 되는 손짓이었다.

"내가 소묘희를 봐서 이쯤에서 참는다. 하지만 한 번만 더 그딴 식으로 말을 하면 그땐 이렇게 끝나진 않을 테니 각오해 두는 것이 좋을 거다."

사인방이 자리에서 일어났다.

그러자 주변에서 구경하던 수련생들이 원래 자리에서 쫘악 물러나 거의 벽에 붙을 정도까지 공간을 내주었다.

소곤대는 소리의 대부분은 사인방이 어떻게 영호선을 찢어놓을지에 대한 방법론에 관한 것일 뿐 영호선이 어떻게 맞서 싸울 것이라는 말은 어디에서도 찾아볼 수가 없었다.

오조의 부조장 초이량은 물론이고 오조원들 또한 감히 나서지 못했다.

사인방 중 이조장 육온악이 입안 가득 바람을 불어넣고 볼풍선을 만들었다가 빵 터뜨렸다.

"푸우! 옷이 더러워져 버렸네."

그 말과 함께 사인방은 유유히 식당을 빠져나갔다.

모두의 눈에 의문이 가득 떠올랐다.

오조원들은 한숨을 내쉬었고, 다른 수련생들은 사인방의 명성답지 않게 시시하게 끝나자 영호선을 향해 운 좋은 놈이라며 중얼거렸다.

반면 청당과 소묘희는 오직 비참함뿐이었다. 자리를 뜨면서 청당이 소묘희를 힐끗 바라보니 그녀 또한 이쪽을 보고 있

었다. 그녀의 눈에 가득 담긴 원망에 청당은 눈을 돌리고 그
저 마음 가득 한숨을 내쉬었다.

'아, 내가 원하던 잠마원은 이게 아니었는데…….'

*　　*　　*

어둠이 내려앉을 때 오조 숙소에 한 사람이 찾아왔다.

"영호선에게 전해라."

초이량이 보니 사조의 부조장 진천요였다.

"뭐냐?"

그러나 진천요는 대답없이 한쪽 입꼬리를 올리며 바로 돌
아섰다.

칠현금에 푹 빠져 안쪽 방에서 띵띵거리고 있던 영호선은
초이량이 건넨 서신을 펼쳐 보았다.

일각 후 제삼 연무장으로 나와라.

사조장 장휘천.

영호선의 입가에 웃음이 걸렸다.

"<u>호호</u>."

서신은 결투 신청이었다. 하지만 결투를 먼저 제안한 것은
자신이었다. 점심때 모욕을 주었으니 사람인 이상 가만히 있

지 않을 것이 분명했다. 청당과 소묘희는 거추장스러운 인간들에 불과해 직접 손을 쓰는 것도 아까웠지만 이젠 놓쳐 버린 서열 일위의 자리를 찾아야 할 때였다.

잠마원의 어린놈들 중에서조차 최고가 되지 못한다면 어찌 천하제일이 될 수 있을 것인가.

그때 부조장 초이량이 다가왔다.

"조장, 어떤 내용이지?"

영호선은 초이량을 향해 씨익 웃었다.

"후후후, 연애편지."

초이량의 얼굴이 일그러졌다. 사실 사조의 부조장 진천요의 표정만으로 어떤 내용인지는 짐작할 수 있었다. 단지 확인을 하고 싶었을 뿐이다.

"가지 마라."

영호선이 초이량의 어깨를 두드렸다.

"초이량, 잘 들어."

여느 때와 다른 진중한 목소리에 초이량이 미간을 찡그렸다.

"사랑은 아무도 막을 수 없어."

그러면서 영호선은 검을 챙겼다.

'이런 미친.'

초이량은 만약 이대로 가면 조장이 살아서 돌아올 가능성은 없다고 생각했다. 어떻게든 피할 방도를 마련해야지 이렇게 맞선다고 될 일이 아니었다. 입부식 때 보인 영호선의 무위는 분명 거짓이 아니었지만 사인방은 그 격이 달랐다.

"네놈은 사랑을 검으로 하냐?"

"너도 어제 봤잖아. 청당과 소묘희."

방을 나서며 중얼거리던 영호선이 막 숙소를 빠져나갈 때쯤 뒤돌아봤다.

"사실 어제 그 녀석들, 부럽더라. 크크크."

영호선이 숙소를 빠져나간 뒤, 초이량은 조원들에게 이 사실을 알렸다.

조원들도 오늘 점심때 벌어진 일을 똑똑히 보았기 때문에 이미 예상은 하고 있었다. 암습과 결투가 허락된 시간은 저녁 식사 시간 이후부터 취침 전까지다. 만약 점심때도 허락이 되었다면 그 자리에서 조장은 썰어져 버렸을 것이다.

"에라, 모르겠다."

초이량은 벌러덩 드러누웠다.

조원들도 다들 할 말을 잃고 서성이는 사람에 초이량처럼 드러눕는 사람, 무릎에 고개를 파묻고 있기도 했다. 어떻게 하는 것이 옳은지, 어떤 결과가 나와야 최선인지 머리가 복잡하게 꼬일 따름이었다.

시간은 빠르게 흘러갔다. 이 정도 시간이면 몇 번을 뒈져도 뒈질 수 있는 시간이었다.

"이봐, 부조장! 그냥 누워만 있을 거야? 가봐야 하는 거 아니냐고!"

옥헌무였다.

오조 내 무공 서열 이십위.

어이없게도 가장 무위가 떨어져 영호선이 틈날 때마다 머리를 후려치는 대상인 옥헌무가 영호선을 염려하고 있었다.

모든 조원들의 시선이 옥헌무를 향했다.

뭘 잘못 먹었냐는 표정이었다.

초이량이 반듯하게 누워 있다가 몸을 획 틀어 새우처럼 웅크리며 옥헌무를 외면했다.

영호선을 도와 사인방을 대적한다는 것까진 좋다. 하지만 도대체 명분이 없었다. 죽더라도 뭔가 그럴싸한, 마음이 죽음을 받아들여도 될 만한 이유라도 있어야 하지 않는가.

초이량은 누운 채로 머리를 마구 헝클어뜨렸다.

모두들 심란한 마음으로 허공만 응시할 따름이었다.

"영호선이 죽으면 재미가 없을 거야."

옥헌무가 창밖을 보면서 혼잣말하는 소리가 실내에 잔잔히 퍼졌다.

오조원들 모두 시선을 주진 않았지만 마음엔 잔잔한 파문이 일고 있었다.

옥헌무의 말이 나직이 이어졌다.

"꽤 신났는데 말이야. 잠마원에 오기 전에 난 이렇게 웃어본 적이 없어. 사실 이곳에서도 서로 위에 서려고 치열히 경쟁만 했을 텐데. 솔직히 머리를 후려갈길 때면 기분이 나쁜 건 사실이지만 그 녀석, 그다지 나쁜 놈 같지 않아. 뭐, 워낙에 설쳐 대니 언제 죽어도 이상하지 않지만 지금 마음으로는 조장 녀석에게 조금 더 전염되고 싶다. 그래서 아직 죽지 않았으면 좋겠다는 생각이야.”

옥헌무의 말은 끝났지만 숙소 내 조원들의 마음엔 메아리가 되어 긴 여운을 그리고 있었다.

문득 영호선이 내지르던 목소리가 떠올랐다.

“나는 형산파의 영호선이다. 음하하하하하! 근데 지금은 마도의 지존이 될 영호선이랄까. 하하하하!”

“뭘 꾸물거리는 거야. 빨리빨리 그리란 말이야. 어허, 그래도 엉덩이 모양은 확실히 나와야지. 옥헌무를 봐. 빠르면서도 그림이 예술이잖아.”

“모두 돌아가라! 이게 지금 구경거리냐! 어서 꺼져, 이 망할 놈들아! 너희가 사랑을 알기나 해!”

그러고 보니 칠현금도 꽤 들어줄 만했다.

지금껏 많은 날을 산 것은 아니지만 지금까지 웃었던 시간을 다 합쳐도 이곳에 와서 웃었던 날에 미치지 못했다. 더욱 강해져야만 한다는 대명제 아래 혹독히 스스로를 채찍질하기 바쁜 시간이었다.

초이량이 자리를 박차고 일어났다.

"제길, 나도 뭐가 뭔지 모르겠다. 난 간다."

옥헌무가 반색하며 검을 허리에 둘렀다.

"그래, 나도 간다. 까짓것, 죽기밖에 더하겠어."

그러자 조원들이 하나둘 분분히 일어섰다.

"또 알아? 조장이 사인방을 때려눕히고 그 위에 올라타고 앉아 술 한잔 걸치고 있을지."

"하하하, 그렇다면 이 구경을 놓칠 수 없지."

"아, 잠마원 생활도 오늘이 마지막인가? 제길, 좀 서운하긴 하군. 흐흐."

미치는 것도 확실히 어떤 오염 물질이 있는 모양인지 오조원들은 어느새 아까까지의 마음을 점유하고 있던 불안을 몰아내고 유쾌하게 떠들기 시작했다.

"자, 가자."

초이량을 선두로 오조원 모두가 신형을 분분히 날렸다.

어느 정도 예상은 했지만 드러난 결과는 참혹했다.

삼연무장에 들어선 오조원들은 그대로 굳어진 발을 더 이상 뗄 수 없었다.

영호선은 완전히 피 칠을 한 채로 간신히 버티고 서 있었다. 두 다리는 부들부들 떨고 검은 휘두르고 있긴 했지만 이 건 초식도 뭣도 아닌 그저 몽둥이를 휘두르는 식이었다.

반면, 그 앞에 뒷짐까지 진 채로 유유히 검을 빗겨내고 있는 것은 사조장 장휘천이었다. 더욱 놀라운 건 저만치 뒤쪽에서 지루하다는 듯 바라보고 있는 세 사람이었다.

영호선을 저 지경으로 만든 것은 오직 사조장 장휘천 혼자의 힘이었던 것이다. 사인방의 무위가 대단하다는 말을 듣긴 했지만 입부식 때 영호선이 쓰러진 것은 뒤통수를 맞고 혼절한 것일 뿐 막상 정면 승부를 한다면 그래도 꽤 그럴싸하게 싸우고 있을 것이라고 생각했던 기대는 산산이 부서져 내렸다.

"쿠오오오오!"

모두의 귀로 영호선이 피 떡이 된 채로 기합을 내지르는 소리가 들렸다. 하지만 영호선이 휘두르는 검은 그전과 다름이 없이 몽둥이질에 불과해 장휘천이 슬쩍 한 발을 빗겨 서자 그대로 허공을 갈랐고, 제 힘조차 이기지 못한 영호선이 땅바닥을 나뒹굴었다.

"쿠오오……."

기합을 내지를 힘조차 바닥난 것인지 영호선은 검을 지팡이 삼아 간신히 몸을 일으켜 세우고 후들거리는 다리로 다시금 장휘천에게 다가갔다.

"귀찮군."

장휘천의 발이 쉭 하는 소리를 내며 뻗는 순간 영호선의 몸은 허공을 훌훌 날아 바닥에 덱데구루루 굴렀다.

장휘천의 시선이 얼어붙은 초이량에게 향했다.

"오늘 죽이지 않은 것은 경고다. 하지만 다음에는 이 정도에서 끝내지 않을 거란 것만은 기억해라."

장휘천이 돌아서자, 사인방의 나머지 구경꾼들도 자리를 털고 일어났다.

그들은 오조원들 쪽을 향해 친절하게 손까지 흔들어주며 비릿한 웃음을 흘렸다.

압도적인 실력 차에 얼어붙었던 오조원들은 사인방의 모습이 사라지고 나서야 그제야 영호선에게 달려갔다.

영호선은 그야말로 엉망진창이었다.

얼굴이 얼마나 심하게 부어올랐는지 이게 정말 영호선이 맞나 싶을 정도였고, 머리는 산발이 된 상태로 피와 흙이 엉겨 굳어 있었다.

"이 멍청한 놈아, 그러니까 가지 말라고 했잖아."

초이량이 영호선을 등에 업으며 거칠게 내뱉었다.

축 처져 등 윗부분에 얼굴을 댄 자리가 호흡을 토해낼 때마다 입김으로 따뜻해졌다.

그리고 들려온 힘 빠진 한 소리.

"독을 쓰다니… 개자식."

"독이라고?"

초이량이 놀라 반문했다.

영호선이 색색거리며 말했다.

"그래, 기발하잖아."

"기발? 헐, 미친……."

그러면서도 초이량은 영호선이 서열 일위도 아니고 서열 사위에게 처맞고 있는 이유를 이해할 수 있었다.

초이량은 신법을 극한으로 끌어올려 의료방으로 향했고, 그 뒤를 조원들이 따랐다.

"어떻습니까?"

초이량의 물음에 의료방의 수장인 독안마의(獨眼魔醫)는 말없이 의식을 잃고 침상에 뻗어버린 영호선을 살필 따름이었다. 영호선은 몇 번인가 '쿠오오오'를 외치긴 했지만 의료방에 도착하기 전에 의식을 잃은 상태였다.

"죽거나 그런 것은 아니겠죠?"

초이량과 오조원들의 답답함은 안중에도 없다는 듯 독안마의는 영호선의 경맥을 쭉 훑고, 이어 손가락 마디만 한 종잇조각을 영호선의 입에 집어넣었다.

"이 늙은이야, 무슨 말이라도 좀 해보란 말이야!"

참다못한 옥헌무가 버럭 고함을 내질렀다.

화를 낼 법도 하지만 독안마의는 하나밖에 없는 눈으로 물끄러미 옥헌무를 바라보았다.

"이놈이 죽든 말든 너희들하고 상관없을 텐데 왜 그렇게 안달복달인 거냐? 이놈하고 집단으로 사귀기라도 하는 거냐?"

"영감이 노망이 들었나? 무슨 개소리야!"

옥헌무의 말이 조금 심하다 싶어 초이량이 만류하려고 할 때였다.

독안마의의 입가가 슬쩍 올라가는가 싶더니 손이 번개같이 움직였다. 빛살이 퍼져 나간다 하는 순간 의료방에 우르르 몰려 있던 오조원 전원의 몸이 빳빳하게 굳어졌다.

오조원들은 경악을 금치 못했다. 일수에 혈도가 제압당하고 만 것이다. 그 수법의 고명함이 어찌나 대단한지 오조원들이 쪽 펼쳐 서 있는 것도 아니고, 중첩되어 뒤쪽에 선 조원에게까지 그의 약침이 정확히 꽂혀 마혈(痲穴)과 아혈(啞穴)까지 한꺼번에 제압해 버렸다.

독안마의가 킬킬거리며 웃었다.

"이제 좀 조용하군. 그리고 입이 거친 너! 넌 잠깐 간이 얼마나 크기에 내 앞에서 고함을 내지르는지 확인 좀 해야겠다."

독안마의는 빳빳하게 굳은 옥헌무를 '영차' 하는 소리를 내더니 빈 침대에 뉘였다.

초이량을 비롯한 모두의 눈이 의문으로 가득 찼다.

'뭐지?

정작 치료해야 할 사람은 팽개쳐 두고 엉뚱하게 옥헌무를 잡아다 침상에 눕혀놓으니 어리둥절할 수밖에 없었다.

부정하고 싶었지만 절로 예상이 되어버렸다. 불길함이 등 줄기를 타고 스멀거렸다. 독안마의가 잘 벼려진 단도를 잡고 옥헌무 쪽으로 향했기 때문이다.

당사자인 옥헌무는 물론이고, 초이량과 조원들은 설마 설마 하면서도 경악을 금치 못했다. 분명히 이렇게 말하지 않았던가.

“간이 얼마나 크기에 내 앞에서 고함을 내지르는지 확인 좀 해야겠다.”

‘간 크기를 정말 재볼 생각인 건가.’
‘아닐 거야. 그럴 리 없어.’
‘미친 작자들이 발에 채일 정도로 많다고 해도 이건 너무하잖아.’
‘누가 제발 이건 아니라고 말 좀 해줘.’
‘그러지 말아요. 제발… 부탁이에요.’
몸이 정상이라면 칼이라도 뽑아 육탄 저지를 했을 것이다.

하지만 지금은 그저 눈을 뜨고 이 상황을 지켜봐야만 했기에 오조원들은 눈을 깜박이는 것조차 잊고 실핏줄을 있는 대로 뻗쳐 가면서 동공을 확대할 뿐이었다.

급기야 독안마의의 손이 옥헌무의 상의를 칼로 쭉쭉 찢어 발기자 오조원 중 몇 명이 두려움과 안타까움에 떨며 눈물을 하염없이 쏟아냈다.

독안마의가 오조원들을 보면서 칼을 든 손을 흔들며 티없이 맑게 웃었다.

'안 돼! 제발 그러지 마!'

'영감탱이야, 지금 무슨 짓을 하고 있는 줄이나 알고 있는 거야!'

'살아 있는 사람을 어떻게……'

그때 오조원들의 눈이 부릅떠졌다.

독안마의가 일말의 망설임도 없이 옥헌무의 배를 갈라 버렸기 때문이다.

'헉!'

'마, 말도 안 돼.'

오조원들은 심장이 멈춘 듯한 충격 속에 빠졌다.

왜 배를 갈랐는데도 피가 맺히기만 할 뿐 철철 넘치지 않는지 따위와 독안마의가 펼치는 의술의 고명함은 전혀 눈에 들어오지도 않았다.

당사자인 옥헌무의 눈에서도 뜨거운 눈물이 흘러내렸다.

배를 가른 독안마의가 고개를 갸우뚱거렸다.

"이상하네. 간은 정상인걸. 근데 어째서 이렇게 어린놈이

간이 배 밖으로 튀어나올 것처럼 거침없이 막말을 해대는 거지?"

전혀 고민할 것도 없는 것을 가지고 고민이랍시고 손으로 턱을 어루만지고 지그시 눈까지 감으며 연신 고개를 갸웃거리는 모습은 괴기스럽기까지 했다.

"아무래도 머리를 열어봐야 할라나?"

'커어억!'

옥헌무의 눈은 이제 거의 튀어나올 것처럼 되어버렸다.

오조원들 또한 상태는 마찬가지여서 독안마의가 막 칼을 머리로 가져가자 심장박동이 평소의 열 배로 뛰기 시작했다.

배를 가를 때 돼지고기라도 썰 듯 쓰윽 갈라 버린 것을 보았기에 머리를 열어보는 것도 고민이라고는 눈곱만큼도 하지 않을 것이 아닌가.

독안마의는 콧노래를 흥얼거리면서 옥헌무의 머리카락을 밀기 시작했다.

손이 한 번 스쳐 갈 때마다 길게 기른 옥헌무의 머리는 소림사 제자로 변해갔다.

그때였다.

"마의님, 분부하신 곰탕, 준비되었습니다."

의원복 차림의 한 중년인이 공손히 하는 말에 독안마의가 손을 멈췄다.

"어, 그래. 안 그래도 출출해서 혼났는데 여기로 가져와라."

"네, 곧바로 대령하겠습니다."

중년인은 태평한 목소리였다. 수련생들이 저마다 굳어진 채고, 한 명은 피투성이로 누워 있는데다, 또 다른 한 명은 배가 갈라지고 머리가 절반이나 깎인 것을 보고도 눈 하나 깜짝하지 않았다.

그제야 옥헌무를 비롯한 오조원들은 이 의료방이라는 곳의 정서를 조금이나마 이해할 수 있었다. 그리고 마음속으로 한 가지 굳게 다짐했다.

'절대 다치지 말자. 어지간한 것은 참고.'

잠시 후 곰탕이 도착했다.

독안마의는 한입 가득 곰탕을 음미하면서 동시에 옥헌무의 머리를 마저 밀어냈다. 밀면서 허겁지겁 먹느라 국물이 옥헌무의 얼굴과 눈에 튀자 정신만은 말짱한 옥헌무는 비참함이 말로 형용키 어려울 지경이었다.

배는 갈라져 내장이 훤히 세상 구경을 하고 있고, 머리도 반으로 빠개질 것이고, 놀라 부릅뜬 눈에는 국물이 뚝뚝 떨어지고 있는 것이다.

"이거 정말 진미네. 일단 먹고 해야겠다."

독안마의는 맛있어 죽겠다는 표정이었다. 이미 저녁 식사를 마친 오조원들은 먹었던 음식마저 토해낼 것처럼 속이 느글거렸다.

"후루룩, 허업!"

그러다 문득 독안마의가 미안한 눈길로 옥헌무를 쳐다봤
다.

"너도 좀 먹어볼래?"

그건 옥헌무가 눈 한 번 깜박이지 않고 바라보고 있는 시선
을 의식했기 때문이다.

"싫냐?"

독안마의가 고개를 갸우뚱거렸다.

아혈이 찍혀 말을 못하는 옥헌무였다.

독안마의가 환하게 웃었다.

"싫구나. 고맙다. 난 또 먹는다고 하면 어쩌나 했다."

급기야 독안마의는 국물까지 양손으로 받치고 쭉 들이켰
다.

"꺼억!"

트림이 격하게 터져 나와 의료방에 울려 퍼졌다.

무슨 사자후도 아니고 트림 소리가 방을 진동시키는지 오
조원들과 옥헌무는 괴물을 건드려 버렸다는 것을 다시 한 번
자각했다.

"아이고, 머리야. 머리가 왜 이렇게 아파."

난데없는 머리 타령에 의료방 안의 모든 이의 시선이 소리
를 쫓았다.

오조원의 눈에 복잡한 빛이 떠올랐다.

입안에 물고 있던 종잇조각을 떼어내면서 영호선이 천천히 몸을 일으키고 있었던 것이다. 얼굴은 피떡이 되어 영호선이라는 증거를 찾기는 어려웠지만 목소리는 그가 영호선이라는 것을 명확히 증명해 주고 있었다.

“삭신도 쑤시는구만.”

영호선은 눈을 간신히 뜨고는 침상에서 내려왔다.

서열 사위 장휘천과 마주했을 때, 장휘천은 처음부터 흰 가루를 뿌렸는데 그 이후 전혀 힘을 쓸 수가 없었다.

독에 방비를 못한 것이 실수였다.

“끙차!”

몸 상태를 확인하기 위해 팔을 휘젓고 다리를 접었다 폈다 하면서 몸을 풀었다. 그다음 목을 좌우로 돌리다 익숙한 얼굴들을 확인했다.

“응?”

오조원이 모조리 한쪽에 서 있는 것이 보였다. 주변을 둘러보니 수많은 약재가 주렁주렁 매달려 있기도 했다.

“너희들, 거기서 뭐 하고 있나?”

아무도 대답이 없었다.

“이 새끼들아, 사람이 물으면 대답을 해야 할 것 아냐!”

여전히 말이 없자 영호선이 짜증스런 얼굴로 시선을 돌렸다. 옥헌무가 배가 갈린 채 누워 있었다. 그리고 한쪽 눈이 퀭하게 뚫려 있는 잔혹한 인상의 노인이 물끄러미 서 있었다.

"생각보다 꽤 빨리 일어났구나."

독안마의가 눈에 이채를 발하며 말했다.

영호선이 인상을 찡그렸다.

"어이, 영감! 지금 뭐 하는 거야?"

오조원들은 내심 한숨을 내쉬었다. 제아무리 영호선이 재주가 비상하다 해도 노인의 상대가 될 리 없었다. 몸이 정상이어도 무리일진대 저 상태로는 주먹을 날리기도 전에 '네놈 간은 도대체 얼마나 큰지 확인해 보자'라고 할 것이 분명했다.

"궁금하냐?"

"당연히 궁금하지. 멀쩡한 사람 배를 갈라놓고 뭐 하는 짓이냐고."

"클클, 배뿐인 줄 아느냐. 이제 머리를 갈라볼 생각인데."

"어이, 영감! 그러니까 왜 애먼 사람 몸을 쫙쫙 찢어대냐고. 노망났어, 아님, 그냥 귀가 먹은 거야?"

영호선은 화가 솟구쳤다. 오조원들을 단 한 번도 동료라고 생각한 적이 없었다. 오조원들은 영호선에겐 부하였다. 부하를 함부로 한다는 것은 자신을 모독하는 일이었다.

"이놈이 헛소리를 해대기에 간이 얼마나 큰지 봤는데 별로였거든. 그래서 머리를 열어볼 참이었는데 아예 그냥 네놈을 갈라보는 게 좋겠구나."

오조원들은 쓰게 웃을 수밖에 없었다.

이제 곧 오조의 서열 일위와 오조 서열 이십위가 나란히 침상에 누워 배를 연 채로 미친 영감의 노리개가 될 판이었다.

만약 이 사실이 알려진다면 잠마원 생활 내내 두고두고 회자되거나 그림 붙이기를 따라 하는 놈이 나온다면 배를 가른 채로 누워 있는 영호선과 옥헌무의 그림이 천지사방에 붙을 것이 틀림없었다.

그 순간이었다.

"아! 그런 거였어? 와우, 굉장히 재밌겠잖아!"

영호선이 연신 박수를 쳤다.

모든 조원들의 눈이 믿을 수 없다는 빛으로 물들었다. 배를 드러내고 누운 옥헌무도 경악을 금치 못했다.

도대체 언제부터 간 크기가 궁금했었단 말이냐!

영호선은 그런 생각에 답하듯 주절거렸다.

"그런 말 있잖아. 간이 부은 놈이라든지, 간이 배 밖으로 나온 것 같다든지 말이야. 아니, 정말 늘 혼자 있을 때면 그게 정말 사실인지 궁금했었거든."

독안마의도 어처구니가 없는지 할 말을 잃고 막 약침을 날리려던 것도 잊은 채 눈만 깜박거렸다.

'뭐냐, 저놈.'

영호선은 방금까지 누워 있었던 침상에 도로 눕더니 독안마의를 향해 채근했다.

"영감, 이리 와서 배 좀 갈라봐. 아, 이거 기대되네. 옥헌무 것보다는 내 간덩이가 더 커야 할 텐데. 흐흐흐."

독안마의는 얼떨떨해져서는 꼼짝을 못했고, 오조원들은 설마 인간이 저렇게까지 미친놈이었을 줄은 몰랐다는 듯 극심한 심리 분열에 시달렸다. 그냥 숙소 안에 있었다면, 의리니 뭐니 다 접어두고 엎드려 자버렸다면 이런 꼴은 보지 않았을 텐데 말이다.

그 말을 고스란히 듣고 있던 옥헌무는 뜨거운 눈물을 쏟아냈다. 저런 미친 새끼를 위한답시고 나서다 이 지경에 빠졌다고 생각하니 서러움이 물밀듯이 몰려왔다.

"영감, 뭐 해? 어서 와서 갈라봐. 궁금해 미치겠다니까."

영호선이 채근했다.

"어? 어."

이제 반말로 영감이라고 부르는 것도 어째서인지 신경에 거슬리지 않을 지경에 처한 독안마의는 누가 잡아끄는 것도 아닌데 질질 끌려가듯 발을 끌면서 영호선이 누운 침상 앞에 섰다.

"영감, 쨴 다음엔 꿰매줄 거지?"

"어? 어… 그래야지."

독안마의는 어린놈이 이렇게 막무가내로 나가자 얼이 다 빠질 지경이었다.

그가 살아온 삶은 칠십 평생이었고, 그래서 어떤 사람이 진심으로 말하고 있는지, 거짓으로 그런 척을 하는지 한눈에 파악할 수 있는 연륜이 있었다. 그런데 지금 이 어린놈은 아무리 봐도 진심이었다.

이래서야 흥이 날 리가 없었다. 겁도 먹고 덜덜 떨거나 살아보겠다고 발악을 해야 가지고 노는 재미가 있지, 이렇게 대놓고 배를 가르라고 상의를 올려 세우고 채근하는 놈이라면 사절이었다.

"홍, 관두자."

독안마의가 방을 나가 버렸다.

급한 것은 영호선이었다.

"어이, 영감! 어디 가? 이리 돌아와! 배 째란 말이야!"

한참이나 소리를 지르던 영호선은 돌아올 것 같은 기미가 보이지 않자 욕을 퍼붓고는 침상을 내려왔다.

"영감이 부끄러워하긴. 자, 다들 돌아가자."

영호선이 초이량을 보고 말했지만 초이량은 꿈쩍도 하지 않았다. 물론 점혈당해 움직일 수 없었고, 대답도 할 수가 없었을 뿐이다.

"이 새끼들이 아까부터 대답이 없네!"

짜악!

영호선은 초이량의 뺨을 걷어붙였다.

초이량은 서러움에 눈물이 맺힐 지경이었다.

영호선이 멱살을 움켜쥐었다.

"울어? 이 새끼가 마도가 장난이야! 어라?"

영호선은 그제야 조원들이 혈도에 제압당한 것을 알아차렸다. 심하게 두드려 맞아서 제대로 된 상황 판단이 흐려진 탓이었다.

"혈이 찍혔구나. 말을 해야 알지, 이 새끼들아!"

영호선이 즉시 손을 바쁘게 놀렸다. 하지만 어떤 수법으로 점혈했는지 자신이 알고 있는 해혈에 대한 모든 지식과 경험을 동원해도 해결할 수가 없었다.

"지독하네."

아무리 해도 소용이 없자, 영호선은 푸우 하고 한숨을 쉬었다. 내버려 두고 혼자 가자니 부하들에 대한 두목의 처신이 아닌 것 같았다.

"흠냐!"

주변을 둘러보니 배를 가른 채인 옥헌무가 보였다.

곧바로 다가가 옥헌무의 배를 들여다봤다.

"그러니까 이게 심장이고 이게 간인 거네. 뭐, 이 정도면 간도 꽤 크네."

옥헌무는 완전히 돌아버릴 지경이었다.

사람이 나체 상태로 다른 사람에게 보이지 말아야 할 부분을 보일 때의 그 당혹감과는 비교할 수 없었다. 비참하다는 말로도 부족했다.

그러거나 말거나 영호선의 호기심은 멈출 줄을 몰랐다.

그리고 모두가 경악해 마지않는 상황이 벌어지고야 말았다.

"와, 이게 내장인가?"

영호선이 옥헌무의 내장을 꺼내 눈높이까지 쭉 잡아당겨 올렸다.

자신의 몸속에 있어야 마땅한 내장 줄이 버젓이 외부로 걸어 올려진 것을 본 옥헌무는 눈을 부라리더니 그 충격으로 정신을 잃고 말았다.

정신이라도 잃어야지, 멀쩡한 상태로 그것을 쳐다볼 엄두가 나지 않았던 것이다.

정신을 놓아버린 것은 비단 옥헌무만이 아니었다.

굳어진 채로 이 광경을 낱낱이 보고 있던 조원 중 심장 약한 몇몇이 눈을 허옇게 까뒤집고 선 채로 혼절해 버렸다.

한참을 이리저리 둘러보던 영호선은 흥이 다했는지 내장을 대충 자리에 맞춰놓고 책임감없이 떠나 버린 영감을 대신해 어떻게든 배를 덮어야겠다고 생각했다.

"어디 실하고 바늘이 있을 텐데. 자, 실하고 바늘아, 어디에 있느냐."

그때 내장을 욱여넣을 때의 통증에 간신히 정신을 차린 옥헌무가 다시금 실과 바늘을 찾는 소리에 스르르 눈을 까뒤집고 정신 줄을 놓았다.

"찾았다!"

영호선이 환희에 젖어 날뛰었다.

그리곤 독안마의가 배를 가를 때 일말의 망설임도 없었던

것처럼 망설임은 인생 낭비라는 듯 곧바로 손을 움직이기 시
작했다.

원래 검과 암기 등을 다루는 무인들은 손놀림이 일반인에
비해 현격히 기능적인 면에서 앞서 있기 때문에 영호선의 손
은 빠르게 바늘을 살에 꽂고 뽑아내길 반복했다.

그리고 이윽고 실밥을 이빨로 끊어낸 영호선이 이마를 쓸
어 올렸다.

"휴, 다 됐다. 쉽지 않네."

이젠 솜씨를 과시할 때였다.

영호선은 영차 하는 소리와 함께 옥헌무의 몸을 억지로 일
으켜 세웠다.

"자, 다들 봐라."

그 즉시 몇몇 조원이 혼절했다. 그리고 버티고 선 나머지는
눈에서 붉은 광선이 나올 정도가 되고 말았다.

그들은 그래도 영호선의 검술을 믿었기에 나름 세밀히 꿰
매져 있을 것이라고 생각했다. 하지만 드러난 결과는 도저히
참혹함을 견줄 만한 것이 없을 지경이었다.

배를 오가는 검정색 실은 비뚤비뚤한 상태로 갈지자로 이
리저리 얽혀 괴상망측한 실 자국을 여실히 드러내고 있었다.

어떤 곳은 간격이 커 살이 벌어지기까지 했다.

"어때?"

모두의 눈은 '너는 눈을 장식으로 달고 다니는 거냐!' 고 말

하고 있었다.

영호선은 고개를 끄덕였다.

"뭐 이 정도 가치고 감탄하고 그래. 하하하하! 아, 그나저나 이 영감은 어디 가서 아직 안 오는 거야. 몸이 노곤해서 어서 돌아가서 쉬고 싶은데. 기어이 찾아가게 만드는구만. 어? 왜 이래? 뭐지?"

영호선이 한 걸음을 떼더니 이마를 짚고 휘청거렸다.

"어? 허허허… 왜 이러지?"

그리고 다시 두 걸음을 떼자 머리가 텅 빈 것 같았다. 모든 세상이 하얗게 변하며 영호선은 그 자리에서 허물어졌다.

독안마의가 아차 싶은 마음에 서둘러 발길을 돌렸을 때는 영호선이 정신을 잃고 일각 정도가 지난 뒤였다. 생각했던 대로 영호선이 나뒹굴어 있자, 얼른 침상에 눕히고 굳어져 가는 전신 경맥을 주물렀다.

원래 그는 당돌하기 짝이 없는 영호선에게 질려 나갔다가 저놈이 누구에게 해코지를 당했나 궁금하기도 해서 그 사실 또한 알아보고 온 것이었다.

게다가 상황이 미묘하게 흘러 간과했던 것이 있었으니 그것은 바로 영호선의 입에 물렸던 시험 용지가 보랏빛으로 변해 있었다는 것이다.

잠마원 사인방 중 사조장 장휘천에게 당했다는 이야기를

들었을 때 비로소 보랏빛 시험 용지가 떠오른 것은 장휘천의 출신이 신독문이었기 때문이다.

그러나 보랏빛으로 물들었다는 것은 극독이 아닌 내공을 흐트러뜨리는 산공독(散功毒)이란 것인데, 갑자기 침상에서 일어설 수 있었던 것은 기력이 일시적으로 돌아온 것일 뿐 해독이 되거나 하는 것은 아니었다.

전신 경맥을 세 차례 주무르고 나자, 비로소 굳어진 부분이 없이 몸이 풀리는 것을 확인할 수 있었다.

이어 해독제를 빻아 물에 타서는 입을 벌려 약이 식도로 넘어가는 것을 보고 비로소 안심이 되었다.

"휴, 다행히 때를 놓치진 않았구나."

산공독에 당한 뒤 방치될 경우 내공은 산산이 흩어지며 기가 흐르던 경맥이 굳어지게 되는데, 독기로 막힌 경맥을 훗날 다시금 뚫는 데는 열 배의 시간과 공을 들여야 겨우 원래대로 회복시킬 수 있는 것이다.

급한 불을 끈 독안마의가 아직까지 굳어진 채로 서 있는 오조원들의 혈도를 풀어주었다.

"무릎 꿇고 저놈 뱃가죽을 꿰맬 때까지 입 닥치고 있어라."

오조원들은 이미 살벌한 경험을 했기 때문에 바로 입을 닥쳐 대답조차 없이 무릎을 꿇었다.

독안마의가 차분히 꿰맬 바늘을 찾다가 문득 뭔가 이상한 느낌에 옥헌무의 몸통으로 시선을 돌렸다.

‘뭐, 뭐냐?

갈지자로 마치 꼬마들이 장난하듯 꿰매진 배를 본 독안마의는 불같이 화가 치밀었다.

그는 누군가 함부로 의료 기구를 손대는 것을 가장 싫어했다. 그런데 임의로 들어와 친절하게도 배까지 꿰매놓고 간 것을 용납할 그가 아니었다.

“누구 짓이냐! 누가 다녀간 거냐!”

입을 닥쳐야 무사태평이 보장되는 오조원들이 일제히 손을 쭉 뻗어 영호선을 가리켰다.

독안마의가 이마를 짚었다.

“아이고, 머리야!”

저놈이라면 그래, 이해가 된다.

실을 끊고 다시 꿰매려던 독안마의는 내장이 제멋대로 헝클어져 있는 것을 보고 다시 고함을 내질렀다.

“이것도 저놈 짓이냐?”

오조원들이 마구 고개를 끄덕였다. 그리고 언뜻 정신을 차린 옥헌무도 목만 움직일 수 있다면 고개를 끄덕여 주고 싶은 마음이었다.

第六章
흡혈야차

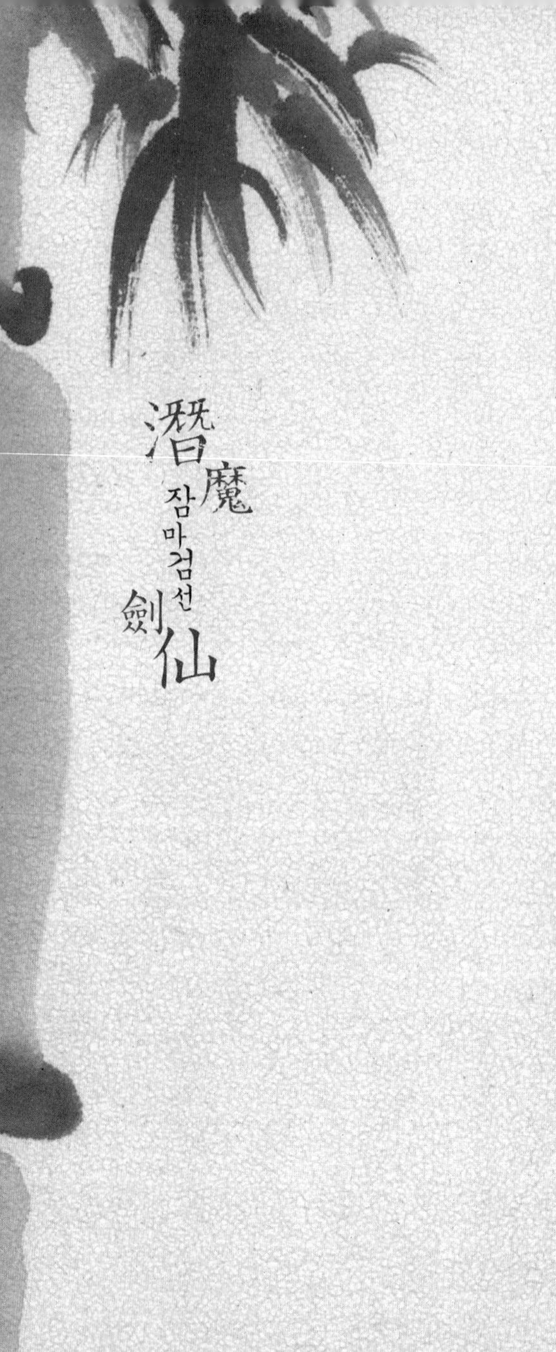

潛魔
劍仙

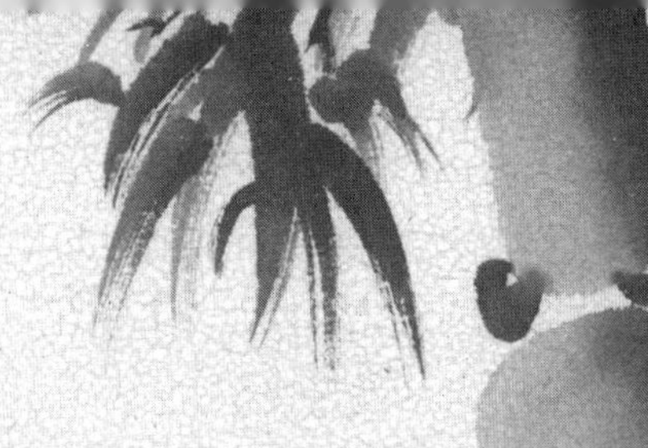

　영호선은 한동안 퉁퉁 부은 얼굴에 절룩거리면서 다니다 몸이 어느 정도 회복되는가 싶자 거의 오조의 숙소에서 찾아볼 수가 없었다.

　교육 시간이 끝나면 검을 뽑아 들고 사인방을 찾아 헤맸고, 결과는 언제나와 마찬가지로 피투성이였다.

　덕분에 교육에 참여하는 시간보다는 뻗은 채 의료방에 누워 있는 때가 더 많았다.

　독안마의도 매일 출석하듯 의료방에 피 칠갑을 하고 들어오는 영호선을 이젠 당연하다는 듯 바라보게 될 정도였고, 더 나아가 아예 싸우는 장소에 수하와 함께 기다렸다가 데리고 올 지경에 이르렀다.

독안마의의 의술은 고명하기 이를 데 없는데다 혈마환을 복용한 뒤의 영호선의 회복력은 놀라워 어지간한 경우가 아니면 생생해져서 '쿠오오오오' 외치고 다시금 사인방을 향해 달려갔다.

그렇게 한 달이 지나자 독안마의와 영호선은 꽤 가까워져 있었다.

"이 미련한 놈아, 네놈은 한 명이고 상대는 네 명이다. 게다가 서열 일위인 설요홍은 네놈이 당해낼 수도 없고 죽일 수도 없어. 차라리 체계적으로 무공을 키운 다음에 일거에 쓸어버릴 생각을 해야지 왜 어쭙잖은 실력으로 자꾸만 쳐 맞고 다니는 거냐."

독안마의로서는 매번 당하기만 하면서도 뒤도 안 돌아보고 달려가는 영호선을 저절로 응원하는 마음이 생긴 지 오래였다.

입장상 중립을 지키고 있긴 했지만 표정 뒤에서는 '이겨라, 이겨라'를 얼마나 열심히 외치는지 몰랐다.

영호선은 못 들은 척 검을 정성껏 닦기만 했다.

마음으로는 독안마의의 말이 맞는다는 것을 알았기에 딱히 할 말이 없었던 것이다. 산공독은 해결했지만 서열 이위부터 서열 사위까지 세 명과 한꺼번에 맞서다 보니 결과는 매번 마찬가지였다. 그놈들이 문제가 아니라 서열 일위인 설요홍이 목표였는데 한 번도 손을 써보지 못하고 있으니 착잡하기 이를 데 없었다.

"자, 이것 마셔라."

영호선이 엉겁결에 받아 들고 물끄러미 쳐다봤다.

"몸에 좋은 거니까 어서 처마시기나 해."

영호선이 고개를 힘차게 끄덕이고는 주르륵 마셨다.

"윽, 영감! 이거 피잖아. 영감 피도 없을 텐데 날 주면 어떻게 해?"

퍽!

독안마의가 영호선의 뒤통수를 사정없이 후려갈겼다.

"이 멍청아, 내가 미쳤다고 내 피를 짜주겠냐! 이건 지주혈망(蜘蛛血蟒)의 피다. 몸의 회복력과 내공을 강화시켜 주는 거지."

"오호, 내공? 그럼 아끼지 말고 더 좀 줘봐. 늙어 죽으면 다 소용없는데 저승에 가져갈 것도 아니면서 뭘 그렇게 짜게 굴어."

"간신히 얻어주니 이놈이 한술 더 뜨네."

"흠, 내공이 따라준다면 설요홍의 목도 가볍게 썰어버릴 수 있을 것 같은데 말씀이야."

"네놈이 부족한 게 어디 내공뿐이겠느냐마는 그래도 어느 정도 도움이 되긴 하겠지."

"놈들은 어릴 때부터 영약을 밥처럼 먹어댔겠지?"

"그렇다고 할 수 있지. 하지만 영약이나 영초를 아무리 먹어도 그것만으로 강해지는 건 아니다."

"강해지지 않으면 약해지기라도 한단 말이야?"

"너란 놈은 어떨 땐 똑똑한 것 같으면서도 어떨 땐 무지 멍청하다니까. 무공이 영약으로만 강해진다면 지금 일조 조장은 아마도 독상군(獨相君)이 차지하고 있을 것이다."

"독상군? 독상군이라면 육조 부조장인데?"

영호선이 독상군을 기억하고 있는 것은 독상군의 외모가 특이했기 때문이다.

영호선이 볼 때 독상군은 그야말로 뚱뚱보여서 일반적인 체형의 사람 둘을 옆으로 붙여 결합해 놓은 것 같을 정도였다. 처음 독상군을 보았을 때 영호선은 분명 저건 두 사람일 것이라고 하면서 막 뜯어내려고 시도하다가 독상군의 비명을 듣고 온 육조원들에 의해 아직까지 확인을 미뤄두고 있는 상태였다.

"봐라. 육조 부조장이라면 잠마원 서열 십육위라는 것이잖느냐. 물론 이백 명 중 십육위면 나쁜 건 아니지만 그 녀석이 처먹은 영약으로 따지자면 아마도 사인방 전부가 먹은 영약보다 많을 것이다."

"와, 엄청나게 부자 가문인가 보네."

"약왕(藥王)의 아들이니까 당연하지. 생각해 봐라. 집에 영약이 굴러다니는데 아들이 태어났으니 그중에 몸에 좋은 것을 얼마나 먹여댔겠냐."

"뚱땡이 놈, 좋은 아버지를 두었구나."

영호선이 그 말을 끝으로 뭔가를 깊이 생각하는 모습이자 독안마의는 속으로 혀를 찼다.

'쯧쯧, 녀석. 부모님 생각이라도 난 건가. 아무리 혈마환을 먹었다곤 해도 고향이나 부모님은 누구에게나 특별한 거니까.'

독안마의는 상념을 방해하지 않으려 함께 침묵을 지켜주었다. 가끔은 피가 난무하는 이곳에서도 마음이 쉴 때도 있어야 하는 것이다.

"영감, 나 그렇게 할까 봐."

독안마의의 심장이 철컹 내려앉았다.

"무슨 소리냐?"

떠나기라도 하겠다는 거냐는 말은 차마 현실이 될까 봐 꺼내지 못했다. 워낙에 처맞고 다녀 함께한 시간이 결코 적지 않았기에 어느덧 독안마의에게 영호선은 나이를 넘어선 친구 같았던 것이다.

영호선이 벌떡 몸을 일으켰다.

"나 말이야."

"……?"

"뚱땡이 피를 좀 빨아야겠어. 그놈 집은 영약이 많으니까 좀 얻어먹어도 괜찮지 않겠어?"

"음, 그렇지. 엉? 뭐라고? 이 미친놈이……!"

독안마의가 붙들려고 손을 뻗었을 때는 이미 영호선의 신형이 떠난 뒤였다.

"피 좀 빨아 먹는다고 죽는 거 아니잖아. 나중에 봐, 영감."

사람은 보이지 않는데 밝고 희망에 찬 목소리만 들려왔다.

"허헐, 저 새끼가……."

*　　*　　*

콸콸콸.

육조 부조장 독상군은 창백한 안색으로 숨이 넘어가기 직전이었다. 지금 그의 목줄기에서는 막대한 양의 피가 빠져나가고 있는 중이었다. 그 피는 고스란히 목에 이빨을 꽂고 있는 영호선의 뱃속으로 들어가고 있었다.

그러니까 사건이 벌어진 것은 한 식경 전이었다.

취침에 들기 전 잠시 숙소 앞을 산책하고 있을 때, 영호선이 반갑게 인사하는 것을 알은체한 것이 실수라면 실수였다. 그때 만약 서둘러 숙소로 돌아갔다면 지금 이런 참혹한 상황에 처하지 않았을 것이다.

"어이, 뚱땡이! 오랜만이네."

"어, 반가워."

육조에게 있어 영호선은 기피 대상 일호였다.

조장 청당이 엉덩이를 드러내고 월병이라는 첫 번째 별호를 얻은 지 채 며칠이 지나지도 않아 백발청당이라는 두 번째 별호를 만들어낸 장본인이었기 때문이다.

게다가 독상군 개인적으로도 결코 상종하고 싶지 않은 인간이기도 했다. 두 사람이 합쳐진 것 아니냐면서 뜯어내려고 했던 사건도 사건이지만 그전 입부식 대전쟁 당시 눈에 잘 띈다는 이유 하나로 '쿠오오오오' 하면서 발길질을 아끼지 않았기 때문이다.

만약 그때 영호선만 아니었어도 독상군은 서열이 더 올라갔을 것이라고 생각하고 있었던 것이다.

떨떠름하게 인사를 받은 독상군이 몸을 슬그머니 빼려고 하자 영호선은 척하고 어깨동무를 하고는 '왜 그래? 무슨 죄졌어? 오늘 온 건 사실은… 전에는 내가 좀 심했다는 생각이 들어서 말이지' 라고 말했다.

미안하다는데 돌아서기도 모양이 안 나와 독상군은 두툼한 턱살을 덜렁대며 어색하게 웃었다.

"하… 하하……."

"너 원래 한 사람 맞지? 하하하, 난 정말 네가 두 사람인 줄 알았지 뭐야."

"어? 어. 뭐, 가끔 오해를 하기도 하니까."

"야, 근데 오늘 처음 안 사실인데, 네 아버지가 약왕님이시라면서? 와우, 나 엄청 놀랬지 뭐냐.”

“어… 그랬구나. 맞아.”

“너, 영약 엄청 먹었겠다?”

독상군의 안색이 살짝 굳어졌다. 이때만 해도 독상군은 영호선이 영약을 얻어먹으려고 수작을 부리는 것이라고 생각했다. 물론 집에서 가지고 온 영약이 숙소 개인 물품함에 있었고, 또 필요하다면 언제든지 보내달라고 말할 수 있었다. 하지만 영호선에겐 영약 먼지 알갱이조차 주고 싶은 마음이 없었다.

“뭐, 그렇지. 근데 지금 있는 건 크게 효험이 없는 것이라서. 주고 싶긴 한데 그다지 효과가 없을 거야.”

“에이, 내가 그까짓 영약 먹겠다고 이러는 것으로 생각했구나?”

“아니, 아니야. 그건 뭐, 같은 수련생으로 내가 주고 싶어서 그런 거지.”

“난 그런 거 필요 없어. 나도 먹는 게 있긴 해. 아까도 뱀 피 마시고 왔는걸.”

“아하하… 다, 다행이다.”

“근데 이거 감칠맛 나게 양이 너무 적은 거 있지.”

“구하기 힘든 것이라서 그럴 거야. 그러지 말고 여기 잠깐 기다려 봐. 내가 영약 좀 가지고 올게.”

독상군은 절대 안 주겠다는 생각에서 일단 후퇴로 선회했다. 가장 하품으로 하나 건네주고 떨어뜨려 버리는 것이 여러 모로 낫겠다고 판단한 것이다.

"아니, 됐다니까 그러네."

그러면서 영호선은 독상군의 어깨를 두른 팔에 힘을 가했다.

"뭐, 그래도 날 생각하는 마음에 내 가슴이 절로 훈훈해지는걸."

"응, 서로 생각해 주면서 살아야 하잖아. 내 것이 네 것이고, 네 것은……."

독상군이 영호선을 쳐다보았다.

꿀꺽.

"…네 것이지."

"하하하, 왜 그래? 친구끼리 어색하게. 내 것이 네 것이고, 네 것은 내 것이란 말을 하고 싶은 거잖아."

"응, 그래."

"자, 약속!"

영호선이 새끼손가락을 내보이자, 독상군이 두툼한 새끼손가락을 걸었다.

영호선이 마구 흔든 다음에 환하게 웃었다.

"고마워, 친구. 잘 먹을게."

콱!

그리고 영호선의 이빨이 독상군의 모가지에 박히게 된 것이었다.

바들바들 떨면서 독상군은 콸콸콸 흘러가는 핏줄기를 느
낄 수 있었다.

'내 피… 내 피…….'

잠시 후, 영호선이 축 늘어져 버린 독상군을 마구 흔들어
깨웠지만 독상군은 일어날 기미를 보이지 않았다.

"야, 뚱땡이! 일어나! 여기서 죽으면 안 돼! 왜 그러는 거야!
일어나란 말이야!"

영호선은 눈에 이슬을 뿌려가며 독상군을 꼬옥 끌어안았
다.

"제발 정신 좀 차려봐! 이대로 죽으면 어떻게 해!"

어찌나 간절히 외치는지 누가 보았다면 형제라도 되는 줄
로 착각할 지경이었다.

"독상군! 제발 정신 차려! 이대로 네가 죽어버리면 난 어
쩌란 말이냐! 앞으로 널 더 못 먹게 되는 건 도저히 참을 수
없단 말이다! 제발 눈 좀 떠봐! 네 것은 내 것이라고 말했잖
아!"

영호선은 큰 덩치의 독상군을 업고 눈물을 흩뿌리며 의료
방으로 내달렸다.

"죽지 마. 너는 내 보혈이야. 죽으면 안 돼."

희미한 정신의 독상군은 영호선의 등판에서 눈물을 흘렸
다.

독안마의는 황급히 누군가를 둘러메고 달려온 영호선을 보며 고함을 내질렀다.

"또 무슨 짓을 한 거냐! 이놈은 누구고?"

"누구긴요. 독상군이지."

"근데 애 상태가 왜 이래?"

"영감, 내가 좀 마셨어. 어쩌지? 어쩌면 좋아!"

"뭘 마셔?"

"독상군 피!"

영호선이 눈을 희번덕거렸다.

어느새 침상에 눕혀진 독상군을 독안마의가 빠르게 살폈다. 다행히 독상군의 상태는 단순한 빈혈 증세였다.

침을 놓아 독상군을 깨운 독안마의는 대놓고 화를 냈다.

"이 멍청한 놈아, 사람을 죽일 참이냐? 이게 뭐 하는 짓이야!"

얼마나 호되게 야단을 치는지 당장에 때려죽일 기세였다.

"넌 도대체 생각이 있는 거냐, 없는 거냐?"

눈에 불을 켠 채로 독안마의는 그야말로 불길이었다.

심지어 겨우 정신을 차리고 이 광경을 본 독상군이 미안한 생각이 들 지경이었다.

"전 괜찮습니다. 견딜 만합니다."

"넌 조용히 해."

짜악!

독안마의가 독상군의 뺨을 내갈기자, 독상군의 두툼한 볼살이 출렁하고 요동쳤다.

독상군은 돌아간 고개도 똑바로 하지 않고 그대로 눈물을 쏟았다.

'왜… 날……'

화가 풀리지 않는지 독안마의는 곧바로 영호선의 멱살을 잡았다.

"미친놈아, 한 번 마시고 말 거냐! 적당히, 적정량을 마셔야 가장 효과적인 거야. 게다가 목을 물어뜯어 동맥이라도 터져 죽으면 어쩌려고 그러는 것이냐?"

퀭.

독상군은 그렇지 않아도 피가 빨려 창백해진 안색이 더욱 창백해지고 말았다.

'계… 속… 마시라는 거였어.'

춥지도 않은데 부들부들 몸이 떨렸다.

"영감, 나도 그래서 급하게 데리고 온 거잖아. 아, 숨 막힌다고."

독안마의가 씩씩거리면서 영호선을 내려놓더니 구석에 가서 뭔가를 들고 왔다.

"자, 받아라."

"이게 뭔데?"

그건 굵기가 일반 대나무보다 얇고, 길이는 어린아이 팔뚝
만 했다.

"대롱이지 뭐냐."

"그러니까 이걸로 뭘 어쩌라는 거냐고?"

"적당한 곳에 꽂고 빨아 마셔라."

그제야 영호선이 두 손으로 대롱을 받아 들었다.

당사자가 눈앞에 있는데도 아예 없는 사람 취급하며 태연
히 피 빠는 도구를 주고받는 두 사람 앞에 독상군은 정신을
놔버릴 지경이었다.

독상군은 무슨 말이라도 해야 할 것 같아 간신히 정신을 추
스르고 입을 열었다.

"저기요."

짜악.

독안마의의 소맷자락이 스치는가 싶더니 독상군의 뺨이
돌아갔다.

"이야기 중이잖아!"

다시금 독상군은 뺨이 돌아간 채로 주르르 눈물을 쏟았다.

영호선이 대롱을 들고 독안마의를 보고 눈짓을 했다.

그러자 독안마의가 '그래그래' 하는 표정으로 고개를 끄
덕였다.

팍!

영호선이 그대로 대롱을 독상군의 어깨에 꽂아버렸다. 실험정신이 어찌나 투철한지 영호선은 쭈욱 한 모금 들이켰다.

"와우! 이거 최고야!"

팟, 하고 대롱을 뽑자 피가 뿜어져 나왔다.

영호선이 허겁지겁 입을 가져다 대고 흘러나온 피를 빠느라 정신이 없었다.

"아이고, 아까운 내 피. 아이고, 내 새끼들. 뭐 해요, 얼른 지혈하지 않고."

독안마의가 흡족한 듯 손을 놀려 지혈했다.

"맘에 드냐?"

영호선이 엄지를 곧추세우고는 독안마의의 품에 안겼다.

"고마워, 영감."

"허허, 녀석. 한 가지 유념해야 할 것은 피를 제공한 사람이 다시금 피가 맑아지고 기운을 차리는 데는 열흘가량이 지나야 비로소 다시 회복된다는 점이다. 일반인이 한 달이 지나야 기운이 회복되는 것보다야 낫지만 열흘 정도는 기다릴 수 있어야 하는 게지."

'열흘이라……'

독상군은 참혹한 현실 앞에서도 내심 계산을 하면서 안도의 한숨을 내쉬었다. 대롱까지 준비된 마당에 매일 피를 마시겠다고 덤벼들까 두려웠는데 열흘이라면 어떻게든 대처할 만한 시간이었다.

"열흘이나 기다려야 한다고? 독상군이 고작 그 정도밖에 안 된단 말이야? 왜 그러서? 약왕의 아들을 너무 무시하는 거 아냐? 그러지 말자고. 약왕이 들으면 섭섭해하서."

독상군의 얼굴이 딱딱하게 굳어졌다.

'이 새끼, 아버지를 완전히 무시하고 있어.'

독안마의가 턱을 쓰다듬으며 독상군을 살폈다.

"하긴, 이놈은 좀 특별하긴 하지."

그나마 사리 분별은 하리라 여긴 독안마의였건만.

부르르.

독상군이 떨든 말든 두 사람의 대화는 계속 이어졌다.

"열흘은 독상군을 무시하는 거라니까. 다시 말하지만 그건 약왕에 대한 모독이라고."

"하긴 매일매일 꾸준히 복용하고 있을 테니 나흘 간격이면 회복이 될지도 모르겠다. 물론 나중엔 기간이 더 늘어나겠지만."

"어쨌든 초기엔 자주 빨아도 된다는 거잖아."

"그래. 하지만 항상 적정량을 잊지 마라."

영호선이 독상군의 어깨를 툭 쳤다.

"가자."

숙소까지 가는 길에 오조의 숙소와 육조의 숙소는 방향이 달랐기에 독상군은 혼자 가겠다고 했지만 영호선은 굳이 배웅하겠다고 고집을 부렸다. 그러면서 흥에 겨운지 노래를 부르기 시작했다.

"독상군은 나의 내공! 내 힘의 원천! 나는 네가 있어 존재의 의미가 확실해져. 독상군이 없는 세상은 상상할 수도 없어. 독상군 너는 나의 동반자, 나의 등대, 나의 영원한……."

한참 홍얼거리던 영호선이 거치적거리는 소리가 나서 옆을 바라봤다. 독상군이 살덩이 때문에 눈이 떴는지 감았는지 모를 실눈으로 꾸준히 눈물을 흘리고 있었다.

영호선의 얼굴이 바로 진지해졌다.

독상군의 흐느낌은 점점 더 격렬해져 갔다.

영호선은 천천히 독상군을 두 팔로 안아 등을 토닥거렸다.

독상군은 전혀 예상치 못했던 터라 내심 놀라며 울음을 그쳤다.

영호선이 차분히 말했다.

"너, 외로웠구나? 내 노래를 듣고 그렇게 감동을 받을 줄은 몰랐다. 이제 염려 마. 넌 소중한 보물 같은 내 친구니까 내가 지켜줄게."

영호선이 몸을 떼며 독상군의 어깨를 붙들고 눈을 응시했다.

독상군의 입 주위가 당장에라도 울음을 터뜨릴 것처럼 부르르 떨렸다.

그리고,

"으허엉, 꺼어꺽."

서러움에 복받친 독상군을 영호선이 다시금 포근히 안아주었다. 달빛이 따스하게 두 사람을 감쌌다.

육조원들은 자정이 다 되어 돌아온 독상군이 어딘가 달라졌다는 것을 알 수 있었다.

원래 독상군의 보통 때의 표정은 포근함 그 자체였다. 근심걱정은 애초에 몸속에 존재하지 않는 것처럼 여유로운 모습을 유지하고 있었는데 지금 독상군은 세상의 모든 근심과 걱정을 짊어진 사람의 얼굴이었던 것이다.

한 손으로 영약 즙을 움켜쥔 독상군이 멍하니 바라보기만 할 뿐 마시지 않자 육조원들의 의문은 더욱 짙어졌다.

독상군이 누구던가!

명실공이 약왕의 아들로 어릴 적부터 듣도 보도 못한 영약을 섭취해 온 축복받은 인간이며, 잠마원에 들어온 뒤에도 영약을 복용할 때면 어찌나 행복한 표정을 짓는지 부러움과 질투가 뒤섞인 채로 바라보곤 했거늘, 지금처럼 심각한 표정은 본 적이 없었다.

백발의 조장 청당이 다가갔다.

"이봐, 무슨 일이 있었던 거냐?"

독상군이 천천히 고개를 들어 청당을 올려다봤다.

윤기 흐르는 진한 흑발을 자랑하던 청당은 어디에도 없고, 백발에 진중하기만 한 청당이 서 있었다.

그러자 자연스럽게 영호선이 떠올랐다. 동병상련의 마음이 일면서 그동안 청당이 얼마나 힘들었을지 저절로 마음이 아려왔다.

"아무것도 아니야. 그냥 혼자 있고 싶다."

독상군은 도움이 절실히 필요하긴 했지만 청당을 이 일에 끌어들이고 싶지 않았다. 어쩌면 청당은 도와주려고 할지도 모른다. 그러나 청당은 영호선의 상대가 되지 못했다. 괜히 나섰다가 백발조차 남지 않고 대머리가 될 가능성이 농후했다.

청당은 더 캐묻고 싶었지만 독상군의 눈에 눈물이 그렁거리는 것을 보고 나중을 기약하기로 했다.

"그래, 나중에라도 이야기하고 싶을 때 언제든지 해라."

독상군은 고개를 끄덕이고 영약 즙을 들이켰다.

가슴속에 피눈물이 흘러내렸다.

'흑흑흑, 나… 사육당하고 있어.'

독상군의 변화에 육조원들이 신경을 쓰긴 했지만 독예미(獨銳美)에 비할 바는 아니었다.

독예미는 약왕의 딸이자 독상군과 연년생 동생이었다. 그녀의 자질 또한 평범한 것이 아니어서 잠마원에 들어오게 되었고, 지금은 팔조의 부조장을 맡고 있었다.

점심때 식당에서 독상군을 본 독예미는 평소와 다른 모습에 이유를 물었지만 독상군은 그저 기분이 가라앉아 있을 뿐이라며 어깨를 으쓱였다.

그러나 그 모습이 어색하기 짝이 없어 독예미는 몇 번 더 물었으나 끝내 독상군은 입을 다물고 열지 않았다.

그렇게 말이 없이 마주 앉아 식사를 할 때였다.

"여, 식사 많이 해. 많이많이 먹어야 건강하지."

영호선이었다. 쾌활한 목소리와 함께 독상군의 어깨를 툭 치는 것이 둘도 없는 친구 같았다.

독예미도 눈과 귀가 있으니 공인된 미친놈인 영호선을 알고 있었다. 상종하기 힘든 녀석이 오라버니와 절친한 듯하니 의심부터 들었다.

아니나 다를까, 오라버니는 흠칫하더니 아까보다 안색이 더욱 무거워져 있었고, 슬퍼 보이기까지 했다.

'그러면 그렇지, 오라버니 머리가 어떻게 되지 않고서야 저런 미친놈과 어울릴 리가 없지.'

생각이 거기에 미치자 불현듯 접근하는 의도가 의심스러웠다.

'혹시 저 미친놈이 오라버니를 통해 영약을 얻어내려는 걸까?'

생각이 떠오르자마자 곧바로 확신이 되었다. 오라버니는

잠마원의 개인 보관함에도 상당량의 영약을 지니고 있었다.

잠마원의 규칙상 다른 수련생의 물건을 훔치는 것은 퇴거 조치의 조건이 되는 만큼 순순히 얻으려는 수작이 틀림없었다.

"저리 꺼져 주시지. 지금 식사 중인 거 안 보여?"

영호선이 '이건 뭐냐' 는 듯 뚱하니 독예미를 쳐다봤다. 조그맣고 작은 몸매인데도 독기를 물씬 머금고 있었다. 독상군에게 알은척을 했는데 왜 화를 내는지가 궁금해졌다.

"낭자는 뉘시오?"

"흥! 나는……."

독예미는 그 이상 말을 잇지 못했다. 독상군이 벌떡 일어나 영호선을 잡아끌고 식당을 벗어난 것이다.

"아, 오늘 식단은 정말 먹기 힘드네. 여기서 이럴 것이 아니라 밥맛도 없는데 밖으로 나가자."

독예미는 영호선이 도리어 의아한 표정을 짓고, 오라버니가 서둘러 상황을 봉합하려는 모습을 보자 어리둥절했다.

'분명히 뭔가 있어. 냄새가 나.'

한편 식당에서 멀어지며 질질 끌려오던 영호선은 이내 독상군을 뿌리쳤다.

"이 자식이 돌았나. 왜 그래? 저애랑 사귀냐?"

"그게 아니라 네게 좋은 정보를 주려고."

"……?"

"귀 좀."

독상군이 혹시 누가 들을까 염려스러운지 귓속말로 속삭였고, 이야기가 진행되자 영호선의 입가에 사악한 미소가 떠올랐다.

"넌 정말 멋진 놈이야. 고맙다, 친구야. 격하게 사랑한다."

영호선이 독상군을 와락 껴안았다.

그 광경이 고스란히 독예미의 시선에 잡혔다.

혹시나 해서 두 사람을 지켜보고 있던 그녀는 서로 환하게 웃으며 끌어안고 있는 모습에 미간을 찡그렸다.

'도대체 뭐가 어떻게 돌아가고 있는 거야.'

이후 영호선은 종일 실실거렸다. 교육 중에도 실실거리다 질문에 대답해 보라는 교두의 추궁에 막힘없이 답을 말하긴 했으나 내가 가르치는 것이 그렇게 같잖으냐면서 발로 지근지근 밟힐 정도였다.

하지만 영호선은 그때만 반짝 진중한 표정이 되었을 뿐 교육이 끝난 후에는 또다시 헤실헤실했다.

부조장 초이량이 무슨 일이냐고 물었지만 영호선은 환한 미소로 뜬금없이 초이량을 와락 껴안을 뿐 이유는 말하지 않았다.

매일 저녁 사인방을 찾아가 피투성이가 되어 돌아오던 때에 비하면 웃고 돌아다니는 것이 차라리 나았지만 사람이 안 하던 행동을 하면 죽을 때가 다 된 것인가 하는 의심이 고개를 들게 마련인지라 초이랑은 눈살을 찌푸렸다.

하루 동안의 일과가 마치고 독안마의를 찾은 영호선은 그때까지도 미소를 잃지 않고 있었다.

"완전히 미쳐 버린 거냐?"

말과 달리 독안마의는 웃음에 전염된 듯 마주 웃었다.

"영감, 나 있잖아, 이번에 큰 가르침을 얻었지 뭐야. 친구가 얼마나 소중한지. 한 명의 친구가 열 명의 원수 부럽지 않다고나 할까."

"크크크, 아주 네놈이 정신 줄을 놨구나."

"독상군이 오늘 얼마나 기특한 말을 했는지 알면 그런 말 못할걸."

"응? 그놈이 동생 피도 빨라고 하든?"

영호선이 고개를 홱 돌렸다.

"동생?"

"몰랐냐? 함께 잠마원에 왔거든. 동생 이야긴 아닌 것 같고, 그럼 뭘까나."

영호선의 눈이 반짝반짝 별처럼 빛났다.

"동생이 있었어? 근데 녀석이 내게 알려준 명단에는 독 씨 성이 없었는데?"

영호선은 독상군에게 끌려 나가 열한 명의 명단을 들었는데 그들은 모두 만만찮게 영약을 복용한 기재들이었다.

그런데 그중에 독 씨 성은 없었던 것이다.

"크크, 그놈이 동생은 지키고 싶었던 모양이구나."

그제야 영호선은 점심때 독기 품은 처자의 눈을 떠올렸다. 전혀 닮지 않아 미처 생각지 못했다.

"그렇단 말이지. 독상군 이놈이 감히 날 배신했겠다. 진심 어린 마음을 담아 친구로 대한 결과물이 고작 이것이라니. 실망스럽군."

영호선이 벌떡 일어났다.

"영감, 나 갈게."

독안마의가 쳐다보지도 않고 손을 휘저었다.

"적정량이다. 잊지 말고."

숙소에서 영약 즙을 심각하게 들이킨 독상군은 무거운 걸음으로 밖을 향했다. 이날도 조원들은 무슨 말인가를 하고 싶었지만 영약을 사약 먹듯 하는 분위기 탓에 몇몇이 입만 뻐끔거렸을 뿐 아무 말도 하지 못했다.

독상군은 숙소에서 한참을 벗어나 멈췄다. 영호선과의 약속. 되도록 같은 시간에 복용하는 것이 좋겠다는 일방적인 주장에 독상군은 피 빨리려 나온 것이었다.

영호선은 보이지 않고 외진 곳이라서인지 을씨년스러운 분위기를 풍기고 있었다.

'이미 좋은 피를 지닌 자들에 대한 정보를 건넨 만큼 동생은 보호할 수 있게 되었다.'

어디 그뿐인가. 자신의 피도 조금이나마 지킬 수 있게 된 것이 작게나마 마음의 위로가 되었다.

그때 홀로 불안한 시선으로 서성이는 독상군을 은밀히 지켜보는 이가 있었으니 그건 다름 아닌 독예미였다.

그녀는 이미 낮에 수상한 점을 느끼고 있어서 분명히 무언가 있다는 예감에 줄곧 오라버니를 주시하고 있었다.

그런데 아니나 다를까, 육조의 숙소를 빠져나온 오라버니가 은밀히 어디론가 이동하는 것이 아닌가! 독예미는 그 즉시 몰래 그 뒤를 미행해 은신한 상태였다.

'오라버니, 도대체 무슨 일을 벌이고 있는 거예요? 내겐 아무 말도 해주지 않고.'

잠시 지루한 시간이 흐르며 생각만 복잡하게 얽힐 때였다.

파라락!

옷자락이 나부끼는 소리가 나면서 한 인영이 오라버니의 옆에 내려서는 것을 볼 수 있었다.

'누구지? 어? 뭐야? 저놈이 왜 여기에…….'

인영의 정체는 영호선이었다.

안력을 돋우어 살펴보니 영호선의 손에는 검 대신 희한하게도 작은 대롱이 들려 있었다.

'저건 뭐지? 오라버니를 패려는 용도의 몽둥이라고 보기엔 지나치게 작은데.'

개방 방주의 신물이라는 타구봉의 크기보다 더 작아 도무지 정체를 알 수 없었다.

와락.

독예미는 순간 본능적으로 튀어나가려는 몸을 억제하느라 애를 먹었다. 다짜고짜 영호선이 오라버니의 멱살을 움켜쥐었기 때문이다.

'아직은 아니야.'

독예미는 스스로를 다독였다.

영호선의 목소리가 울렸다.

"네가 날 배신했어."

영호선의 목소리는 격정적이었다.

"배, 배신이라니?"

몸을 움츠리고 독상군이 더듬거렸다.

"몰라서 물어? 나는 너를 세상에서 가장 소중히 여겼는데, 내가 너를 얼마나 아끼고 사랑하는데 어떻게 네가 나한테 이럴 수 있지?"

독예미의 눈이 휘둥그레졌다.

'사랑? 뭔 개소리야?

머리가 어질어질했다. 이 무슨 해괴망측한 말인가.

'오라버니, 어서 빨리 영호선 저 미치광이에게 욕이라도

한바탕 퍼부어주세요.'

독예미로서는 오라버니가 말도 안 되는 소리라며 부인하
길 바랐지만 어찌 된 일인지 오라버니는 꿀 먹은 벙어리처럼
대답을 못하며 영호선의 눈을 피할 따름이었다.

"내 눈을 똑바로 쳐다보고 말해봐. 우리가 고작 그런 사이
밖에 되지 않았단 말이냐!"

독상군은 그제야 기어들어 가는 소리로 말했다.

"미안. 하지만 난 그 애를 그냥 버려둘 수 없었어. 너도…
중요하지만… 난 그 녀석도 지켜줘야 하니까."

독예미의 머리는 돌아버리기 직전이었다.

'서, 설마 추잡한 삼각관계?

순간 소름이 쫙 올랐다. 도대체 누굴 지켜주고 누가 소중하
다는 말인가!

독예미는 삼각관계라는 말을 떠올린 스스로의 머리를 도
끼로 내리찍고 싶은 심정이었다.

정작 독상군의 말은 독예미를 영호선의 마수에서 지켜내
고 싶다는 내용을 설명하는 것이었지만 듣는 독예미로서는
영락없이 두 사람이 또 다른 누군가와 삼각관계에 얽혀 애정
의 고통을 호소하는 것으로 들렸다.

'어, 어떻게 남자끼리 저런 관계를 맺을 수 있지? 말도 안
돼.'

영호선이야 원래 미친놈이니까 별 미친 짓을 해도 또 하나

의 미친 짓이 추가되는 것에 불과했지만 오라버니가 이런 흉망스런 관계에 빠져들었다는 것이 믿을 수도 없고 믿고 싶지도 않았다.

"부탁이야. 그 아이는 해치지 말아줘. 내가 더 열심히 할게."

독상군은 거의 매달리다시피 애원했다.

"그게 아니야. 내가 지금 화가 난 것은 어떻게 네가 나한테 속일 생각을 했냐는 거야. 우리는 이미 피를 섞은 사이잖아. 내 안에, 이 내 안에 네가 있단 말이다."

영호선의 절규에 독예미는 거품을 물 지경이었다.

'피, 피를 섞었다고?'

독예미는 이젠 구역질이 나려고 했다. 아침부터 저녁까지 먹었던 모든 음식물이 쏟아질 것만 같아 입을 틀어막았다.

'내 안에 네가 있단 말이 설마 그건 아니겠지. 아니야. 그럴 리 없어. 안 돼. 머리가 썩어버릴 것 같아.'

대체 이 두 사람은 어디까지 간 걸까.

어쩔 수 없이 상상이 되어버리자 독예미는 황급히 고개를 가로저었다. 만약 이 일을 아버지께서 아시게 된다면…… 그 다음은 생각하기도 싫었다.

구역질을 참고 다시 시선을 고정했다.

영호선이 오라버니의 어깨를 붙들고 흔들었다.

"오늘은 대롱을 사용하지 않겠어."

'대롱?'

아까부터 궁금했던 대롱이 거론되자 독예미는 다시금 갖은 상상이 머리를 멋대로 휘저어 버리는 탓에 정신이 하나도 없었다.

이윽고 영호선이 오라버니를 끌어안는 모습이 보였다.

'아! 흑흑흑.'

모든 짐작이 현실로 드러나는 순간이었다. 독예미의 가슴에 피눈물이 맺혔다.

"으음… 으음… 하아……."

오라버니는 고통인지 기쁨인지 모를 신음 소리를 내고 있었다.

그것은 사실 영호선이 독상군의 어깨에 이빨을 박아 넣고 피를 생짜로 쥐어 빨아대는 것이었지만 독예미는 이것을 순전히 두 사람의 애정행각이 시작되는 것으로 받아들였다.

거기에 어떠한 거부도 없이 받아들이고 있는 오라버니의 모습은 경악 그 자체였다.

"으으음……."

오라버니의 쥐어짜는 듯한 신음 소리.

모든 것이 명확해지자 독예미는 휘청거리는 정신을 간신히 추슬러 은밀히 몸을 뺐다. 더 지켜보다가는 정말이지, 영영 오라버니의 얼굴을 마주할 수 없을 것 같았다.

은밀히 신형을 날리며 거리가 멀어지자 독예미는 중도에 멈춰 서서 '쿠웨엑' 하며 끝내 토악질을 해대기 시작했다.

간밤에 한숨도 못 잔 독예미는 날이 밝자마자 독상군을 불러냈다.

"무슨 일인데 아침부터 심각한 얼굴인 거냐?"

독예미는 굳은 표정에 허리에 양손을 올려놓고 있었다. 그녀는 아무 일도 없었다는 듯 순진한 얼굴을 하고 있는 오라버니가 혐오스러웠다.

특히 어제와는 비교되지 않게 초췌해진 얼굴을 보고 있자니 다시금 구역질이 나려고 했다.

"다 알고 있어. 숨길 생각은 하지 마. 앞으로 어떻게 할 작정인 거야?"

독상군이 작은 눈을 부릅떴다.

"너… 아, 알고 있었던 거냐?"

"그럼 숨길 수 있을 거라고 생각했어?"

"도대체 왜 그러는 거야? 강하고 남자답던 나의 오라버니는 어디로 간 거지?"

독예미의 추궁에 독상군은 고개를 푹 숙였다.

그랬다.

그는 잠마원에 오기 전까지만 해도 거침이 없었다. 한데 잠마원에 와보니 이곳에서는 자신이 매우 평범하다는 것을 깨닫는 데 그리 많은 시간이 걸리지 않았다. 평범을 넘어 순하다는 평가마저 받고 있는 형편이었다.

"영호선과 계속 그런 관계를 유지할 거야?"

독예미는 적절치 못한 영호선과의 애정행각을 탓하는 말이었지만 독상군은 당연하게도 계속 피나 빨리고 있을 것이냐는 말로 들렸다.

"……"

"왜 대답을 못해!"

"네가 피해를 받는 일이 없도록 할 테니 너무 염려 하지 마라."

"나를 위하는 척하지 마. 사실 즐기고 있는 것은 오빠 아니야?"

독예미는 지난밤의 생각하기도 싫은 신음 소리를 떠올리며 몸서리를 쳤다.

"내가 즐겨? 너 말이 너무 심하구나."

"오호, 그럼 꽤 힘든가 보네? 물론 힘들기도 하겠지. 얼굴이 초췌한 게 아주 볼만하거든."

독상군은 답답함을 금할 길이 없었다.

동생이 피를 빨리는 일에 대해 알게 된다면 사실 걱정해 줄 줄 알았는데 그것이 아니었다.

왜 맞서 싸우지 않느냐고 야유를 퍼붓고 있다. 어떻게든 보호하려고 노력했거늘 왜 그걸 몰라주고 몰아세우기만 하는지 동생이 원망스럽기 그지없었다.

사실 독상군은 어제 피를 빨린 뒤에 영호선으로부터 간신히 약속을 받아냈다. 동생의 피는 빨지 않겠다는 말이 나오게 하려고 단도를 뽑아 스스로 자결하겠다며 협박까지 했을 때야 비로소 영호선은 '내 피… 내 피… 안 돼' 하면서 동생 피는 지켜주기로 했던 것이다.

그런데 그런 노력도 모르고 몰아붙이니 야속할 따름이었다.

"너는 영호선을 몰라. 얼마나 대단한지 넌 모르고 있어."

독예미가 발끈했다. 대단하다니? 도대체 오라버니가 이렇게 남성 취향을 가지고 있을 줄은 꿈에도 몰랐다.

"뭐가 그렇게 대단하다는 거야? 오호! 그래, 대단하기도 하겠지. 홍! 더럽고 추잡해!"

"뭐라고? 더럽고 추잡해? 더 이상 너와는 대화가 안 되겠다. 나는 네가 그래도 꽤 성장했다고 생각하는데 그게 아니었구나. 오라비의 마음도 헤아리지 못하는 한낱 어린애일 줄은 몰랐다."

그 말을 끝으로 독상군이 돌아서자 독예미는 입술을 깨물다 소리를 질렀다.

"나도 이제 어린애가 아니라고. 알 건 다 안단 말이야."

독예미는 하루 종일 오라버니의 말이 귓가를 울려 괴롭기 그지없었다. 사랑에 빠지면 이렇게 이성이 마비되고 주위의 말조차 들리지 않는 것일까? 지금껏 오라버니가 가장 좋아하던 것은 영약이었다. 그 외에 무언가를 소중하게 여긴다는 것은 생각할 수도 없었다.

'내가 어린애라고? 하아, 내가 정말 이해하지 못하고 있는 것일까?'

독예미는 혼자 끙끙 앓고 있기엔 너무나 벅찬 일이라 절친한 친구인 같은 팔조의 화부희를 만나 슬쩍 고민을 털어놓았다.

"이루어질 수도 없고 용납될 수도 없는 사랑을 그냥 지켜만 보고 있어야 할까?"

화부희는 여느 때와 달리 신중한 친구의 물음에 잠시 생각에 잠겼다.

"사랑에는 국경도 없다잖아. 네가 말하는 경우가 어떤지는 모르겠지만 나이 차가 많든 스승과 제자와의 사랑이든 주위에서 반대할 수는 없다고 생각해. 단지……."

"단지?"

"시험해 볼 수는 있겠지. 그 사랑이 과연 진심인지, 어떤 목적을 지니고 있는 것인지 말이야. 그 시험을 통과한다면 어쩔 수 없이 인정해 주어야겠지. 어떤 형태이든 그건 이미 숭고한 것일 테니까."

“그렇구나.”

깊이 생각에 잠긴 독예미를 보며 화부희는 더 묻고 싶었지만 차마 입을 떼지 못했다.

그때 독예미는 한 단어를 마음속으로 중얼거리고 있었다.

‘시험이라…….’

아침에 오라버니의 마음은 확인했다. 그럼 이젠 영호선의 마음이 문제였다. 만약 진심이라면 그땐 이미 숭고함으로 인정해 주어야 한다.

‘좋아.’

“영호선, 잠깐 보자.”

독안마의와 함께 영혈의 흡수를 어떻게 하면 빠르게 할 것인지에 대해 의료방에서 진지한 대화를 나누고 있던 영호선은 목소리의 주인공을 힐끗 보고는 입을 쩝쩝 다셨다.

“나 바쁘니까 꺼져라.”

지난밤 독상군이 눈물을 질질 짜며 죽네 사네 하면서 동생 피는 안 된다고 어찌나 고집을 부리던지 어쩔 수 없이 약속을 했기에 독예미를 보자 기분이 확 상했다. 그림의 떡을 보며 괜한 시간낭비를 하고 싶지 않았다.

“잠깐이면 돼.”

“너한텐 관심없다. 좋은 말로 할 때 그냥 꺼져.”

독안마의도 이미 영호선에게 사정을 들은 터라 독예미가 귀찮기는 매한가지였다.

"계집애야, 우리 바쁘니까 시간 남으면 연공이나 해라."

아예 관심권에서 사정없이 멀어져 없는 사람 취급당하게 된 독예미는 어쩔 수 없이 물러났다.

그렇게 영혈 흡수에 대해 심도 깊은 대화를 마친 후 영호선이 숙소로 돌아가는 길이었다.

"영호선, 거기 서!"

독예미였다.

영호선은 입을 쓰게 다셨다. 영혈을 눈앞에 두고도 마시지를 못하는 이 아픈 가슴을 아는지 모르는지 또다시 눈앞에 나타난 것이다.

'꽤 끈질기네.'

그런데 어쩐지 분위기가 묘했다. '이 나쁜 새끼야, 오라버니 피 빨지 말란 말이다' 하며 마구 화를 낼 것이라고 생각했는데 어디에도 독기 품은 모습을 찾아볼 수가 없었다.

"잠깐… 앉아서 이야기 좀 해."

쑥스러운 듯 떨리는 음성이었다.

"응?"

"잠깐이면 돼."

영호선이 고개를 갸우뚱하다 이내 끄덕였다.

"그러지, 뭐."

잠시 후 두 사람은 한적한 곳에 멈춰 몸이 닿을 듯 말 듯 나란히 앉았다.

그렇게 한동안 말이 없이 전면을 응시하는데 독예미가 몸을 살짝 꼬았다.

"이런 날을 기다렸어."

"응?"

영호선이 의아하다는 듯 되물었다.

사실 영호선은 독안마의와 나누던 영혈 흡수에 대한 이야기를 되새겨 보는 중이었다. 그런데 뜬금없이 이런 날을 기다렸다고 하니 의아하지 않을 수 없었던 것이다.

"사실… 처음 봤을 때부터 너의 강함과 불굴의 의지가 보기 좋았어. 그래서 언젠가 네게 나를 주고 싶었거든."

"그게 정말이냐?"

영호선이 흥분해서 눈을 번들거렸다.

"너는 나를 어떻게 생각했어?"

"음, 사실대로 말해도 될까나."

"진심을 알고 싶어."

"아니야. 안 돼. 그건 배신이야."

영호선이 괴로운 듯 머리를 감쌌다.

영호선은 지난밤 독상군과의 약속이 귓가에 아직도 어른거려 괴롭기 짝이 없었다. 괜한 욕심을 부려 최고의 영혈을 놓치는 어리석음은 범하고 싶지 않았다.

하지만 이러한 영호선의 반응을 독예미는 전혀 다르게 해석했다.

'오라버니와의 관계가 진지한구나. 영호선에게 이런 모습이 있었다니. 사랑은 역시 알 수 없는 것인가. 하지만 아직은 확신할 수 없어. 좀 더 접근해 봐야 해.'

독예미는 마음을 다잡고 영호선의 어깨를 포근히 안았다.

"여기는 우리뿐이야. 아무도 모를 거야. 우리 오라버니도 마찬가지고. 그걸 사람들은 비밀이라고 부르잖아?"

영호선의 눈이 반짝하고 빛났다.

"비밀! 그래, 비밀이 있었지."

"난 여자지만 입은 무거워. 그러니 염려하지 않아도 돼."

그러면서 독예미는 옷을 젖혀 어깨선을 드러냈다. 새하얀 쇄골선이 아슬아슬한 선에서 광채를 내고 있었다.

"날 갖고 싶지 않아?"

"갖고 싶어. 비밀인 거지?"

"응."

독예미는 대답을 하면서 실망을 금치 못했다.

'그럼 그렇지. 역시 그저 장난에 불과했어. 국경도 초월하는 사랑? 훗, 웃기는 일이로군.'

독예미는 이제 몸을 빼낼 준비를 했다. 영호선이 천천히 몸

을 끌어안으면 냅다 팽개치고 가벼운 유혹에도 쉽게 무너지
는 지조없음을 욕해줄 생각이었다.

"잘 마실게. 대롱이 없으니까 이해해라."

대롱으로 뭘 하겠다는 건지. 저속한 말에 독예미의 낯빛이
살짝 일그러졌다.

'역시 어쩔 수 없는 놈이로군. 그저 영약이나 노리고 오라
버니를 희롱한 것에 불과했어. 이 일을 오라버니에게 말하면
오라버니도 틀림없이 정신을 차리겠지.'

그때였다.

와락!

콸콸콸!

포근한 손길은 어디에도 없었다. 그러니 당연히 독예미가
몸을 빼낼 시간도 없었다.

영호선은 어깨에 이빨을 박고는 피를 빨아 마셨다.

독예미는 예상치 못한 상황에 비명조차 지르지 못하고 눈
이 휘둥그레졌다. 밀어내려고 했지만 어떻게 손을 썼는지 힘
을 줄 수도 없었다.

'왜?

의문이 떠오르는 순간, 비로소 그전의 상황들이 빠르게 스
쳐 지나갔다.

초췌했던 오라버니의 얼굴, 그리고 갖가지 대화들.

“잘 마실게.”

“우리는 이미 피를 섞은 사이잖아. 내 안에, 이 내 안에 네가 있단 말이다.”

“이번엔 대롱을 사용하지 않을게.”

“대롱이 없으니 이해해 주라.”

피가 쏜살같이 빠져나가며 점점 정신이 몽롱해졌다.

이윽고 도대체 얼마나 많은 피가 빠졌는지 가늠하기도 힘들다 싶을 때 영호선이 몸을 일으켰다.

독예미는 간신히 눈을 뜨고 영호선을 바라봤다.

“꺼억!”

시원스럽게 트림을 하는 소리.

‘개자식.’

“너, 독상군 동생 맞구나. 맛이 비슷해. 이야, 내공이 한 갑자는 늘어난 것 같다. 음하하하하하!”

‘개자식.’

영호선은 배를 퉁퉁 두드렸다.

“오늘 일은 비밀이다. 이건 순전히 네가 원한 거야. 그러니까 말하자면 내가 마신 것이 아니라 내가 마셔준 거란 말씀이지. 음, 또 내가 독상군과의 약속을 깬 것이 아니라는 것도 기억해 둬라. 어쨌든 잘 마셨습니다.”

꾸벅 허리를 숙이며 인사를 한 영호선은 신형을 날려 눈 깜짝할 사이에 사라져 버렸다.

　으슥한 곳에서 어깨를 드러낸 채 독예미는 밤하늘의 반짝이는 별을 보며 주르르 눈물을 흘렸다.

　'오빠, 미안해…….'

第七章
혈마환 발현

潛魔劍仙

잠마검선

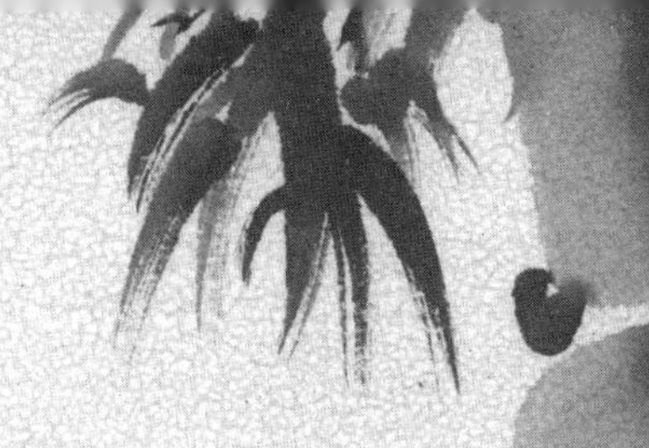

흡혈야차.

영호선은 독상군의 피를 처음으로 빤 날로부터 한 달이 지났을 때, 잠마광견에 이어 새로운 별호를 얻었다. 독상군이 지목한 열한 명의 피를 찾아 영호선이 수단과 방법을 가리지 않고 대롱을 꽂아댔기 때문이다.

그러자 잠마원의 수련생들은 영호선을 보기만 하면 눈을 마주치기조차 두려워했다.

독상군도 변화를 맞이했다.

통통하고 복스러운 자태 대신 한 점 지방도 없이 균형 잡힌 몸으로 변신한 것이다. 피를 빨리면서 이를 악문 수련이 병행

되자 도리어 보기 좋은 몸이 된 것이다.

한편, 오조의 부조장 초이량은 이런 영호선의 흡혈 행위를 두고 볼 수가 없어 조원들과 이 일을 의논했다.

조장의 만행으로 인해 도매금으로 오조 전부가 넘어가 수련생들은 오조원들만 봐도 혐오스런 표정을 감추지 않았던 것이다.

조원들 대다수는 쌍수를 들고 초이량의 의견에 동의했다. 과거 영호선 때문에 배를 갈라야만 했던 옥헌무만이 슬그머니 꽁지를 내렸을 뿐이다. 옥헌무는 독안마의에게 밀려 버린 머리카락이 이제 겨우 파릇파릇 돋아나고 있는 상태였다.

영호선이 취침 시간이 다 되어 돌아왔을 때 초이량은 차분한 목소리로 조원 전부의 의견을 피력했다.

영호선이 가만히 귀를 기울였다.

조원들의 눈에 안도감이 떠올랐다.

그리고 잠시 후,

콸콸콸!

조원들이 모두 시선을 외면하고 미칠 듯한 신법으로 침상으로 기어들어 갔다. 영호선이 초이량의 말이 끝나기가 무섭게 물어뜯어 버린 것이다.

영호선이 쩝쩝 입을 다셨다. 맛이 별로였다. 독상군과 비교하면 이건 그냥 맹물 수준이었다.

"싱거워!"

축 처진 초이량을 바닥에 팽개치고 영호선은 개인 방으로
들어가 곧바로 노래를 흥얼거렸다.

"나는 피가 좋아. 나의 내공의 원천이여!"

영호선의 노랫가락과 널브러진 초이량의 흐느낌이 숙소에
조용히 울려 퍼졌다.

*　　　*　　　*

"너무 설쳐 대는군."

사인방 중 이조장인 육온악이 혼잣말처럼 중얼거렸다.

"흐흐, 이제 슬슬 손을 봐줘야 할 때가 된 건가."

삼조장 구송추가 말을 받았다.

"하긴, 사인방보다 영호선을 더 두려워하니 이대로 두면
곤란하지. 그렇지 않아?"

장휘천이 일조장 설요홍을 바라봤다.

눈부신 아름다움, 여자가 본다 해도 눈을 떼지 못할 만큼
아름다운 설요홍이 몸을 일으켰다.

"이에는 이, 눈에는 눈. 가자."

육온악, 구송추, 장휘천의 입가에 비릿한 미소가 걸렸다.

*　　　*　　　*

콸콸콸!

맛나게 피를 빤 영호선이 구조원 소유운에게 꾸벅 고개를 숙였다.

"잘 마셨습니다."

소유운을 뒤로하고 숙소로 돌아가는 길에 영호선은 문득 앞에 늘어선 네 개의 그림자를 발견했다.

"응?"

그들은 다름 아닌 사인방이었다.

영호선이 반갑게 손을 흔들었다.

"어이, 오랜만이네?"

사조장 장휘천이 피식 웃었다.

"꽤 바쁘구나."

"뭐, 사는 게 다 그렇지. 일찍 일어나는 새가 벌레를 많이 잡는 법이니까. 하하하하!"

"입술에 묻은 피는 닦고 이야기하지?"

영호선이 혀로 핥았다. 그렇지 않아도 조만간 영혈을 흡수한 것을 시험할 겸 찾아갈 판이었다. 제 발로 찾아와 주니 고맙기까지 했다.

"오늘은 설요홍 네년 목까지 따주마."

"크크, 자신만만한걸. 그런데 어쩌냐. 독안마의가 오늘은 원 내에 없는데."

"그 영감이 없는 걸 걱정해야 하는 건 너희일 텐데?"

"입은 여전히 살아 있구나."

이조장 육온악을 비롯한 세 명이 일제히 신형을 날렸다.

늘 상대했던 세 명이다. 영호선은 그전까지 세 명과 맞서 백 초를 견디지 못했다. 그때 느낀 것이 내공의 차이였다. 한 사람이라면 모를까, 세 사람을 상대하려면 그만큼 내공이 따라줘야 했다. 피를 찾아 동분서주한 것도 그러한 격차 때문이었다.

그동안 영호선이 영혈을 흡수하는 데 총력을 기울인 것이 헛되지 않았다는 것은 서로 맞부딪친 순간 곧바로 드러났다.

순식간에 백여 초가 지났음에도 영호선은 전혀 밀리지 않고 세 명과 접전을 벌였다.

지켜보는 서열 일위 설요홍이 이채를 발했다. 손을 맞대고 있는 세 명의 눈에 당혹이 어렸다.

'이 자식, 도대체 얼마나 많은 피를 빤 거야. 미치겠군.'

서로의 장력이 부딪쳐도 영호선은 전혀 밀림이 없었다. 전과 달라진 이러한 상황은 점점 더 영호선에게 유리하게 작용했다.

세 사람은 과거에 매달려 조급한 마음 때문에 점점 더 무리수를 두었고, 영호선은 시간이 지날수록 자신감이 넘쳐 우세를 점해갔다.

그 와중에 사조장 장휘천은 독을 사용할까 하는 생각도 했지만 이미 그러기엔 늦었다는 것을 자각했다.

일전에 독을 사용했던 것은 그냥 손을 써도 충분히 제압할 수 있다는 전제가 깔려 있었다. 즉 독은 그저 괴로움을 더하기 위한 재료에 불과했다. 하지만 지금 독을 사용한다면 세 사람이 맞섰음에도 모자란 실력을 스스로 입증하는 것이 될 뿐이었다.

초식의 변화가 빠르고 서로의 손속이 번개와 같이 이루어지는 시점에 생각이 많다는 것은 변화에 제대로 대응하지 못한다는 것을 뜻했다. 이조장 육온악이 장력의 기세에 밀려났고, 사조장 장휘천의 오른쪽이 훤히 드러났다. 영호선은 기회를 놓치지 않았다.

'죽인다.'

이 중 한 놈만 없애도 나머지를 처리하기는 한결 쉬워진다. 망설일 필요가 없었다.

그렇게 영호선이 살수를 뻗을 때였다.

휙!

영호선은 순간 허공을 가르는 파공음에 본능적으로 몸을 굴렸다.

팍!

한 자루의 비도가 아슬아슬하게 스쳐 지나가 뒤쪽 나무에 박혔다.

장휘천은 위기를 넘기자 안도의 한숨을 내쉬면서도 부끄러움에 얼굴이 벌겋게 달아올랐다.

신형을 갖춘 영호선이 비릿하게 웃었다.

"오호, 드디어 설요홍님이신가?"

설요홍이 싱긋 웃었다.

"지루해서 말이야."

옷이 하늘거리는가 싶더니 공간을 격하고 설요홍이 순식간에 영호선의 눈앞에 이르렀다.

영호선은 눈을 깜박일 새도 없이 코앞에 이른 설요홍을 보자 경악하며 회피하려 했지만 이미 몸이 굳어지는 것을 느꼈다.

"컥! 뭐냐?"

영호선보다 작은 체구의 설요홍이 어느새 영호선의 맥문을 붙들고 집어 올리자 영호선이 두 다리를 버둥거렸다.

지금껏 설요홍이 사인방의 수장으로 있는 것은 순전히 여자이기 때문에, 그 미모 때문일 것이라고 생각했다. 그러나 지금 보니 그것이 아니었다.

"넌 멀었어."

설요홍이 손을 살짝 튕기자 영호선의 몸이 그 자리에서 허공으로 떠올랐다.

그리고 낙하하는 순간 설요홍이 발이 움직였다.

팍!

복부에 정확히 꽂혀 영호선의 몸이 실 끊어진 연처럼 속절없이 날아 바닥에 나뒹굴었다.

압도적인 무위!

'제길, 피를 그렇게 마셨는데……'

영호선은 눈앞이 흐려지며 다가오는 사인방의 몸이 흐릿하게 번지는 걸 보며 의식을 잃었다.

짜악.

볼에 화끈한 통증이 일자 영호선은 비로소 정신을 차렸다.

손을 움직이려는데 자신의 손이 아닌 것처럼 전혀 말을 듣지 않았다. 눈앞에 땅이 보였고, 허리 부분의 압박감이 느껴지자 비로소 자신이 밧줄에 매달려 있다는 것을 알아차렸다.

"네 것이 아닌 것은 돌려줘야 하지 않겠어?"

설요홍이 다가와 단도를 쥐고 영호선의 눈동자 근처에 대고 흔들었다.

"호호호, 내 피를 마시려고?"

"끝까지 웃기는 놈이군."

설요홍이 단도로 영호선의 뺨을 두드렸다.

영호선이 히죽 웃었다.

"너 참 예쁘구나."

"알긴 아는구나."

영호선의 히죽임이 이내 사악하게 변했다.

“얼굴만큼 네 피도 맛있겠지?”

“호오, 입은 여전하네. 하지만 과연 아침 해를 볼 때도 그럴 수 있을까?”

“물론이… 컥!”

대답하던 영호선은 옆구리가 화끈해지면서 말을 맺지 못했다. 설요홍이 단도를 영호선의 옆구리에 박아 넣은 것이다.

“네 피가 아닌 것은 토해내야지. 해가 뜰 때쯤이면 피도 다 빠질 테니 네놈이 얼마나 운이 좋은지 보자.”

그러면서 혈도를 짚었다. 그것은 지혈을 억제하는 수법이었다. 이 수법은 일정하게 피가 쏟아지게 한다. 온몸의 피가 다 빠질 때까지.

설요홍이 영호선의 뺨을 툭툭 치며 작별을 고했다.

“안녕!”

사인방이 자리를 뜨자 영호선은 어떻게든 밧줄을 끊고 벗어나려 했지만 손가락 하나 꿈쩍할 수가 없었다. 이미 설요홍이 마혈까지 제압한 것이다.

만약 이대로 피가 쏟아진다면 설요홍의 말처럼 아침 해를 보기 전에 몸 안의 모든 피가 고갈되어 저승사자와 어깨를 나란히 하고 염라대왕을 만나러 가게 될 것은 불을 보듯 뻔한 일이었다.

“호호호, 이렇게 죽게 되는 건가.”

＊　　　＊　　　＊

요 근래 독상군은 잠을 잊고 있었다. 지나치게 안일하게 살아왔다는 후회는 몸이 변해가면서 자기반성으로 이어졌다. 잠마원에 오기 전에 아버지가 가장 바라던 것은 일반적인 체형을 갖추는 것이었다. 벽곡단으로 버텨보기도 하고, 특별한 비약으로 체형을 바꾸려는 노력도 모두 허사로 돌아갔거늘 피 갈취자 영호선과 연을 맺으면서 채 한 달도 되지 않아 그토록 바라마지 않던 완벽한 체형이 되었으니 오히려 고맙다고 해야 하는 것인지 혼동될 지경이었다.

체형이 바뀌면서 달라진 것 중 하나가 잠이 줄어든 것이었다. 덕분에 독상군은 취침 시간을 절반으로 줄이고 연공관에서 새벽까지 보낸 뒤 고작 한 시진 정도 잠을 청해도 아무런 지장이 없을 정도가 되었다.

그리고 지금 연공관에서 목적했던 시간을 채운 후 돌아오는 새벽길은 상쾌하기 이를 데 없었다.

'영호선은 지금쯤 어떻게 되었을까?

심히 궁금해지는 독상군이었다.

사실 오늘 모든 조에는 사인방의 언질이 들어간 상태였다. 독안마의가 자리를 비운 사이 영호선을 처리한다는 내용이었다.

'싸늘한 시체가 되었으려나, 아니면 아직 숨은 붙어 있을

까? 흐흐, 기대되는걸.'

　밤기운에 젖어 걸음을 옮기던 독상군은 어디선가 희미한 신음 소리가 들리자 곧바로 귀를 기울여 위치를 파악하고 신형을 날렸다.

　'아직 살아 있나 보군.'

　독상군이 착지했을 때 독상군은 이내 인상을 찡그렸다.

　나무에 걸어둔 밧줄에 한 사람이 매달려 있었고, 그 아래로는 도저히 한 사람의 몸에서 나온 것이라고는 믿어지지 않는 많은 피가 핏 구덩이를 형성하고 있었다. 그럼에도 아직도 일정한 양의 피가 몸에서 뚝뚝 떨어지고 있었다.

　얼굴을 숙이고 있었지만 굳이 들춰보지 않아도 영호선이란 것은 알 수 있었다.

　'사인방의 일처리는 꽤나 지독하군.'

　그러면서 독상군은 문득 한 생각이 떠올라 실소를 머금었다.

　'만약 지금 매달려 있는 놈이 영호선이 아니고 지켜보는 입장이었다면 볼만했겠군.'

　틀림없이 저 피구덩이에 풍덩 몸을 던지고 잠수한 채로 피를 마셔댔을 것이다. 그리고 아직도 떨어져 내리는 피를 한 방울도 아깝다면서 아래에서 입을 벌리고 누울 테고.

　'역시 잠마원인가? 피를 빠는 놈의 피를 모조리 빼내 죽일 줄이야.'

　마도의 미래는 확실히 밝다고 해야 할지 암울하다고 해야
할지 모를 일이다.

　독상군은 팔짱을 끼고 흐뭇한 시선으로 영호선을 바라보
며 입을 열었다.

　"흐흐, 아주 볼만하구나. 사람의 앞날은 역시 알 수 없군.
어제만 해도 피에 미쳐 날뛴 놈이 그동안의 피를 다 게워내고
있으니 말이야."

　그때 영호선이 가까스로 고개를 들었다.

　그렇게 독상군과 영호선의 시선이 부딪쳤다.

　독상군은 확실하게 웃어주었다.

　영호선이 입을 벌렸다.

　"독… 상군… 반… 갑다."

　온몸에 기운이 하나도 없었다. 숨을 쉬는 것조차 이렇게 힘
들 수 있다는 것도 새삼 깨닫고 있었다.

　독상군이 말했다.

　"그래, 나도 반갑다. 무척이나."

　"왜… 이렇… 게 춥지? 드드드."

　영호선이 이빨을 딱딱거리면서 부들거렸다.

　피가 웅덩이가 될 정도로 심한 출혈에 체온이 급격히 떨어
지는 것은 당연한 일이었다.

　"드드드… 추워…… 나 좀… 내려줘. 눈을 뜰 수가 없
어……. 머릿속이 하얀색이야."

독상군의 입꼬리가 더욱 올라갔다. 이어 풋 하고 웃음을 터뜨렸다.

"미안해서 어쩌나. 내가 좀 바쁘다."

인간의 몸속에 얼마나 많은 피가 있는 줄은 모르겠지만 웅덩이를 형성할 정도의 피를 쏟아낸 것이 무엇을 의미하는지 독상군은 잘 알고 있었다.

'추울 거다. 물론 추워야지. 저승에 가서는 좀 뜨거워질 테니 지금은 추워도 괜찮겠지.'

인과응보 따윈 전혀 믿지 않고 있었지만 타인의 피를 고스란히 토해내며 죽어가는 영호선을 보니 인과응보가 있긴 있는 모양이다.

독상군은 후련하게 기지개를 켰다.

"으라차! 상쾌한 날이군."

그리고 곧바로 몸을 돌려 걸음을 옮겼다.

희미한 의식 속에서 영호선은 독상군이 멀어지는 것을 볼 수 있었다.

"독… 상군… 돌… 아… 와… 돌… 아… 와……."

귓가를 간질이는 소리에 독상군의 한쪽 입꼬리가 절로 올라갔다.

"아……."

영호선의 입에서 체념 섞인 한마디가 튀어나왔지만 독상군은 돌아서지 않았다. 도리어 입가에 뜬 미소만이 더욱 짙어질 뿐이었다.

독상군이 완전히 시야를 벗어나자, 영호선에게 남은 희망은 완전히 사라진 셈이었다.

"크크크."

살려주면 그것도 웃긴 일일 것이다.

이윽고 영호선은 붕어처럼 그저 입과 눈을 천천히 깜박이다 의식을 잃었다.

차가운 밤바람만이 영호선의 몸을 휘돌았고, 영호선은 식어갔다.

뚝뚝뚝.

바로 그 순간이었다.

일정하게 떨어지던 핏줄기가 이젠 더 이상 나올 피가 없다는 듯 천천히 맺히고 나서야 방울의 무게를 이기지 못하고 피구덩이에 떨어졌다. 그리고 잠시 후 간헐적인 핏방울마저도 완전히 멈췄다. 생명의 끝을 알리듯.

뚝……

*　　*　　*

바둑판을 응시하는 잠마원주 소요마선의 눈에는 여유가 넘쳤다. 반면 맞은편에 앉은 수라검마 동요비는 똥 씹은 표정으로 오만상을 쓰고 있었다.

빼곡하게 놓인 흑돌과 백돌의 승부는 이미 돌이킬 수 없는 상태에 이른 것이다.

"한판 더 가시죠."

"이제 그만하지. 약속은 약속이지. 이선승제라고 말하지 않았나."

"끙!"

어쩔 수 없다는 듯 동요비가 바둑판 위에 양 손바닥을 펼쳤다.

그러자 어지럽게 얽혀 있던 흑돌과 백돌이 각기 오른손과 왼손으로 분리되어 손안으로 빨려들었다.

강호의 고수 중에 격공섭물로 공간을 격하고 물건을 움직이는 이들이 적지 않으나 이처럼 세밀하게 흑돌과 백돌을 분리하여 순식간에 손아귀로 끌어당기는 수법은 결코 아무나 흉내 낼 수 없는 것이었다.

바둑알 정돈이 끝난 뒤에도 동요비는 아쉬운 듯 입을 다시고 있는데 그때 반가운 사람이 모습을 드러냈다.

동요비는 곧바로 희색을 발했다.

"어서 오게. 한판 어떤가?"

"원주님께 졌나 보군. 그래서 내게 분풀이를 하시겠다?"

은잠과 추적술의 달인인 무영마객 현원령이었다.

"속기로 한판만 가지."

"그럼 수라검마를 맞서 실력 발휘를 해볼까나."

두 사람이 자리를 잡자, 잠마원주는 느긋하게 시선을 바둑
판으로 던졌다.

"최초의 탈락자가 생길 것 같더군요."

지나가는 말처럼 무영마객 현원령이 툭 던졌다.

탈락자라면 곧 사망자를 뜻한다는 것을 잠마원주나 수라
검마 동요비가 모를 리 없었다.

"누구?"

"천둥벌거숭이 말입니다. 이리저리 설치고 다녀서 오래 못
갈 것 같더니 끝내 설요홍이 보내 버리는군요."

"영호선?"

"그렇죠."

무영마객 현원령은 일전에 잠마원주와 나눈 말도 있고 해
서 영호선을 주시하고 있었다.

독상군의 피를 처음으로 빨 때와 독예미가 오해로 옷을 벗
어젖히고 피를 빨릴 때는 웃음을 참느라 식은땀을 흘려야 할
지경이었다.

점점 그 정도가 심해지면서 영호선의 흡혈야차로서의 활
동은 현원령의 입을 통해 잠마원주를 비롯한 모든 교두들에
게 알려졌다.

대다수의 의견은 영호선이 독안마의의 도움을 받고는 있
지만 언제 죽어도 이상하지 않다는 쪽이었다.

그리고 오늘 우려했던 바가 드디어 터진 것이다.

무영마객 현원령은 사인방과 영호선의 모든 과정을 지켜 봤지만 규율을 어긴 것이 없으니 그저 관망할 따름이었고, 독 상군이 흐뭇한 미소 속에 사라지는 것까지 확인한 후 방으로 들어온 것이었다.

"그래, 어떻게 죽었다는 건가?"

동요비가 물었다.

아쉽거나 안타깝거나 하는 목소리가 아니었다.

최초의 희생자는 반드시 나온다. 그 희생자로 인해 더욱 수 련생들은 강해지려 노력할 것이다. 그저 지금 질문은 호기심 그 이상도 그 이하도 아니었다.

"죽었으려나, 아직 살아 있으려나."

"그게 무슨 소리야?"

현원령은 어깨를 으쓱하더니 간밤의 상황을 생생히 들려 줬다.

동요비는 흐흐흐, 하고 해괴하다는 듯 웃었으나 잠마원주 는 피를 모조리 흘리고 죽었다는 말에 벌떡 몸을 일으켰다.

"헉, 설마!"

현원령과 동요비가 이상하다는 듯 바라보았다. 죽었다는 말에도 아무 반응이 없던 잠마원주가 갑자기 이야기를 듣고 경악스런 반응을 보이니 이해할 수 없었다.

"왜 그러십니……."

그러나 이미 잠마원주의 신형은 어느새 자리에서 자취를

감춘 뒤였다.

＊　　＊　　＊

뚝…….

간헐적으로 흘러내리던 피마저 멈추었을 때 변화는 찾아왔다.

원래 혈마환은 처음 복용시 마성을 이끌어내지만 그것은 혈마환의 기본 작용에 불과했다.

혈마환의 실질적인 힘은 골수 속으로 그 기운이 스며들어 있게 된 것인데, 원래 골수란 피를 생성하는 곳으로 복용자의 피가 온몸을 휘돌고 있을 때는 혈마환의 힘이 외부로 나오지 않지만 이후 과정에서 몸 안의 모든 피를 배출하게 되면 비로소 혈마환이 혈기를 발출해 온몸에 기운을 끊임없이 돌게 하는 것이다.

이러한 사실을 금마와 잠마원주는 알고 있었지만, 그래서 가르침이 없이 자기 피를 모조리 빼내는 미친 짓은 하지 않을 것이라 안심하고 있었는데 공교롭게도 사인방의 살행이 혈마환의 공능을 이끌어내는 역할이 되고 만 것이다.

의식을 잃은 영호선이 어느 순간 눈을 번쩍하고 떴다.

새로운 기운이 숫았다. 광풍처럼 온몸을 휘감고 있는 것이 기분이 황홀할 지경이었다.

"하하, 이건 뭐지? 크하하! 죽는 줄 알았잖아."

몸에도 핏빛 광채가 어린 것이 보였다.

혈마환의 혈기가 골수에서부터 뻗어 나와 피를 대신하여 온몸을 휘감고 있는 것이다.

핏빛이 스쳐 지나가는 곳마다 핏줄이 왕성하게 돋았다가 잦아들었다. 혈마환에서 비롯된 혈기가 피를 대신해 혈관과 경맥을 가득 메워가는 중이었다.

이윽고 거칠 것 없는 혈기가 단전을 지나 거대한 내부 폭발이 일어나자 제압당한 마혈이 순식간에 해제되었다.

영호선은 손을 움직여 밧줄을 살짝 잡는 시늉을 했다. 그러자 거짓말처럼 밧줄이 잘려 나갔다.

신형을 세운 영호선의 얼굴에는 끊임없이 샘솟는 힘에 절로 사악한 미소가 떠올랐다.

'흐흐흐. 사인방 녀석들, 내게 무슨 짓을 한 거지?

엉뚱하게도 영호선은 주체할 수 없는 이 힘의 원인을 사인방에서 찾았다.

'설마 날 위해서?

안력을 돋웠다. 혈광이 뿜어져 나왔다. 손을 들자 핏줄이 멋대로 꿈틀대고 있었다.

"크크, 이거 재밌군. 재밌어."

＊　　　＊　　　＊

파라락!

옷자락을 펄럭이며 신형을 내린 잠마원주가 입술을 깨물었다. 그 뒤로 거의 동시에 동요비와 현원령이 내려섰다.

거의 눈이 튀어나올 지경이 된 것은 현원령이었다.

피 웅덩이는 그대로였지만 밧줄에 매달려 있어야 할 영호선은 온데간데없었다.

"아니, 어… 어떻게?"

그는 사람이 그렇게 많은 피를 흘리고 혼자 힘으로 빠져나갔다는 것은 있을 수 없다고 생각했다. 그것도 방금 전의 일이 아니던가.

하지만 잠마원주의 심각한 얼굴을 봐서는 누구의 도움이 아닌 것이 확실했기에 도무지 어떻게 상황이 돌아가는지 의문만이 가득할 따름이었다.

"혈마환이야."

"혈마환이 마성을 발현하는 것 외에 다른 공능이 있다는 말씀이십니까?"

"이백 년 전 귀유마의가 처음이자 마지막으로 혈마환을 성공시켰지. 아마도 별호가 혈룡마영이었던가. 후에 혈룡마영은 마도 십대고수에 근접하는 무위를 갖추게 되었는데 그 전환점이 바로 지금 이 상황이었지."

"몸의 피가 바닥난 상태가 전환점이란 말입니까?"

"그래. 귀유마의의 후인을 통해 전해진 내용은 혈마환의 정수는 복용자의 원래 피를 모조리 빼낸 뒤에 비로소 발현된다는 것이었지."

"발현이라 하심은?"

"혈기(血氣)일 게야. 현재는 피가 없어도 혈기가 피를 대신하게 되는 셈이지. 더불어 반 갑자의 내공 또한 갖추게 될 것이고."

동요비와 현원령은 웃어야 할지 울어야 할지 모를 표정이 되었다. 사인방 녀석들이 결국 영호선을 도운 꼴이 되고 만 것이 아닌가.

"사인방의 표정이 궁금해지는군요."

잠마원주도 큭, 하고 웃었다.

"재밌군, 재밌어."

"반 갑자의 내공이라면 쉽게 볼 수 없는 것이지만 그래도 아직은 영호선이 설요홍을 따라잡기엔 벅차겠군요."

"물론이지. 설요홍이야 지존이 심혈을 기울인 작품 같은 것이니까."

"한 가지 궁금한 게 있습니다."

현원령이었다.

"뭔가?"

"빠져나간 피는 어떻게 되는 거죠?"

현원령의 물음에 동요비도 '그렇네?' 라는 표정으로 잠마원주를 바라봤다.

"흐흐, 아마 내일쯤엔 식당이 한 번 뒤집어지겠지. 지금이야 혈기가 피를 대신하고 있지만 혈마환이 스며든 골수에서 피를 생성하려면 그만큼 먹어야 할 테니까. 그것도 대단히!"

"혈마문 혈족 놈들, 괴상한 것을 만들어 버렸던 거군요."

"아니, 혈마문 혈족은 혈통의 특성상 굳이 그런 과정이 필요없었던 거지. 그들에게 혈마환은 그저 보조 수단에 불과한 것이었으니까."

*　　　*　　　*

"쿠오오오오! 좋은 아침!"

아침 일찍 오전 식사를 위해 식당에 들어선 영호선이 쩌렁하고 모두에게 인사를 건넸다.

그 광경에 그 자리에 있는 모든 수련생이 믿을 수 없다는 표정을 지었다.

'헉!'

마치 귀신을 보는 듯한 얼굴들이었다. 그럴 수밖에 없는 것이, 분명히 간밤에 사인방이 손을 쓴 것으로 아는데 영호선이 평소와 같은 모습으로 나타난 것이다.

그러나 뭐니 뭐니 해도 가장 놀란 건 사인방과 독상군이었다. 어지간한 일에는 눈 하나 깜짝하지 않던 사인방은 심지어 설요홍까지 눈알이 거의 튀어나올 지경이 되고 말았다.

'왜 내 눈에 영호선이 보이지?'

'설마… 귀신……?'

'저, 저 새끼가… 어떻게?'

'적어도 저렇게 멀쩡히 움직여선 안 되는 거 아닌가?'

사인방은 각기 몸을 꼬집어봤지만 꿈이 아니라는 것만 확인할 따름이었다.

설요홍은 자신의 손을 내려다보았다. 분명 이 손으로 놈의 피를 뽑았다. 그런데 식당 안뿐 아니라 이 세상과 작별을 고해야 할 놈이 어떻게 눈앞에 있을 수 있단 말인가.

'독안마의는 분명 사흘 뒤에 돌아오거늘… 대체 누가…….'

아니, 아무리 독안마의라 하더라도 이렇게 멀쩡하게 하루 아침에 회복시킬 수는 없었다.

독상군 또한 자기가 지금 헛것을 보고 있는 것이라고 생각했다. 그래서 허상을 사라지게 할 양으로 스스로 뺨을 내갈겼지만 영호선은 사라지지 않았다.

영호선이 놀라 굳어버린 사인방을 확인하고 희희낙락 다가왔다.

영호선이 어깨로 설요홍를 툭 쳤다.

"네 짓이냐? 좋게 말로 하지 그랬냐. 난 뒈지는 줄 알았잖아. 하하하하! 귀여운 것."

‘응?’

사인방의 시선이 ‘혹시?’ 하는 표정으로 설요홍을 향했다. 그러나 설요홍 또한 이해할 수 없다는 표정인지라 그들은 다시 어리둥절한 표정으로 영호선을 바라봤다.

“나중에 보답은 꼭 하마. 기대해도 좋아.”

영호선이 눈을 찡긋했다.

“흥!”

설요홍은 더 이상 영호선과 마주할 기분이 아니었다.

쾅!

식사도 마치지 않은 채 몸을 돌려 나가며 주체할 수 없는 화가 치민 설요홍이 식당 문을 부숴 버렸다.

그 뒤를 세 사람이 차가운 시선으로 영호선을 노려보며 사라졌다.

독상군은 지금의 상황이 당면한 현실임을 확인하자 경악을 지나 이젠 두려움이 스멀거리며 피어나 온몸을 부들부들 떨었다. 아침 식사고 뭐고 머릿속이 하얗게 탈색되며 아무 생각도 할 수가 없었다.

슬금슬금 뒷걸음질치며 식당을 벗어나려 할 때였다.

턱!

누군가 어깨를 짚는 손길에 헉, 하고 바라보니 언제 어떻게 움직였는지 영호선이 살기 띤 미소를 짓고 있었다.

“식사, 해야지?”

“어? 어. 그래야지.”

“가자.”

“어······.”

손까지 잡으며 잡아끄는 통에 독상군은 질질 끌려갔다.

“아, 배고파. 도저히 못 참겠다. 왜 이렇게 밥이 당기냐. 독상군, 오늘 우리 마음껏 한번 먹어보자.”

영호선이 독상군의 어깨를 붙잡고 훌쩍 뛰어 주방 안으로 몸을 날렸다.

“이러시면 안 됩니다.”

주방에서 일하던 일꾼들이 정중히 만류했으나 곧바로 영호선에게 뺨을 얻어맞고 나뒹굴었다.

영호선이 기웃거리다 솥을 발견하고 외쳤다.

“와하하, 밥이다!”

곧바로 솥째 들고 나오며 독상군에게 말했다.

“독상군, 저기 반찬 통째로 가져와.”

꿀꺽.

독상군의 목젖이 일렁였다.

지금 ‘영차’ 하는 소리와 함께 영호선이 든 솥에는 잠마원 수련생 절반, 즉 백 인분의 밥이 들어 있었다.

수련생들은 도무지 이 상황을 이해할 수가 없었다.

사인방이 영호선을 죽이겠다고 말만 늘어놓았을 뿐 왜 죽이지 못했는지, 설요홍 자신이 버젓이 살려주고도 도리어 성

질을 내며 식당 문을 부수고 나가 버렸는지, 게다가 흡혈야차
는 느닷없이 피 대신 밥을 먹겠다며 솥째 들고 나와 무슨 짓
을 하려는 건지. 복잡하게 머리가 얽히는 중에 한 가지는 대
충 짐작이 갔다. 이제 사인방마저 영호선을 어쩌지 못한다는
것.

그때 영호선은 쿵 소리를 내며 솥을 식탁 위에 올려놓고 있
었다.

"독상군, 뭐 해. 얼른 반찬 들고 나오라니까. 나 지금 쇠라
도 씹어 먹을 수 있을 정도로 배가 고프거든. 아주 미치겠다
니까."

"어? 어……."

주방 안쪽에서 엉거주춤 갈등하고 있던 독상군이 눈에 보
이는 대로 반찬이 가득 담긴 통을 들고 나왔다.

주방 일꾼들은 어떻게든 말리고 싶었지만 괜히 나섰다가
칼 맞을까 두려워 그저 발발 동동 굴릴 뿐이었다.

독상군이 맞은편에 앉자 영호선이 수저를 마치 검처럼 허
공을 향해 쭉 뻗었다.

"누가 많이 먹는지 내기하자. 너 인마, 너무 말랐어. 보기
안 좋다고."

"어? 아니, 난 식욕이 별로……."

영호선이 몸을 쭉 빼 맞은편에 앉은 독상군의 귀에 입을 가
져다 댔다.

"뒈진다."

그 소리는 단지 귀에 입을 가져다 댄 것일 뿐 사실은 식당 안의 누구라도 들을 수 있을 정도로 컸다.

독상군은 얼굴이 벌겋게 달아오르고 식은땀을 흘리며 수저를 들었다. 간밤의 일을 생각하면 당장 토막 나도 뭐라고 할 수 없는 것이 아닌가.

"자, 셋 세면 시작하는 거다."

이때 오조의 부조장 초이량은 여기저기에서 수군거리는 소리에 자신이 나서야 할 때라고 생각했다. 사인방이 나가긴 했지만 아직까지 식당 안에는 거의 모든 수련생이 어처구니없다는 표정이 되어 지켜보고 있는 중이었다.

아무리 영호선이라지만 다 먹지도 못할 밥을 혼자 독차지하고 다른 사람을 먹지 못하게 하는 것은 지나친 횡포였다.

사실 이 상황에서 초이량뿐 아니라 오조원들은 간밤에 무슨 일이 벌어졌는지 전혀 모르고 있었다. 그건 사인방이 고의로 다른 모든 조에만 영호선 척살을 알렸고, 오조에는 알리지 않은 까닭이었다. 오조원들이야 조장이 들어오든 말든 걱정할 형편이 아니었으므로 전혀 내막을 모르고 있었다.

그때 영호선이 눈을 빛내며 숫자를 세기 시작했다.

"하나, 둘, 셋. 출발."

영호선이 드디어 수저를 놀리기 시작했다.

막 영호선 곁에 이른 초이량은 어깨를 짚어 만류하려다 말고 꿀꺽 침을 삼켰다.

'뭐, 뭐냐? 진짜로 먹는 거였냐?'

어깨를 짚으려는 손이 저절로 내려왔다.

가히 가공할 만한 식성이었다. 도대체 인간이 며칠을 굶으면 저렇게 무지막지한 식욕을 보일 수 있는 것인지, 영호선은 미친 듯이 수저를 놀려 밥을 해치우고 있었다.

지켜보는 다른 수련생들도 황당하기 이를 데 없었다. 저 괴물이 아무리 해괴하다고 해도 설마하니 백 인분을 먹으리라고 생각한 사람은 아무도 없었다. 그런데 지금 보니 어쩌면 저것도 부족할지 모르겠다는 생각이 들었다.

순식간에 십분지 일이 줄어들었다. 그때까지 한 입을 고작 떠서 오물거리고 있던 독상군은 뭔가 잘못돼도 크게 잘못되었다고 생각했다. 고작 하룻밤이 지났을 뿐이건만 그전에 비해 영호선의 기세는 몇 배는 증폭된 것처럼 보였다.

짜악~

어안이 벙벙해져 있을 때 독상군의 고개가 시원하게 돌아갔다. 영호선이 뺨을 내갈긴 것이다.

"먹어!"

독상군은 눈물 속에서 수저를 바쁘게 움직였다. 그것을 지켜보는 독예미도 눈물을 흘렸다. 이미 바들거리며 피를 빨린 경험이 있는 독예미는 오빠가 안타깝긴 했지만 끼어들 엄두를 내지 못했다. 그날 이후 독예미는 영호선과는 눈도 마주치지 않았으며 어떤 일이든 관여하지 않겠노라고 다짐했다. 게다가 기대했던 지난밤 사인방의 척살도 실패했으니 이젠 정말이지 나설 엄두가 나지 않았다.

식사를 하려던 모든 수련생은 멍을 때리며 영호선의 폭식을 보며 완전히 식욕을 잃어버렸다.

이윽고 하나둘 자리를 떠 결국 식당 안에는 영호선과 독상군 두 사람만 남아 있게 되었다.

모두 떠나거나 말거나 영호선은 밥을 먹는다기보단 거의 밥을 살해하고 있었다.

이윽고 솥단지에 가득하던 밥이 절반이 넘게 비워지자, 영호선의 배는 거의 인간의 배가 아닐 정도로 부풀었다.

"저기……."

독상군이 염려스러워 말을 꺼내는데 순간 기이한 일이 벌어졌다.

쑤욱!

거짓말처럼 영호선의 배가 푹 꺼져 버린 것이다.

"헉!"

눈앞에서 벌어진 일이지만 도무지 믿을 수가 없었다.

"으악! 배고파!"

도대체 그 많은 밥이 모두 어디로 갔는지 영호선은 다시 꼬르륵 소리를 내며 수저를 움직였다.

주방에서 멍하니 바라보고 있던 일꾼들도 이 괴사에 벌어진 입을 다물 줄 몰랐다. 그들은 처음에는 아무도 솥단지의 밥을 다 먹는 일은 없을 것이라고 생각했지만 배가 푹 꺼져 버리고 꼬르륵거리기까지 하는 소리에 서로 무엇을 해야 할지 알고 있었다.

현재 솥단지를 다 먹어도 아직 백 인분이 더 남긴 했지만 그것마저도 부족할 것이라는 것. 그들은 속도에 맞추지 못하면 무슨 일이 벌어질지 몰라 부지런히 밥을 짓기 시작했다.

"아, 왜 먹어도 먹어도 배가 고픈 거냐."

영호선은 아무리 생각해도 왜 배가 고픈지, 왜 이렇게 밥맛이 좋은지 알 수 없었다. 그것은 지난밤에 피를 흠뻑 빼고 왜, 기력이 솟구치게 된 것인지 모르는 것과도 연결되어 있었다. 하지만 지금은 그 이유를 알아야 할 필요가 없었다. 먹어도 먹어도 아직 부족하다고 말하는 몸의 말에 그저 충실히 따르자는 생각뿐이었다.

사실 이러한 현상은 혈마환 작용의 일환이었다.

간밤에 피 웅덩이가 만들어질 정도로 피를 흘린 영호선은 아직까지 몸 안에 피가 채워진 것은 아니었다. 그럼에도 불구하고 이렇듯 멀쩡한 모습으로 나타난 것은 지금 이 순간은 혈마환의 발현으로 인하여 골수에서부터 솟아난 핏빛 혈기가 영호선의 몸에 충만하게 차올라 휘감고 있었기 때문이다.

그리고 다음 단계로 몸 안에서 남김없이 빠져나간 피를 새롭게 형성해야 하는 과정이 남아 있었다. 허기진 느낌은 바로

피를 만들어내야 한다는 몸의 외침이었다. 영호선이 그에 호
응하여 엄청난 양의 밥을 먹게 되자 핏빛 혈기는 마치 오랫동
안 기다렸노라는 듯 가공할 공능으로 순식간에 피로 전환시
키고 있는 것이다.

　그러나 한 가지 영호선에게 다행이랄 수 있는 점은 잠마원
주 소요마선의 우려와는 달리 영호선의 마성이 몇 배로 폭주
하진 않았다는 점이다. 그건 영호선이 독상군을 비롯해 여러
명의 피를 섭취하는 과정에서 발생한 중화작용이었는데, 지
난밤에 피를 거의 다 흘릴 정도가 되었지만 그전에 마신 피가
혈마환의 기운과 뒤섞여 온전히 순혈한 마성의 기운으로 폭
발하지 않았기 때문이다.

　과거 혈마문 또한 그런 점에서 타인의 피를, 특히 영약을
다량으로 섭취한 피는 혈마환의 힘을 온전히 일으키지 못한
다는 점에서 금기시하고 있던 부분이기도 했다.

　"쿠오오오오, 밥 하고 있지?"

　영호선의 고함에 주방의 일꾼들이 화들짝 놀라 더욱 바쁘
게 움직였다.

　콰콰콱!

　영호선의 손을 놀리는 속도는 점점 더 빨라졌다.

　영호선이 그럴수록 반대로 독상군의 식욕은 급속도로 저하
되었지만 그럴 때마다 어김없이 영호선의 손이 날아들어 뺨
을 내갈겼고, 독상군은 어쩔 수 없이 밥을 욱여넣어야 했다.

벌써 십 인분을 해치워서 한계 상황까지 왔지만 그만 먹겠
다는 말은 차마 꺼낼 수조차 없었다.

그렇게 영호선은 거의 백팔십 인분 정도를 혼자서 해치웠
고, 독상군은 이십 인분을 먹어치워 밥이 목구멍까지 차올라
있었다.

독상군으로서는 이젠 밥이 독이었다.

꼬르륵.

영호선의 배에서는 다시 꼬르륵 소리가 연신 울려 퍼졌다.

"얼른 밥 가져오지 못해!"

설마하니 이백 인분이 소모되는 동안 밥을 못할 것이라고
는 생각지 못했던 일꾼들은 식은땀을 흘렸다.

"조금만 기다려 주십시오. 곧 됩니다. 잠시면 됩니다."

"쿠오오오! 배고프다고."

영호선은 참을 수 없다는 듯 일어나 배를 움켜쥐고 식당 안
을 정신없이 서성거렸다.

"으아악, 도저히 못 참겠다."

독상군은 순간 불안한 예감에 흠칫 몸을 떨었다. 불행하게
도 그의 예감은 적중했다.

영호선이 확 달려들어 독상군의 목을 물어뜯어 버린 것이
다.

"컥!"

콸콸콸!

당하는 독상군도 독상군이지만 공포에 휘감긴 것은 뭐니 뭐니 해도 주방의 일꾼들이었다.

그들 중 몇몇은 자신도 모르게 오줌을 저리고 있었지만 그 것마저도 인식하지 못할 정도로 놀라 바들바들 떨기 바빴다.

'흡혈야차.'

'바, 밥을 빨리해야 해.'

'여차하면 우리도 당한다.'

조금이라도 더 시간이 지체된다면 배고픔을 참지 못한 흡혈야차가 무슨 짓을 할지 모를 일이었다. 어쩌면 '피보단 살이지' 라면서 뜯어버릴지도.

그들은 불의 세기를 더하며 목숨을 걸고 밥을 했다.

한편, 영호선은 독상군이 축 늘어지자 비로소 몸을 뗐다.

"쿠오오오오, 바로 이 맛이야. 독상군 네가 역시 최고다."

그러면서 영호선은 신바람이 나는지 희미한 의식 속에서 눈만 끔벅이고 있는 독상군의 복부를 발로 걷어찼다.

퍽퍽퍽!

"어젠 왜 그냥 가버렸냐. 내가 기억 못할 줄 알았지? 내가 그렇게 춥다고 했는데도 이불도 안 덮어주고 그냥 가버려? 이 자식아, 네가 그럴 수 있어?"

퍽퍽퍽!

"우리가 보통 사이야? 네 피가 내 안에 머물러 우린 하나라고 생각했는데 피가 좀 빠졌기로서니 바로 배신해? 네놈이 사람이냐, 귀신이냐? 앙! 말 좀 해봐, 이 자식아!"

퍽퍽퍽!

하필이면 배다.

그렇지 않아도 억지로 이십 인분의 밥이 위장에 겨우 욱여넣어진 상황에서 복부를 가격당하자 독상군은 나뒹군 채로 꾸역꾸역 밥을 게워내기 시작했다. 당연히 말도 할 수 없었다.

그것을 보던 일꾼 몇이 아침 식사도 하지 않았는데 어제 먹은 음식을 연달아 토해냈다.

토가 토를 부르는 악순환이 이어지는 가운데 더럽거나 말거나 영호선이 주방을 향해 다시 외쳤다.

"밥!"

第八章

공동 수업

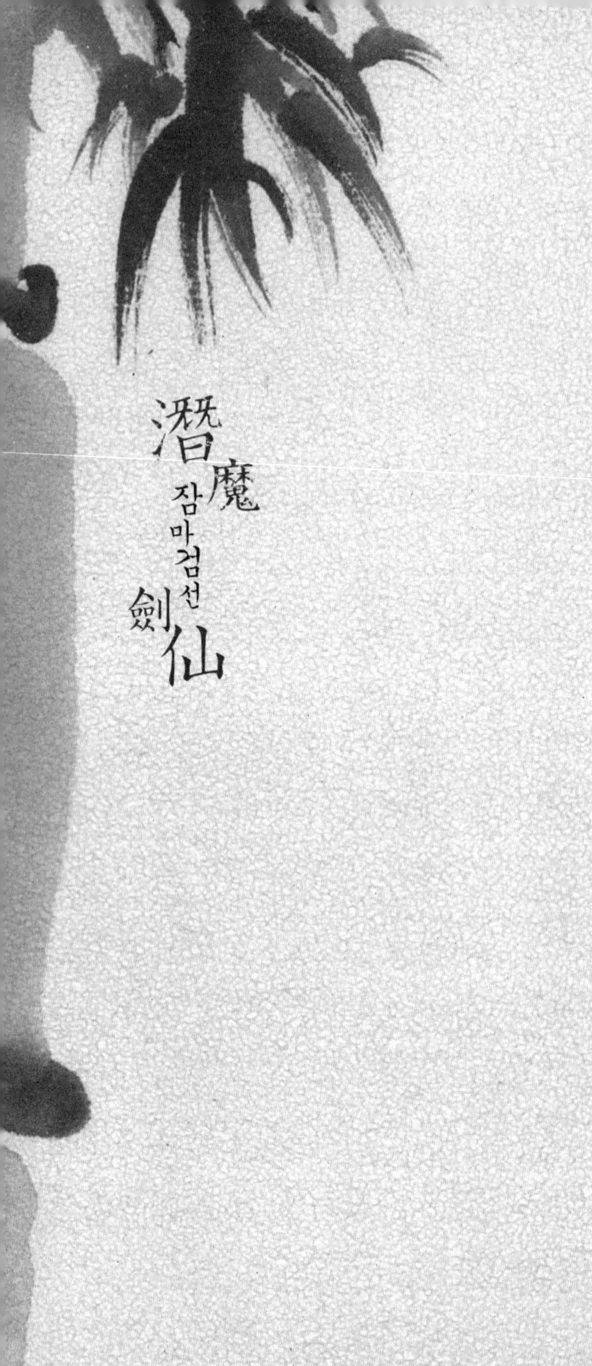

潛魔
劍仙
잠마검선

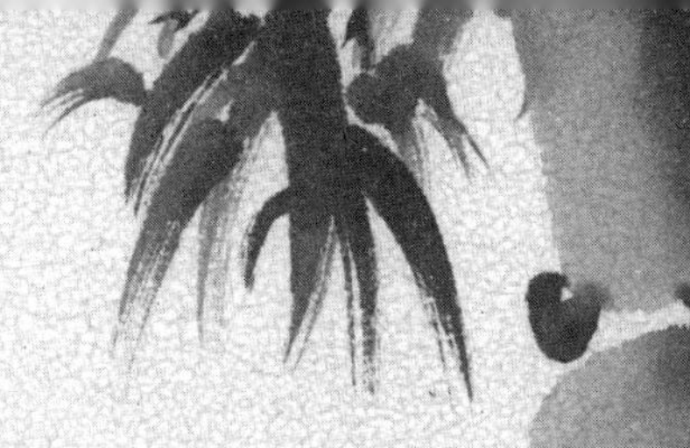

"그러니까, 피 웅덩이가 생길 정도로 피가 빠졌는데 그 뒤
엄청난 힘을 느꼈다니까."

외부에서 독안마의가 돌아오자마자 영호선은 쪼르르 달려
갔다. 그리고 지금 가장 궁금한 것을 다짜고짜 물어보는 중이
었다.

독안마의는 혈마환에 관해 조금이라도 알고 있는 몇 안 되
는 사람이었다. 그렇기에 영호선의 말을 듣자 기가 막혀 한동
안 멍하니 영호선을 쳐다볼 뿐 아무 말도 하지 못했다.

'이걸 운이 좋다고 해야 할지 운이 없다고 해야 할지 모르
겠군.'

　온몸의 피가 다 빠지고도 살아남았으니 운이 좋다고도 할 수 있었지만 혈마환이 본격적으로 뇌를 잠식해 들어가면 가공할 마인이 되고 말기 때문에 안 그래도 충분히 미쳐 있다고 볼 수 있는 영호선이 어떤 지경에 이를지 알 수 없는 노릇이었다.

　그러나 독안마의도 기재들의 피를 빤 덕분에 영호선이 마성에 더욱 깊게 물들지 않게 된 것은 전혀 모르고 있었다.

　독안마의가 말했다.

　"나도 상세한 것을 모르는데 설요홍이 알고 했을 리가 없잖느냐!"

　영호선이 인상을 썼다.

　"엥? 그럼 사인방 그 연놈들이 나를 위해서 그런 것이 아니라는 거야?"

　"이렇게 순진한 놈을 봤나. 그럼 내가 오기 전까지 감사한 마음을 품고 있었다는 소리냐?"

　"난 철석같이 그런 줄 믿고 있었지. 그래서 요 며칠 얼마나 살갑게 굴었는데."

　"허헐."

　"아, 고년이 어쩐지 냉기를 풀풀 풍기더니 다 그런 이유가 있었군. 식당 문도 박살 내버리고 말이지."

　"아서라, 아서. 넌 설요홍을 죽일 수 없어."

　"그게 뭔 소리야?"

"설요홍은 각별히 키워진 아이거든. 혈마환의 공능이 발현되었어도 아직은 안 돼."

영호선이 입술을 피가 날 정도로 깨물었다.

반박하고 싶었지만 설요홍이 손을 썼을 때 제대로 대처조차 못했다.

'망할 년. 그래도 이 몸께서 포기할까 보냐. 언젠가는 시원하게 목을 따주마.'

*   *   *

사조원들과 오조원들은 연합 수업에 한결같이 꺼림칙한 기분을 떨쳐 버릴 수가 없었다.

이미 사인방과 오조장 영호선의 살벌한 관계를 알고 있었기 때문에 수업을 빌미로 사단이 나지 않을까 하는 염려였다.

비록 연합 수업의 내용이 은잠과 추적술에 관한 것이지만 사인방이나 영호선이나 어디로 튈지 모르는 것이다.

무영마객 현원령이 연합 수업을 선호하는 것은 조별 경쟁심이 수업의 효용성을 높인다고 믿기 때문이었다. 검법과 도법 등과 달리 은잠과 추적 등은 상대가 명확할수록 동기 부여가 커진다고 할 수 있었다. 직접적으로 겨루는 것이 아니었기에 다칠 우려는 없었다.

"첫 번째 시간은 사조가 은신을 하고 오조가 찾아내는 것으로 한다. 명심해라. 단지 찾아내는 것이다. 괜한 짓을 해서 문제를 만들 경우 가만두지 않겠다. 내겐 수업 중 살인 면허가 있다는 것을 기억하는 것이 좋을 것이다.”

현원령의 시선은 일방적으로 영호선을 향하고 있었다.

영호선이 히죽 웃는 것으로 대답을 대신했다.

“자, 시작.”

현원령의 말이 떨어지기가 무섭게 사조원들의 신형이 사방으로 비산했다.

“질문있습니다.”

영호선이었다.

“뭐냐?”

“어떻게든 찾기만 하면 되는 겁니까?”

“물론이다. 하지만 찾은 뒤에 공격은 금지다.”

“찾은 뒤에 말이죠?”

현원령이 고개를 끄덕였다.

약 이각여가 지나 영호선을 필두로 오조원이 움직였다.

쉭, 쉭.

순식간에 한 명도 남김없이 사라지자, 현원령은 느긋하게 나무에 등을 기댔다. 영호선이 지은 마지막 표정이 신경 쓰이긴 했지만 만약 일이 벌어지면 그때 가서 처벌을 가하면 된다.

‘목숨이 여러 개가 아닌 바에야 엉뚱한 짓은 벌이지 않

겠지.'

　영호선이 신형을 날린 후 제일 먼저 한 일은 각 방향으로 흩어진 조원들을 다시 불러 모은 것이었다.

　한 명도 빠짐없이 모인 것을 확인한 영호선이 눈에 힘을 가득 주고 말했다.

　"여기 꼼짝 말고 있어. 움직이면 뒈진다."

　초이량이 눈살을 찌푸렸다.

　"조장, 그게 무슨 말이냐?"

　영호선이 초이량의 어깨를 붙들었다.

　초이량이 주춤하며 두려움에 떨었다. 이 경우는 오직 한 가지다.

　'빨리고 만다.'

　괜히 말했다 싶었다. 사건 이후 영호선은 여전히 피를 빨고 있었다. 조원들에게는 마수를 뻗지 않았지만 수틀린다 싶으면 조원이고 뭐고 없었다.

　"살고 싶으면 말 들어라."

　천만다행으로 영호선은 말로 그쳤다.

　그러나 문제는 영호선이 사고를 칠 것이라는 점이었다. 초이량뿐 아니라 조원들도 불안한 예감에 한마디씩 만류하기 시작했다.

　"조장, 복수는 지금이 아니어도 되잖아."

"괜히 교두들을 적으로 돌려야 좋을 게 없어."

그때까지 유일하게 한쪽에서 방관하고 있던 옥헌무가 영호선의 편을 들었다.

"조장도 조장 나름대로 무슨 생각이 있겠지. 조장 말대로 여기에서 기다리는 게 좋겠어."

오조 서열 이십위. 배가 갈리고 소림 승처럼 머리를 시원하게 밀린 옥헌무였다.

옥헌무는 이제 처세술에 대해 배워가고 있었다. 괜히 나서서 애꿎게 해를 당하고 싶지 않았다.

모두의 시선이 옥헌무를 향했다. 영호선의 얼굴에도 뭔지 모를 감동이 떠올라 있었다.

옥헌무는 뭐 그 정도 가지고 하는 표정으로 영호선을 바라봤다.

'진작에 이렇게 살았어야 했어.'

바른말은 생명을 단축시킨다는 것을 비로소 깨닫고 마음에 되새기는 옥헌무였다.

그때였다.

와락.

영호선이 옥헌무를 자빠뜨리고 이빨을 꽂았다.

콸콸콸!

옥헌무는 황당함을 금치 못했다.

'왜… 왜 나를……'

쭉쭉 어지간히 빨고 일어선 영호선이 옥헌무를 걷어찼
다.

"이 자식이 나를 못 죽여서 아주 안달이 났구나. 앙!"

"아니, 난 생각해서 한 말인……."

"닥치지 못해!"

"크억!"

부조장 초이량이 이마를 짚었고, 조원들은 옥헌무의 시선
을 외면하고 하늘을 올려다보았다.

"간다!"

영호선이 오조원들을 향해 주먹을 말아 쥔 손으로 가슴을
쿵쿵 두 번 두드렸다.

길게 신형을 뽑아낸 영호선이 허공에서 장검을 뽑아 들었
다. 빼곡히 들어찬 나무들 사이로 신형을 내린 영호선이 그때
부터는 어슬렁거리며 눈알을 번뜩였다.

"어디 있을까~요."

그 지역으로부터 측방과 전방에 은신하고 있던 사조원들
은 왜 다른 사람들은 보이지 않고 미친놈만 두리번거리는지
의문에 휩싸였다. 보이는 자보다는 보이지 않는 자를 경계하
는 것이 은신의 기본이니만큼 사조원들은 혹시 모를 접근에
도 마음의 주의를 기울였다.

"어디 갔을까~요."

산속은 한줄기 바람만이 휘감아 돌 뿐이었다.

"냉큼 나오면 안 잡아먹~지."

사조원들은 비록 영호선이 어슬렁거리며 헛소리를 질러대고 있었지만 결코 가볍게 생각하지 않았다. 이 교육에는 전혀 필요없는 장검을 영호선이 땅을 스치듯 끌며 천천히 걸음을 옮기고 있었기 때문이다. 교두의 교육 규정에 대한 경고가 있었지만 상대는 영호선이었다.

"이 망할 사조 놈들! 어디에 숨었냐고! 내가 안 잡아먹겠다고 했는데도 계속 숨어 있겠다 이거냐!"

쩌렁 울리는 소리에 사조원들은 속으로 욕설을 퍼부었다.

"좋아, 그럼 이 노부(?)의 손속이 맵다고 후회하지 마라."

순간 영호선이 검을 빗겨 세웠다. 그리고 이어 검신에 혈광이 미세하게 어른거리기 시작했다.

사조원들은 설마 설마 하면서도 불안함을 감추지 못했다.

"간다!"

영호선이 신형을 솟구쳐 숲을 향해 일 검을 긋는 것을 시작으로 광기 어린 검무를 추었다. 붉은 검기가 작렬하며 주변에 들어찬 나무들이 속절없이 넘어갔다.

사조원들의 안색은 사색이 되었다. 줄기줄기 뻗어오는 검기로 인해 바로 머리 위 나무가 잘려 나가는가 하면, 낙엽을 덮고 있던 이는 검기가 어깨를 살짝 스치며 땅이 깊게 파인 자국을 보며 사시나무 떨 듯 떨었다.

"검풍을 일으키니 천지가 호응하는구나."

파팟!

아주 신바람이 난 영호선이었다.

"쥐와 들개들이 목을 움츠리고 있으나."

파팟!

"조만간 피투성이가 되어 눈 밝은 독수리의 밥이 될지어
다."

채 일각여가 지나지도 않아 방원 오십여 장이 폐허로 변해
가고 있었다.

사조원들은 비로소 이건 수업이 아니라 사느냐 죽느냐일
뿐이라는 것을 인지했다. 몇몇은 이미 몸통채로 드러난 상황
이었지만 영호선은 아직까지 은신한 적을 발견하지 못한 척
검을 날렸다.

급기야 사조원들이 속속들이 노골적으로 모습을 드러냈
다.

"이제 그만해라. 이게 무슨 짓이냐."

검을 거둔 영호선이 눈으로 훑으며 숫자를 헤아렸다.

"열다섯이네? 다섯 명은?"

그 말은 또 다른 시작을 알리는 말일 뿐이었다.

"검풍을 일으키니 천지가 호응하는구나."

다시금 신형을 끌어올린 영호선이 열다섯 명을 뛰어넘어
검기를 뿌려댔다.

드러난 사조원들은 서로 상의를 한 것도 아니었지만 분노가 치밀어 한마음으로 영호선에게 달려들었다.

"이 미친놈, 오늘이 네 제삿날이다!"

살기등등한 기세가 한꺼번에 등 뒤에서 쏟아지자, 영호선이 신형을 끌어올려 나뭇가지를 순차적으로 밟으며 십 장 높이의 거대한 아름드리나무 꼭대기에 올랐다.

그리고 검을 꽂고 검지를 내밀어 손을 쭉 펴며 나무 아래에서 막 신형을 뽑으려는 사조원들을 향해 일갈했다.

"실격!"

"무슨 개소리냐!"

"경건한 수업 시간에 감히 교두의 엄중한 명령을 어기고 공격을 감행하다니. 네놈들이 지하 뇌옥에서 백오십 년을 썩어야 제정신을 차릴 모양이구나."

"흥, 기억력이 벌레만도 못한 놈아! 누가 먼저 살수를 썼는지 잊어버린 거냐?"

"글쎄, 난 발견하진 못했으니까."

사조원 중 성격이 괄괄한 운마천이 영호선이 올라서 있는 나무 밑동을 향해 사선으로 검을 쳐 올렸다.

스윽!

어른 두 사람이 두 팔을 활짝 벌리고 껴안아야 할 정도의 밑동이 대각으로 잘려 나무 무게를 견디지 못하고 무너져 내렸다.

영호선의 몸도 자연히 넘어지는 나무와 함께 떨어져 내렸다. 하지만 몸은 여전히 딛고 있던 나뭇가지에 그대로였고, 나무 꼭대기가 거의 지면에 닿으려 할 즈음 발목을 팅겨 가볍게 착지했다.

뿌옇게 피어오른 흙먼지가 잦아들며 영호선의 모습이 드러났다.

어느덧 영호선의 눈에 붉은 광채가 어른거렸다.

"흐흐흐, 해보자는 거구나."

저벅저벅 한 걸음씩 디딜 때마다 가공할 위압감이 뿜어져 나왔다.

사조원들은 흠칫 몸을 떨며 자신들도 모르게 뒷걸음질쳤다. 흥분으로 잊고 있었던 최근의 기억이 떠올랐다.

'한 끼 식사에 삼백 인분을 먹어치운 놈이다.'

'몸 안의 피를 다 빼고도 피를 하루 만에 다 채운 놈.'

영호선의 분위기가 달라지자, 그곳으로부터 멀찍이 은신해 있던 사조장 장휘천과 나머지 네 명도 서둘러 합류했다.

장휘천은 영호선의 기운이 그전과 달라져 있다는 것을 확연히 깨닫고 있었다. 지금 드러내는 살기도 주변 공간을 완전히 장악해 버리고 있지 않은가. 피를 뽑아내니 더 강해졌다? 도무지 이해할 수가 없었다.

"크크, 오늘… 다 죽는다."

영호선은 스산한 미소를 머금었다.

그때였다.

파악!

뒤통수에 번개가 꽂혔다.

엄청난 분위기 속에서 한 걸음씩 위압적으로 다가들던 영호선은 그대로 앞으로 처박혔다.

"이 멍청한 놈, 지금 뭐 하자는 거냐!"

천천히 몸을 일으킨 영호선이 비릿한 시선으로 상대를 노려보았다.

무영마객 현원령이었다.

현원령은 '오호' 하면서 불굴의 의지에 대한 찬사를 보냈다.

영호선은 살벌한 분위기로 현원령을 향해 걸음을 옮겼다. 이글거리는 눈은 이미 현원령을 씹어 먹고도 남을 정도로 불타올라 있었다.

"무영마객, 넌 건드리지 말아야 사람을 건드리고 말았다."

사조장 장휘천을 비롯, 사조원 모두 그 위세에 밀려 그만 뒷걸음질쳤다.

현원령이 의아하다는 듯 고개를 갸우뚱거렸다.

"응?"

"무영마객, 오늘이 너의 최후다."

그 말을 끝으로……

영호선은 선혈을 뿌리며 훨훨 날아갔다.

삼 장여를 날아 바닥에 나뒹굴 찰나, 어느새 그 아래로 이동해 기다리고 있던 현원령의 발이 영호선의 뒤통수를 내갈겼다.

순간 영호선의 몸은 허공에서 팽이처럼 일곱 바퀴를 돌고는 전방낙법의 자세로 철퍼덕 쓰러졌다. 전방낙법과 다른 점이 있다면 두 팔과 두 다리로 충격을 흡수하지 못하고 얼굴과 가슴까지 사용했다는 점이었다.

엄청난 충격에 영호선이 두 팔로 몸을 일으키려다 팔이 휘청하며 다시 얼굴을 땅에 박았다.

"요 녀석이 오냐오냐하고 봐줬더니 아주 눈에 뵈는 게 없구나."

"무영마객, 이 자식이……."

뚜둑.

"끄악!"

영호선은 말을 채 끝내지도 못하고 비명을 내질렀다. 현원령이 영호선의 오른발을 분질러 버린 것이다.

뒤늦게 도착한 오조원들에 의해 의료방으로 옮겨진 영호선은 이미 독안마의에 의해 오른발에 붕대를 칭칭 감고 있었다.

겨우 정신을 차린 영호선은 눈을 뜨자마자 독안마의로부

터 폭언을 들어야 했다.

"아주 네놈이 죽고 싶어서 안달이 났구나. 현재 잠마원의 교두들이 어떤 사람들인지 정말 아무것도 모르는 거냐? 다른 사람도 다른 사람이지만 무영마객과 적이 되면 넌 평생 두 다리 뻗고 잘 수 없어. 교두들은 하나같이 마도련의 초일류고수들이다. 네가 아무리 날고 긴다고 해도 무리일진대 지금 네놈의 실력으로 감히 교두들에게 반항을 해? 나야 네놈을 가상히 여겨 이런다지만 잠마원주님이나 교두들이 네놈 하나 죽어나가는 것에 눈 하나 깜짝할 것 같으냐!"

"그렇게… 대단해?"

영호선이 떨떠름하게 물었다.

"그렇게 대단하냐고? 허허, 아무것도 모르는 놈이네. 사람이 한 번 태어났으면 죽더라도 잘 죽어야지. 너 같은 놈들이 설치다가 그냥 개죽음당하는 거야. 마도련에 기재라는 작자들이 한둘이었겠냐. 살아남은 놈들보다 설치다가 죽은 놈들이 몇 배는 많지."

"그러니까 뭐가 그렇게 대단하냐고?"

"무영마객은 마도련 산하 살문의 최고수다. 한 번은 살문의 문주가 무영마객의 청을 거절한 적이 있었지. 사소한 것이었는데 무영마객은 이해를 못 한 거야. 그래서 땡깡을 좀 부렸지. 살문주가 잠들었을 때 침상 옆자리에 누워 아침까지 잠을 잔 거야. 물론 살문주가 무영마객이 옆에 있다는 것은 눈을 뜬 뒤에야 확인할 수 있었지. 몇 겹의 호위 막을 뚫고 아침나절까지 옆에 누워 있었는데 전혀 모르고 있었다고 생각해 봐라. 살문주의 기분이 어땠겠냐?"

"쳇, 대단하긴 하네."

영호선은 인정해야 한다는 것이 기분 나빴다.

"내가 충고하는데 오늘 밤이 지나기 전에 반드시 사과하고 와라. 그리고 친하게 지내두란 말이야. 네놈에게 도움이 되면 됐지 손해날 일이 있을 리가 없잖아. 물론 사과한다고 현원령이 쳐다나 보겠냐만 그래도 무영마객에게 찍히는 건 면할 수 있으니까."

"흥!"

코웃음이 날아왔다.

독안마의가 입이 찢어져라 소리를 질렀다.

"이 미친놈아, 똑바로 대답 못해! 내가 죽은 사람까지 살릴 재주가 있는 줄 알아!"

"알았어! 알았다고! 목발이나 줘!"

독안마의가 목발을 건네주며 몸을 일으킨 영호선의 뺨을 살짝 두 차례 툭툭 쳤다.

"명심해. 소싯적엔 너보다 더 미친놈들이었던 것이 바로 지금의 교두들이야."

영호선은 입을 쩝쩝 다셨다.

취침 시간을 막 넘긴 시간.

따각따각.

오른발을 목발로 대신하고 걸음을 옮기던 영호선이 하나의 문 앞에 멈춰 섰다.

독안마의의 설명대로라면 이 방이 바로 무영마객 현원령의 처소였다.

교두 숙소 삼층.

문을 한참 바라보며 크게 숨을 몰아쉬었다.

독안마의가 침을 튀겨대며 충고한 내용이 머릿속을 맴돌았다.

"내가 충고하는데, 오늘 밤이 지나기 전에 반드시 사과하고 와라. 그리고 친하게 지내두란 말이야. 네놈에게 도움이 되면 됐지 손해날 일이 있을 리가 없잖아."

'그래, 하는 거다.'

영호선은 다시 호흡을 가다듬었다.

'좋아.'

그 생각과 동시에 영호선의 발이 문에 작렬했다.

쾅!

일격에 문이 문틀째 뜯겨져 나갔다.

방 안 풍경이 고스란히 영호선의 시야에 들어왔다.

두 사람이었다. 한 사람은 오늘의 목표, 또 한 사람은 처음 보는 여자였다. 그 둘은 막 입을 맞추려던 중이었는지 거의 입술이 닿을 듯한 상태에서 문 쪽에 선 영호선을 보고 있었다.

영호선이 크게 소리를 질렀다.

"사과하십시오."

독안마의가 들었다면 기절하고 말았으리라. 사과하라고 보냈더니 사과를 받겠다고 문을 박살 내버렸으니.

현원령이 어이가 없는지 피식 웃었다.

"뭐?"

"오늘 오전 일에 대한 사과를 받으러 왔습니다. 규정을 어긴 건 사조라는 건 아시잖습니까?"

'누구예요?' 라는 작은 소리가 여자의 입에서 흘러나왔다.

"어, 수련생."

"귀엽네요."

"귀엽긴 하지. 언제 죽을지 몰라서 그렇지."

"어떻게 하실 겁니까? 사과하실 겁니까, 아니면 계속 뽀뽀하실 겁니까?"

그 말에 여자가 배꼽을 움켜쥐고 웃었다.

"쟤, 도대체 어디에서 솟아난 애죠?"

"흐흐, 좀 특이하긴 해."

현원령은 영호선을 향해 들어오라고 손짓했다.

영호선이 고개를 살짝 끄덕이고는 목발과 함께 뒤뚱거리며 들어왔다.

"사과를 꼭 받아야겠다는 거냐?"

영호선이 입을 굳게 다문 채 고개를 크게 끄덕였다.

"그래서 문을 부순 거고?"

다시 영호선이 끄덕였다.

"혹시 죽을지도 모른다는 생각은 안 해본 거냐?"

이번에는 곧바로 끄덕이지 못했다. 영호선의 목젖이 한차례 꿈틀거렸다. 독안마의의 말이 떠올라 버린 것이다. 하지만 그것도 잠시 곧바로 고개를 끄덕였다.

"하하하하!"

현원령이 기분 좋게 웃었다.

여자는 어느새 창문을 활짝 열고 바람을 맞고 있었다.

"사과하실 겁니까?"

영호선이 결연한 의지를 보였다.

"가까이 와봐라."

현원령은 붕대에 감긴 영호선의 오른발을 툭툭 건드렸다.

"역시 독안마의로군. 넌 좋겠다. 이렇게 말끔히 치료해 주는 사람도 있고."

순간 영호선이 흠칫했다. 현원령이 멀쩡한 왼발을 움켜쥐었기 때문이다.

"……?"

의문을 띤 눈에 현원령이 환한 웃음으로 화답했다.

뚜두둑!

"크아악!"

영호선의 목젖을 딸랑거리며 토해낸 한줄기 비명이 밤공기를 갈랐다.

그러나 불행은 그것이 전부가 아니었다.

현원령이 작별 인사를 건네었기 때문이다.

"잘 가려무나."

영호선의 몸이 열린 창문, 구체적으로는 바깥을 내다보고 있는 여자의 머리 위를 통해 삼층 높이에서 떨어져 내렸다. 두 다리라도 성하다면 가볍게 착지할 수 있을 터이지만 두 다리가 망가진 지금은 어떻게 해볼 도리가 없었다. 그나마 불행 중 다행인 것은 던져진 곳이 숙소 앞 커다란 나뭇가지 쪽이라는 점이었다.

연신 나뭇가지를 부러뜨리며 부러진 다리에 통증이 연이어 뼛속까지 스며들자 영호선은 부딪칠 때마다 '윽', '컥', '욱' 등 갖가지 비명을 질렀다.

"크윽."

아랫입술을 깨물고 삼층을 올려다보니 여자가 하늘에서 막 하강한 선녀 같은 미소로 손을 흔들고 있었다.

"괜찮니? 호호호호!"

'너 같으면 괜찮겠냐?

영호선은 침을 한차례 바닥에 뱉어내고 멀쩡한 두 팔을 이용해 오조 숙소를 향해 기어갔다.

'제길, 멀구나.'

끙끙대며 모든 수업을 마치고 밤이 되었을 때, 영호선은 초이량과 옥헌무를 불렀다.

"날 부축해."

이미 오조원 모두 지난밤 영호선이 저지른 일을 알고 있었다. 아니, 그것은 이미 잠마원 내에 모르는 사람이 없었다. 오조원 모두 만류했다.

"무리야."

"오늘 가면 죽을지도 몰라."

부축하라고 지목당한 초이량과 옥헌무도 사색이 되었다. 친구 따라 강남 가는 것이 아니라 저승으로 직행할 수도 있는 일이었다.

"조장이 참아."

옥헌무도 팔을 붙들었다.

"놔라. 싸우러 가는 것이 아니다. 사과를 받으러 가는 것뿐이야."

옆에서 한숨을 푹푹 내쉬던 초이량이 몸을 일으켰다.

“가보자. 죽기밖에 더하겠냐.”

영호선이 한쪽 입꼬리를 올렸다.

“클클, 그래야 오조의 부조장답지.”

꽝!

오늘 수리된 문짝이 다시금 박살났다.

영호선은 두 발을 못 쓰는 대신 이번에는 장력을 날렸다.

“사과하십시오.”

현원령은 책을 읽고 있다가 슬쩍 고개를 돌렸다.

초이량과 옥헌무가 흠칫 몸을 떨었다.

그리고 세 사람이 눈을 잠깐 깜박한 사이, 놀랍게도 현원령이 바로 코앞에 나타났다.

뚜둑! 뚜둑!

영호선의 두 팔이 부러져 나갔다.

한마디 협박조차 시간을 허비하는 것이라는 듯 가차없이 부러뜨려 버린 것이다.

“크아악!”

영호선의 비명을 뒤로한 채 현원령이 초이량과 옥헌무에게 한차례씩 시선을 던졌다. 말도 없고 전음도 아니었지만 초이량과 옥헌무는 그 뜻을 그냥 알아들었다.

너희도?

초이량과 옥헌무는 받치고 있던 영호선을 팽개치고 다리가 보이지 않을 정도로 줄행랑을 놓았다.

덕분에 영호선이 바닥에 널브러졌다.

무영마객 현원령이 씨익 웃었다.

잠시후,

휠휠!

어제처럼 영호선의 몸이 창을 통해 삼층 높이에서 추락했다. 어젠 그나마 두 팔이라도 성했지만 오늘은 무엇으로도 충격을 완화시켜 줄 것이 없었다. 머리가 깨져 죽는다고 해도 이상할 게 없는 상황이었다.

그때였다.

척!

떨어져 내리는 영호선은 아슬아슬하게 땅과의 정면충돌을 면했다.

창문을 통해 어떻게 박살나 죽나 구경하려던 무영마객 현원령의 눈에 이채가 떠올랐다.

정신없이 삼층에서부터 계단으로 미칠 듯이 도망치던 초이량과 옥헌무가 마침 추락하는 영호선을 보고 몸을 받아낸 것이다.

초이량과 옥헌무가 삼층을 올려다보다가 현원령을 발견하고 크게 외쳤다.

"죄송합니다."

"다시는 이런 일이 없도록 하겠습니다."

꾸벅 허리까지 숙이며 인사를 건네고 초이량과 옥헌무는 영호선를 메고는 다리가 보이지 않을 정도로 사라져 버렸다.

현원령이 어이가 없다는 듯 웃음을 터뜨렸다.

"꼴에 동료라는 거냐. 흐흐."

다음날 밤에도 어김없이 영호선은 기어코 사과를 받아야겠노라고 성화를 부렸다.

초이량과 옥헌무는 물론이고, 나머지 모든 오조원이 각자의 침상에 누워 귀를 틀어막았다.

어제라면 아무도 부축해 주는 사람이 없더라도 두 팔이 멀쩡하니 기어서라도 갈 수 있었지만 오늘은 아예 움직일 수도 없었다.

독안마의조차 꼴 보기 싫다고 대충 뼈마디를 맞춰주고 숙소로 돌아가라고 차갑게 말한 터였다.

영호선은 가만히 머리를 굴려보았다.

'어떻게 가지? 턱으로 조금씩 움직여 봐? 아, 무리야, 무리.'

아무래도 턱은 무리였다. 현원령의 숙소에 도착하면 해가 솟을지도 모르는 일이었다.

‘어쩔 수 없지.’

영호선이 방 밖을 향해 크게 소리쳤다.

“좋다! 협상하자! 날 그냥 문 앞에 놓아두기만 해라! 그리고 냅다 돌아가 버려!”

오조원들이 일제히 이불을 뒤집어썼다.

“휴우!”

영호선이 땅이 꺼져라 한숨을 쉬는 소리가 숙소에 가득 퍼졌다.

오조원들은 하나같이 안도했다.

‘이젠 잘 수 있겠군.’

“네놈들의 뜻이 정 그렇다면 어쩔 수 없구나. 나 혼자 가는 수밖에.”

모두가 속으로 비웃음을 지었다.

‘그 몸으로?’

우당탕탕!

침상에서 내려오긴 한 모양인데 사지가 말을 듣지 않으니 어딘가에 걸려 협탁이며 여러 기물까지 건드린 모양이었다.

‘그럼 그렇지.’

원래 영호선의 침상은 여자 수련생이 있을 경우를 상정해 만든 방이었다. 열 개의 조 중에는 여자 수련생이 없는 경우엔 조장들이 방을 사용하는 경우가 대다수였다.

이윽고 영호선은 한 마리의 지렁이가 되었다.

턱과 몸을 꿈틀거리는 것으로 열린 방문을 기어나왔다. 방을 나오는 데만 해도 거의 일각이나 걸렸지만 영호선은 포기하지 않고 연신 꿈틀거렸다.

현원령이 팔과 다리를 부러뜨린 수법이 어찌나 고명한지 뼈를 맞추었다고 해도 대충 움직일 수 있을 만한 수준의 것이 아니었기에 영호선이 아무리 용을 쓰고 꿈틀거려도 앞으로 나아가기는 요원하기만 했다.

"끙, 끙."

소리를 안 내도 될 것 같건만 영호선은 변비에 걸린 사람처럼 신음을 연발했다.

끙끙 소리를 백 번 정도 내뱉었을 때, 영호선이 전진한 거리는 고작 세 뼘 정도였다.

오조원들은 이불을 뒤집어쓰고 귀를 틀어막고는 있었지만 그렇다고 들리지 않는 것이 아니어서 죽을 맛이었다.

"끙… 끙……."

연달아 안간힘을 쓰는 소리가 이어졌다. 이게 수백 번에 걸쳐 계속되니 거의 고문 수준이었다.

'제길, 이 미친 조장 놈! 불굴의 의지인 거냐, 아니면 죽고 싶어 안달이 난 거냐!'

'제발 누군가 나서서 저 미친놈을 떨어뜨리고 와라.'

그러한 생각은 모두들 공통된 마음이었지만 이건 마치 고양이 목에 방울 달기와 같아서 그런 희생정신이 투철한 사람은 어디에도 없었다.

"끙… 끙… 끙……."

조용한 숙소 안에는 변비 신음만이 잔잔히 울려 퍼졌다.

'저걸 그냥 확 이 기회에 죽여 버릴까?

'팔 다리를 못 쓰니까 지금이 적기가 아닐까.'

'아, 내가 어쩌다 서열 삼십오위가 됐을까나. 삼십일위나 삼십이위만 되었어도…….'

그때 영호선의 희망에 찬 목소리가 조원들의 상념을 깨고 들려왔다.

"끙끙끙! 아, 이제 절반 왔다!"

영호선은 비록 희망에 찼지만 그걸 듣는 조원들에겐 절망이었다.

'고작 절반?

또 시간이 지나 영호선이 문까지 이르렀는지 '다 왔다' 하는 소리가 들렸다.

그런데 이젠 새로운 문제가 생겼다. 문을 잡아당겨 열어야 하는데 두 팔이 망가진 영호선은 양 옆구리에 두 팔을 찰싹 붙이고 있는 형국이라 도저히 문을 열 상황이 아니었던 것이다.

그러자 이젠 끙끙에 이어 새로운 음향이 추가되었다.

쿵쿵!

영호선이 머리로 문을 들이받으며 '왜 문이 안 열리지', '이상하네?' 라는 말을 하기 시작한 것이다.

그것이 한계였다.

누구랄 것도 없이 오조원들이 자리를 박차고 일어난 것이다.

"이 새끼야, 그래, 졌다! 데려다 주마! 마음대로 죽어봐라!"

"씨발, 그렇게 저승이 좋냐!"

이젠 상황이 바뀌어 서로 데리고 가겠다고 난리가 났다..

영호선이 조용히 뇌까렸다.

"닥치고 아무나 나서라."

"휴우, 내가 가마."

초이량이 영호선을 둘러멨다.

초이량은 이동 중에 몇 번이고 영호선에게 다짐을 받았다.

"너 혼자 온 거다. 내가 데려다 준 거 아니야?"

그렇게 열 번 정도를 다짐받은 초이량은 날듯이 교두 숙소의 삼층까지 이르러서는 발소리를 죽이고 현원령의 문 앞에 살그머니 영호선을 내려놓았다. 초이량은 내려놓자마자 살금살금 돌아서더니 이윽고 복도 끝에 이르자 순식간에 신법을 전개해 사라져 버렸다.

휘이잉~

혼자 남게 된 영호선의 모양새는 당황스러움 그 자체였다.

길게 이어진 복도의 중앙 정도 되는 곳에 덩그러니 붕대를 둘둘 만 채로 그냥 멀거니 누워 있는 것이다. 초이량이 어디 기대놓지도 않고 그냥 눕혀놓고 도망가 버렸기 때문이다.

영호선이 누운 채로 힐끗 현원령의 방문을 쳐다봤다.

문짝은 두 번이나 박살났지만 언제 부서졌냐는 듯 멀쩡한 상태로 수리되어 있었다.

이번에도 문을 부숴 버리고 싶었지만 방법이 없었다.

그래도 아무것도 못하는 것은 아니다.

'흐흐, 혀는 부러지지 않았으니까.'

"사과……."

막 입을 열었을 때다.

벌컥!

너무도 재빠르게 문이 열리자 영호선이 살짝 놀란 눈으로 올려다봤다.

현원령이 어제보다 더욱더 짙은 살기를 뿜어내며 내려다보고 있었다.

"…하십시오."

"그래, 네가 죽고 싶어 통사정을 하는구나."

현원령이 영호선을 들어 방으로 걸음을 옮겼다.

"사과하십시오."

"그래, 네가 죽으면 네 무덤에서 한마디는 해주마."

"지금 하십시오."

현원령은 말을 무시하고 창문으로 들고 가 영호선을 머리
가 아래로 가게 하고 거꾸로 받쳐 들었다. 이대로 내리꽂아
버린다면 그 속도에 의해 머리가 터짐과 동시에 목뼈가 꺾이
며 즉사할 것은 명약관화했다.

"자, 주위를 둘러봐라. 이젠 구해줄 사람도 없구나. 마지막
으로 할 말이 있으면 해봐라."

사실 어제만 해도 초이량과 옥헌무가 받아내지 않았다면
어떻게 되었을지 모를 정도로 무자비하게 던져진 것이었다.
그저 운이 좋았다고밖에는 할 수 없었다. 그리고 오늘은 작정
하고 던지는 것이니 던졌다 하는 순간 이미 죽었다고 해도 좋
을 터이다.

"사……."

영호선이 한마디를 내놓고 침을 꿀꺽 삼켰다.

"뭐?"

현원령은 화가 머리 꼭대기까지 뻗쳤다.

"사……."

"말해봐라."

"사……."

"이 자식이!"

"사… 랑합니다."

막 꽂아버리려던 현원령이 멍해져 버렸다. 시간이 멈춘 듯
사위가 깊은 침묵에 잠겼다.

그리고 한순간,

폭발하듯 쾌활한 웃음소리가 방 안을 가득 채웠다.

"호호호호! 아이고, 배야! 아, 사람 살려! 으하하하하!"

'호호호'로 시작된 웃음은 나중엔 바닥을 떼굴떼굴 구르며 박장대소로 이어졌다.

현원령이 쓰게 웃었다.

영호선은 웃음소리를 듣고 누구인지 알 수 있었다. 첫날 숙소 문을 부수고 들어왔을 때 교두와 막 입맞춤을 하려던 여인, 그리고 메다 꽂힌 영호선을 향해 손을 흔들던 바로 그 선녀같이 아름다운 여인.

"너 지금 장난하냐?"

현원령이 머리가 아래로 쏠려 있는 영호선의 상체를 끌어올렸다.

"한… 한 번만……."

"뭐가 한 번만이라는 거냐?"

"한 번만 봐주십시오."

영호선은 진짜 후들거렸는지 이마에 식은땀을 흘리고 있었다. '사과하십시오'라고 말하려고 했지만 살아야 한다는 본능이 말을 가로막은 것이다.

"귀엽네. 그냥 보내줘요. 한 번만 봐달라잖아. 으하하하하, 한 번만 봐달래. 잠마원의 흡혈야차가 그게 할 소리야? 으하하하하!"

　여인은 첫날 영호선을 본 뒤 여러 이야기를 들은 터였다. 그래서 끝까지 사과하라는 말을 남기고 최후를 맞이할 줄 알았거늘 느닷없이 사랑한다고 하질 않나, 이젠 한 번만 봐달라고 하니 배꼽을 움켜쥐고 웃지 않을 수 없게 된 것이다.

　이쯤 되자 현원령도 망설여졌다. 식은땀을 흘리며 눈망울을 초롱초롱하게 뜨며 연신 깜박이고 있는 영호선을 보니 죽이기가 난감했다.

　게다가 독안마의에게 뼈가 회복되지 않도록 손을 써놓으라고 윽박질렀던 것도 은근히 마음에 걸리는 부분이었다. 마도련 최고의 의술을 지닌 독안마의를 적으로 돌려봐야 좋을 것이 없는 것이다.

　"뼈가 회복되지 않도록 하는 거야 놈을 포기하게 하는 것일 테니 그렇게 하겠지만 영호선 그 녀석을 죽이면 그때 당신도 그만큼은 스스로 감당해야 할 거요. 크크."

　신경은 쓰여도 독안마의가 두려울 것은 없었다.

　정작 문제는 이 흡혈야차 놈이 살려달라고, 사랑한다고 눈을 초롱거린다는 것이 문제였다.

　'쳇!'

　현원령은 영호선을 끌어 올려 바닥에 내동댕이쳤다.

　"꺼져라."

영호선은 미약하게 고개를 끄덕이고는 아직 한참이나 남은 입구 문을 향해 지렁이가 되어 몸을 꿈틀거렸다.

"끙… 끙……."

그동안 진정되었던 여인의 웃음이 다시 터져 나왔다.

"으하하하하! 나 죽어! 으하하하하! 나 어떡해! 미치겠어! 으하하하!"

다른 사람이 웃는다고, 쪽팔린다고 속도가 빨라지는 것은 아니었다.

"끙… 끙……."

보다 못한 현원령이 뒷덜미를 잡고 방 밖 복도로 내던졌다.

쾅!

거칠게 문이 닫히자 휑한 복도에는 영호선 혼자 남게 되었다.

영호선이 난감한 듯 아랫입술을 깨물었다.

'어떻게 가냐?'

이곳은 삼층, 수많은 계단에 이어 오조 숙소까지는 마치 동해(東海)에서 서역(西域)으로 향하는 것처럼 멀게만 느껴졌다.

게다가 영호선은 엎드려져 있지 않고 배를 하늘로 향한 채였다.

"휴우, 일단 몸을 뒤집어야 할 텐데……."

第九章
청부

潛魔劍仙

잠마검선

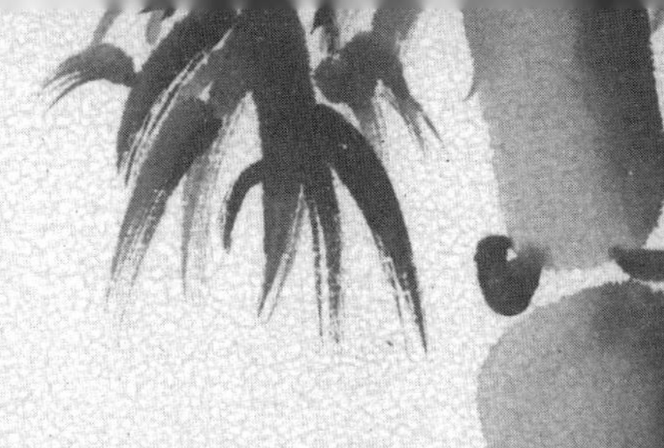

　날이 밝았을 때 영호선은 막 교두 숙소 부근을 벗어날 수 있었다.

　그리고 당연히 죽었을 것이라고 확신하며 시체를 찾으러 일찍 일어난 오조원들의 눈에 발견되었다.

　"살았네?"

　참혹한 시체가 되었을 것이라는 예상을 하고 온 터라 앞장서 있던 옥헌무의 손에는 영호선의 몸뚱이를 담을 포대가 들려 있었다. 옥헌무는 얼른 포대를 뒤춤으로 숨겼다.

　영호선은 밤새 끙끙거리며 기어오느라 얼굴은 반쪽이 되어 있었다.

“설마 여기까지 기어온 거냐?”

영호선이 쉰 목소리로 간신히 입을 벌렸다.

“나…….”

“……?”

모두의 시선이 영호선의 입을 주목했다.

또르르.

한 방울의 눈물과 함께 영호선의 입이 열렸다.

“고백해 버렸다.”

“응?”

그 말을 끝으로 영호선이 정신을 놔버렸기 때문에 오조원
들은 미간을 찡그리고 의료방으로 옮겼다.

“푸하하하!”

병가를 내고 누워 버린 영호선이 지난밤의 비참했던 이야
기를 털어놓자 독안마의는 배꼽을 잡았다.

“천하의 흡혈야차가 사랑한다고 고백했다는 말이렷다? 크
하하하하!”

“영감, 당사자 앞에 두고 웃음이 너무 크잖아.”

“그래도 아주 미련한 놈은 아니었구나.”

“끙!”

“축하한다.”

“적당히 놀리라고.”

"자기 주제도 모르고 부러질지언정 구부리진 않는다는 놈들은 골로 가는 법이지. 숙여야 할 때 숙일 수 있다는 것은 그만큼 한 단계 성숙해졌다는 의미인 게다. 그러니 당연히 축하해야지."

"쳇! 갈 길이 너무 멀게 느껴져서 짜증난단 말이야."

"이렇게 한걸음 한걸음 딛다 보면 어느새 위에 아무도 없게 되는 법이다. 문제는 그전에 개죽음당하지 않아야 하는 게지."

"영감, 엉뚱한 소리 그만하고 뼈 좀 어떻게 해봐. 도대체 어떻게 뼈를 조각낸 건지 꼼짝도 못하겠잖아."

"이제 무영마객과도 문제가 해결되었으니 뼈쯤이야 아무 문제도 아니지."

영호선이 눈을 치켜떴다.

"뭐야? 그럼 일부러 안 고치고 있었단 거잖아. 영감, 미친 거 아냐? 내가 교두 숙소에서 기어오느라 얼마나 힘들었는지 알기나 해."

독안마의가 영호선의 뺨을 가볍게 찰싹였다.

"내가 하는 게 아니라 네놈이 하는 거다."

"엥? 뭔 헛소리야? 약 먹었어?"

"약 먹고 이상해진 놈이 네놈이지 나냐?"

그리고 독안마의가 설명하기 시작했다.

처음 무영마객 현원령이 영호선의 다리를 바스라 버렸을

때 독안마의는 뼈를 정교하게 맞추다가 괴상한 현상을 목격
하게 되었다. 핏빛 혈기가 불현듯 피부를 맴돌더니 으드득거
리면서 뼈가 제자리를 찾고, 심지어 조각나 버린 뼈마디마저
다시 붙어버리는 것이 아닌가.

이 핏빛 혈기는 혈마환이 아니면 설명할 수 없는 것이었다.
지난번 몸의 모든 피가 빠져나간 후 드디어 본격적으로 혈마
환의 공능이 활발한 활동을 하기 시작한 것이라고밖에는 설
명할 수 없는 일이었다.

그러나 독안마의는 신기해하는 한편, 영호선의 성격상 무
영마객 현원령을 또 찾아가 행패를 부릴 것을 염려해 핏빛 혈
기가 사라지자 혈침으로 하체를 마취하고 다시 오른다리 뼈
를 도로 부러뜨린 다음에 혈도를 짚어 핏빛 혈기가 부러진 뼈
를 스스로 회복하지 못하도록 억제한 것이었다.

만약 영호선이 이런 공능을 당시에 알았다면 교만한 마음
이 하늘을 찔러 지금쯤은 싸늘한 시체가 되었을지도 모르는
일이었기에 결과적으로 합당한 대처를 한 셈이었다.

그 뒤, 왼다리와 두 팔이 부러져 돌아왔을 때도 마찬가지로
조치를 취했다. 그때 무영마객 현원령이 의료방을 찾아왔었
다. 현원령은 독종이 다시 찾아올지도 모르니 대충 치료하라
고 말했고, 만약 그대로 찾아온다면 그땐 자신도 어쩔 수 없
다고 말하고 가버렸던 것이다.

거기까지 설명을 들은 영호선의 얼굴에 기괴한 미소가 떠

올랐다.

"크크큭, 그러니까 내 뼈는 부러져도 자연적으로 붙는다 이거렷다?"

덩달아 독안마의도 스산하게 웃었다.

"크크큭, 곧바로 붙지는 않지. 그전에 목을 쳐버리면 끝이거든."

"영감탱이가 아주 꼭 산통을 깨요."

"자, 한번 어떻게 되나 보자."

"헉! 조장, 어… 어떻게……?"

이젠 옷보다는 붕대에 감싸인 모습이 익숙해 있던 오조원들은 저녁나절 마치 꿈처럼 사지를 거뜬히 움직이며 나타난 영호선을 보며 놀라움을 금치 못했다.

먼 이야기도 아닌, 고작 지난밤만 하더라도 숙소를 빠져나가려고 끙끙거리며 기어가던 것을 생각하면 거짓으로 그렇게 했을 리가 없었다.

그래서 역시 제일 먼저 떠오른 것은 독안마의였다. 이제 웬만한 사람들은 영호선과 독안마의의 돈독한 우정을 모르는 사람이 없을 정도였다. 영호선이 원래 미친놈이지만 앞뒤 안 가리고 설치는 것도 독안마의가 언제든지 치료해 줄 것이라는 믿음이 바탕이 된 때문이라고 생각하는 사람도 있었다.

그러나 지금은 그런 여러 가지보다 더 큰 문제가 있었다.

씨익 웃는 얼굴 아래 손아귀에 몽둥이가 쥐어진 것이 보였기 때문이다.

간밤의 설움을 그냥 지나칠 조장이 아니다.

아니나 다를까,

"포대 준비했었지?"

눈치 빠른 몇몇이 창문을 통해 몸을 빼냈고, 행동이 굼뜬 조원들의 입에서 비명이 터져 나왔다.

도망친 조원들은 은잠에 대한 실전에 들어갔다. 잡히면 죽는다는 절실함에 배운 바 지식을 총동원했다. 초이량은 지붕 처마 아래에 매달리고, 오조 서열 칠위 위하추는 땅을 파고들어 갔으며, 옥헌무는 팔조의 숙소에 통사정을 해서 겨우 몸을 숨겼다.

"조장이 죽이려고 해. 제발 날 좀 숨겨줘."

아무리 잠마원이라고 해도 조장이 조원들을 해치려는 시도는 한 번도 없었다. 규정도 규정이지만 그건 마도라도 기본 도리 같은 것이다. 그러나 팔조장은 물론이고 팔조원들도 무리없이 상황을 이해했다. 상대가 상대이니만큼.

저녁나절에 시작된 영호선의 추적은 자정 무렵이 되어서 열여덟 명을 찾아내 아작 냈다. 잠마원을 쥐 잡듯 뒤져도 마지막 한 명 옥헌무를 찾을 수 없게 된 영호선은 마지막 방법을 사용했다.

“옥헌무!”

웅혼한 내력이 뒷받침된 터라 잠마원 전역이 쩌렁쩌렁 울렸다.

귀가 있는 존재라면 누구라도 듣지 않을 수 없는 굉음이었다. 심지어 잠마원주와 교두들도 화들짝 놀라 몸을 일으킬 정도였다.

“당장 나와라! 이건 오조 조장으로서의 지엄한 명령이다!”

그 뒤에 이어지는 외침에 잠마원주가 거처에서 쌍욕을 토해냈다.

“저 새끼 아직 안 죽었네. 에휴, 저거 언제 죽나.”

영호선의 목소리가 다시 울려 퍼졌다.

“지금 나오면 죽이지는 않겠다. 그리고 만약 감춰주는 놈이 있다면 염라대왕이라도 내 반드시 목을 따버리겠다. 썅!”

그 말이 터져 나온 순간 팔조의 숙소에 긴장이 감돌았다. 조장은 물론 조원들도 모조리 옥헌무를 향했다.

옥헌무가 덜덜 떨었다.

“사, 살려줘. 은혜는 보답할게.”

그러나 팔조장은 단호히 고개를 저었다.

“미안하다. 우리도 살아야지.”

떼로 달려든 팔조원들에 의해 옥헌무는 창밖으로 던져졌다.

"끄악!"

비명 소리를 듣고 영호선이 옥헌무를 찾아냈다.

"찾았다~"

그 말마저 내력으로 웅혼하게 토해낸 터라 잠마원은 쌍욕과 안도가 뒤섞였다.

그리고 잠시 뒤, 옥헌무의 비명 소리가 잠마원을 가득 메우기 시작했다.

오조원 때려잡기가 지난 후, 영호선은 저녁엔 무조건 무영마객 현원령에게 달려갔다.

독안마의가 들려주었던 살문의 문주 침상에 스며들어 아침까지 옆자리에 누워 있었다는 일화가 매력적으로 다가왔기 때문이다. 그 정도 경지에 이르게만 된다면 사인방을 굴복시키는 것은 시간문제인 것이다.

사실 현원령에게 가기 전 영호선은 여세를 몰아 설요홍에게 달려갔었다.

마곡의 금마 덕분에 혈마환을 먹고 구사일생을 했을 뿐 아니라 혈마환의 공능으로 뼈조차 제자리를 찾는 것을 알게 되자 정녕 두려울 것이 없었다. 금마가 곁에 있다면 으스러지게 껴안아주고 싶을 지경이었다.

그리하여 날 듯 설요홍을 처리하러 건 것인데 결과는 참담했다. 도대체 뭘 얼마나 처먹었는지, 아니면 뱃속에서부터 마

공을 익혔는지 현격한 차이만 느끼고 다시 피 칠을 하고 돌아
올 수밖에 없었다.

그래서 방법을 바꿔보기로 한 것이다.

계획은 간단했다.

첫째, 무영마객 현원령에게 은신 특훈을 받는다.

둘째, 설요홍의 침상에 소리없이 스며든다.

셋째, 자고 있는 설요홍을 살며시 내려다본다.

넷째, 이불을 걷어 쪼옥 피를 빨고 온다.

소소한 복수이긴 해도 나름 통쾌하고 짜릿한 일이었다.

지치지 않는 열정은 희망에서 비롯되는 법이라고 했던
가.

영호선은 문을 부숴 버리는 대신 정상적으로 현원령의 방
문을 두드렸다.

똑똑.

"꺼져라."

벌써 며칠째 문을 두드리고, 또 꺼지라는 말이 반복되었다.

"꺼지겠습니다."

다른 날과 마찬가지로 어김없이 영호선이 그 자리에서 꺼
졌다.

독안마의의 조언에 의하자면 현원령은 끈기있게 매달리면
결국 항복하게 되어 있다고 했다. 전형적인 내유외강의 성격
이고, 솔직히 머리를 숙이고 들어오는 자를 도리어 인정한다

는 것이었다.

그래서 영호선은 인내심을 가지고 문을 두드렸고, 여러 말 나올 것도 없이 꺼지라면 두말없이 꺼져 주었다.

그렇게 열흘이 지났을 때다.

"꼬마야!"

막 숙소를 빠져나와 현원령에게 달려가려던 영호선이 소리 난 곳을 보니 무영마객 현원령과 함께 있었던 바로 그 선녀를 연상케 하는 여인이었다.

그녀는 언뜻 원숙한 중년 미부 같아 보이면서도 이제 갓 피어난 꽃처럼 어려 보이기도 했다.

영호선은 꼬마라는 말이 신경을 거슬렸지만 현원령을 생각하니 함부로 대꾸할 수 없었다. 또 그녀는 매번 현원령을 말려주기도 하지 않았던가.

"누구신가 했더니 그때 웃으면서 바닥을 구르던 분이로군요."

"호호호, 기억하고 있구나."

"무슨 일이십니까? 전 바쁜 몸입니다만."

"왜? 또 꺼지라는 말을 들으러 가는 것뿐이지 않니? 호호호호!"

영호선의 얼굴이 일그러졌다.

"쳇!"

"내가 왜 네 앞에 나타난 것인지 궁금하지 않니?"

고혹적인 미소가 여인의 얼굴에 떠올랐다.

"전혀."

"사람이 그렇게 호기심이 없어서야 되겠니? 솔직히 말하마. 네가 내 부탁을 들어준다면 무영마객은 내가 설득해 주마."

영호선의 눈이 번쩍 뜨였다. 이보다 더 반가운 말이 어디에 있겠는가. 드디어 설요홍의 침상에 기어들어 갈 수 있게 된 것이다.

"정말입니까?"

"물론이지."

여자가 빙긋 웃었다.

第十章
십조 공략
第十章

潛魔
잠마검선
劍仙

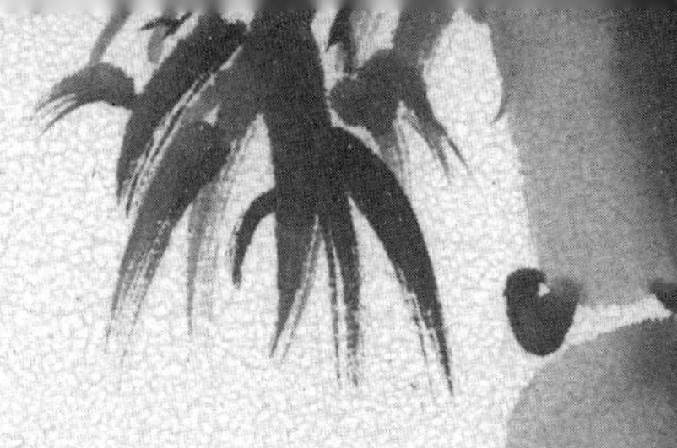

영호선은 머리가 지끈거렸다. 단순할 것으로 생각하고 선뜻 청을 받아들였는데 의외로 막막했기 때문이다.

"십조에 유은령(柳隱玲)이라는 아이가 내 조카인데 고 녀석이 자꾸만 그만두고 싶다고 그러지 뭐겠니. 내가 몇 번이나 이야기를 했지만 도대체 귀를 막고 듣지를 않으려 하니 이모로서 괴롭기 그지없구나."

"그러니까 잠마원 생활에 흥미를 느끼도록 하면 되는 겁니까?"

"그렇지."

"어떤 성격입니까?

“성격도 성격이지만 지금 심각한 건 우울증과 소심증이란
다.”

　　조언을 얻기 위해 독안마의를 찾았으나 독안마의는 그림
자도 볼 수 없었다. 그저 영감의 수하가 외부에 급하게 손길
이 필요해 열흘 정도 뒤에야 돌아온다는 말을 했을 따름이다.
　　‘의논할 사람이 필요한데…….’
　　그때 떠오른 생각이 있었다.
　　‘그렇지. 아무래도 여자의 마음은 여자가 아는 법.’
　　생각이 떠오르자 곧바로 영호선은 실행에 옮겼다.
　　가장 먼저 찾은 것은 그래도 안면이 있는 칠조장 소묘희와
독상군의 여동생 독예미였다.
　　소묘희는 보자마자 ‘꺼져’라고 소리쳤다.
　　다른 때 같았으면 한바탕 난리를 피웠겠지만 소묘희 따
위에게 시간을 허비할 수는 없었다. 이어 독예미에게 향했
다.
　　독예미는 영호선이 ‘할 말이 있…’까지 말했을 때 사색이
되더니 눈앞에서 사라져 버렸다.
　　그렇다고 여자라는 이유 하나만으로 사인방의 설요홍을
찾아갈 수는 없는 일이었다.
　　성질 같아서는 유은령인지 뭔지를 환하게 웃을 때까지 흠
씬 패버리면서, ‘아직 우울해?’라고 묻고서 고개를 끄덕이면

‘응, 그래, 좀 더 맞자’ 라고 하면 될 것 같은데 그렇게 되면 현 원령이 물 건너가는 것이 되고 만다.

“끙.”

지끈거리는 머리를 눌러대던 영호선은 의논할 대상을 찾아 시간을 낭비하느니 일단 어떤 녀석인지 확인해 보기로 했다.

호랑이도 잡으려면 호랑이가 어떻게 생겼는지 정도는 알고 있어야 하니까.

쿵!

영호선이 힘차게 십조 숙소의 문을 열어젖혔다.

그 순간 십조원 전부가 자리를 박차고 일어났다.

다른 사람도 아닌 ‘흡혈야차’ 의 직접 행차였으니 당연한 반응이었다. 특히 독상군이 건네준 영약 과다 복용자 정보에 의해 십조에도 피를 빨린 적이 있는 남소욱은 거의 사색이 되어 있었다.

문은 열리고, 문밖에 선 영호선과 숙소 안쪽 간의 팽팽한 긴장이 감돌았다.

분위기가 일촉즉발이 되자 영호선은 고개를 갸웃했다.

‘끙, 이런 분위기가 아닌데.’

쿵!

영호선은 도로 문을 세차게 닫아버렸다.

힘차게 열린 문이 다시 힘차게 닫히자, 십조장을 비롯한 조원들이 서로 마주 보며 의문에 휩싸였다. 도리어 이 괴이한 상황에 긴장이 더욱 증폭되었다.

바깥에서는 영호선이 문을 노려보며 고민에 빠졌다.

'음, 내가 너무 문을 세게 연 거야. 조금 더 부드럽게.'

그래야 사인방의 수장인 설요홍의 모가지에 대롱을 꽂고 피를 빨 수 있다.

호흡을 가다듬고 영호선이 가만히 문을 열었다.

삐그덕.

여전히 숙소 안은 긴장으로 공기가 팽팽했다.

"하하하하, 모두 반갑다. 나는 영호선이라고 해."

여태껏 잠마원에서 한 번도 헤실거린 적이 없는 모습을 과감히 드러냈다. 영호선은 스스로도 구역질이 날 지경이었다.

반응은 곧바로 나타났다.

채쟁, 챙챙.

십조원 전부가 병장기를 꺼내 들고 결연한 의지를 보였다. 어느 누구 할 것 없이 영호선의 '반갑다' 를 '싸우자' 로 받아들였다.

쾅!

영호선이 아랫입술을 깨물고 다시 문을 닫아버렸다. 이래서야 차분히 대화를 나누긴 글러먹었다.

'제길, 머리 아프군.'

입술을 깨물며 인상을 쓰고 있을 때였다.

삐그그그덕.

안쪽으로부터 서서히 문이 열렸다.

대표로 조장 서문익이 확인차 문을 연 것이었다.

"헉!"

영호선이 서문익을 보고 입을 쩝쩝 다셨다.

하지만 서문익은 그렇게 여유를 부릴 수가 없었다.

쾅!

서문익이 문을 거칠게 닫고 숨을 헐떡였다. 간 줄 알고 문을 연 것인데 우두커니 서 있는 것을 보고 간이 떨어져 나간 줄 알았던 것이다.

한편 영호선은 다시 문이 닫히자 고개를 절레절레 흔들었다.

"일단 후퇴다."

복도를 지나며 머리가 복잡해진 영호선이 짜증을 참지 못하고 고함을 내질렀다.

"아악!"

잔뜩 숙소 안에서 긴장하고 있던 십조원 중 하나가 그만 화들짝 놀라 들고 있던 검을 휘둘러 버렸다. 그 검은 옆에 서 있던 다른 조원의 허벅지에 박혔다.

"욱, 유은령… 너… 무슨 짓……."

유은령이 허벅지에 검이 박힌 것을 보고 손을 떨어뜨리고 당장 울음을 터뜨리며 그 자리에 주저앉았다.

"미… 미안… 너무 놀라서……."

호랑이의 굴로 들어가 호랑이를 보고도 호랑이를 못 알아본 영호선이었지만 그래도 소득이 아예 없는 것은 아니었다.

그리고 지금 옆에 바로 그 소득이 바들바들 떨며 몸을 움츠리고 있었다.

가끔씩 피를 빨아대던 남소욱이었다. 십조 숙소를 급습했을 당시 영호선은 남소욱의 얼굴을 볼 수 있었고, 내가 도대체 왜 그 생각을 못했을까 하며 머리를 툭툭 치고는 저녁 식사가 끝나자마자 남소욱을 포획해 온 것이다.

대롱을 손바닥으로 탁탁 치며 영호선이 입을 열었다.

"별일 아니다. 난 그냥 유은령에 대해서 궁금한 것뿐이야."

남소욱의 시선은 대롱을 주시하고 있었다. 서툴게 굴면 언제라도 대롱을 몸에 꽂아버리겠다는 협박이었지만 왜 영호선이 유은령을 궁금해하는지, 과연 그만한 가치가 있는지 의아할 따름이었다. 그럼 어제 십조에 들이닥친 것도 유은령 때문이라는 것이 아닌가.

"그게… 진짜 이유인 거야?"

"그렇다니까. 자꾸 여러 번 말하게 할래? 일단 꽂고 시작할까?"

"아니, 아니… 알아들었어."

"유은령이 누구인지, 어떤 음식을 좋아하는지, 취미가 무엇인지, 고민은 무엇인지 그런 것들로 쭉 이야기해 봐."

"그건 왜?"

남소욱의 물음엔 '너 그 애에게 관심있냐?' 라는 뜻이 숨어 있었다.

"그건 왜?"

영호선이 똑같이 물었다. '네 녀석이 내가 유은령을 궁금해하는 이유를 알아서 뭐 하게?' 라는 뜻이었다.

남소욱이 입을 콱 다물었다. 그리곤 천천히 자신이 아는 만큼 설명하기 시작했다.

"유은령은 조용한 성품이야. 그리고 소심하기도 하고. 어제도 네가 가면서 내지른 소리에 놀라 검을 휘둘러서는 옆에 있던 황운봉의 허벅지를 찍어버렸거든. 울먹이면서 미안해 죽으려고 하더라."

"뭘 그딴 것 가지고 미안하다고."

남소욱이 쩝쩝 입을 다셨다.

"계속해 봐."

"음, 취미는 뭘까? 딱히 떠오르질 않네."

영호선이 대롱을 눈앞에 대고 흔들었다.

남소욱이 화들짝 놀라 소리쳤다.

“새, 생각났다!”

“흐흐, 생각났구나.”

“멍하게 있기 정도 될까나.”

“그게 취미라고?”

“잠자는 취미도 취미인 사람이 있을 정도니까. 많은 시간 멍할 때가 많으니까 그게 취미가 아니면 뭐겠어?”

“그럴 수도 있겠군. 그다음으로 넘어가서, 좋아하는 음식은?”

“그, 그건……”

팍!

잠시 망설이던 순간 대롱이 남소욱의 어깨를 파고들었다.

“늦어!”

쭈우욱.

한 모금 진하게 빨고 나자 남소욱이 정신을 차렸다.

“나물 종류였어. 고기류는 남기더라고.”

쭈우욱.

“말했는데 왜 그래?”

“이래야 생각이 잘 나는 것 같아서 도와주려고 그러지.”

“이 씨……”

“근데 대체 누구야? 지목해 봐.”

남소욱이 인상을 쓰면서 한 사람을 가리켰다.

"사람이 멍하게 있다면 생각이 많은 거겠지?"

"당연하지."

"누구를 죽일까? 그런 생각 같은 거."

"모두 너 같진 않아."

"그럼?"

"가장 보편적으로는 사랑에 빠진 경우겠지."

"오호, 그거 꽤 그럴싸한데?"

휘리릭!

바람 소리를 내며 영호선이 사라지자 초이량이 고개를 갸웃거렸다.

그때부터 영호선의 유은령 관찰은 시작되었다. 가능한 시간대 내에서는 무조건 유은령이 어디를, 무엇을, 누구를 보고 있는지를 쫓았다.

그러자 이틀 만에 한 가지 사실을 알아차렸다. 하지만 그 대상을 보고 이것을 믿어야 할지 말아야 할지 심각한 고민에 빠지고 말았다.

"독상군?"

처음엔 스스로도 어이가 없어 혼자 피식 웃고 말았다.

하지만 시간이 지날수록 그 사실이 명확해졌다.

"허, 취향도 참 독특하네. 독상군을 좋아하고 있다니."

남의 취향 따윈 어떻든 상관없었다. 이제 문제가 무엇인지 알았으니 해결이 남았을 뿐이다.

'독상군도 알고 있을까?'

머뭇거리지 않고 불러내자 독상군은 주춤주춤 다가왔다.

"똥 마려운 개처럼 사내대장부 걸음걸이가 뭐냐?"

"나 요즘 영약 안 먹고 있어."

"그것 때문에 부른 게 아니다. 자, 봐라. 대롱도 없잖아."

"……?"

그럼 뭐냐고 독상군이 눈으로 물어왔다.

"그냥 궁금해서 묻는 건데, 혹시 잠마원 내에서 좋아하는 사람 있냐?"

독상군이 피식 웃었다.

"관심없다."

"그렇군. 그럼 일방적이라는 건데……."

영호선이 혼잣말처럼 작게 중얼거렸다.

"뭐가 그렇다는 거냐?"

"그럼 널 좋아하는 사람은 있고?"

"있을 리가 없잖아."

"그렇지. 있을 리가 없는데 말씀이야."

독상군은 스스로 자인하긴 했지만 막상 타인의 입에서 다시 확인하니 기분이 확 상했다. 하지만 다시 한 번 곱씹어보면서 숨은 의미를 깨달았다.

"누가 날 좋아한대?"

영호선이 독상군을 똑바로 쳐다보고 고개를 끄덕였다.

"정상인이고?"

묻고 나서 어쩐지 비참한 기분이 들었지만 영호선이 고개를 다시금 힘차게 끄덕이자 그나마 위안이 되었다.

"누군데?"

"있어."

영호선이 벌떡 몸을 일으키자 독상군이 매달렸다. 이제껏 영호선이 자리를 뜰 때 독상군이 붙잡은 것은 처음 있는 일이었다.

"그냥 가면 어떡해!"

"나중에 다시 찾아오마."

"야, 영호선! 이 자식아! 거기 서지 못해!"

독상군과 같은 육조의 조원 하나가 영호선에게 감히 고함을 내지르는 독상군을 보며 입을 쩍 벌렸다.

십조는 지금 이 상황을 어떤 식으로 이해해야 할지 난감하기 이를 데 없었다.

영호선이 칠현금을 들고 나타났다는 것이다.

냅다 중앙에 자리를 잡은 영호선은 칠현금을 타기 시작해 지금까지 애절한 가락을 튕겨내고 있는 것이다.

대표로 십조장 서문익이 무슨 짓이냐고 따져 묻자, 영호선은 손을 쉬지 않으면서 잔잔히 대답했다.

"난 십조가 좋다. 이것은 화해의 음률, 사랑의 음률인 게
지."

차라리 팥으로 메주를 쑨다는 말을 믿을지언정 영호선의
말은 믿을 수 없었다. 그래도 누구 하나 나서서 '꺼져' 라는
말은 꺼내지 못했다.

띵띵~

끊이지 않고 울리는 애절한 선율에 바짝 긴장하고 있어야
한다는 것이 우스웠지만 어쩔 수 없는 노릇이었다. 그리고 늦
은 시간 울리는 칠현금이 짜증난 것은 비단 십조만이 아니었
다.

쾅!

"너무 시끄럽잖아! 옆방도 생각해……."

부서질 듯 문을 박찬 것은 구조장이었다. 그러나 순식간에
칠현금을 타고 있는 작자와 그 곁으로 둥글게 모여 칼을 빼
든 채인 십조원들을 보자 그는 말을 맺지도 못하고 얼어버렸
다.

"미, 미안하다."

문이 열릴 때는 굉음이 났지만 닫힐 때는 닫히는 것도 느끼
지 못할 정도로 조심스러웠다.

그 모습이 우스꽝스러웠는지 유은령이 그만 풋 하고 웃고
말았다. 그러다 실수를 깨달은 유은령이 금세 사색이 되었다.

“나, 난 그냥… 조금 웃겨서…….”

당장에라도 눈물을 쏟을 기세에 칠현금이 뚝 그쳤다.

영호선이 유은령에게 다가갔다.

“우스우면 웃어야지. 괜찮아. 나도 사실 웃겼거든.”

영호선이 손을 뻗어 어느새 흘러내리고 있는 유은령의 눈물을 닦아주었다.

“괜찮지?”

유은령이 고개를 끄덕였다.

영호선은 칠현금을 챙겨 들고 문 앞에 섰다.

“십조!”

힘찬 외침에 십조원 전부가 화들짝 놀랐다.

“사랑한다!”

쾅 소리와 함께 영호선이 사라지자 긴장이 풀린 십조원들이 길게 한숨을 내쉬었다.

영호선은 다음날도 어김없이 십조 숙소로 칠현금을 들고 찾아갔다.

사실 속내는 유은령과 대화를 할 수 있는 다리를 놓고자 하는 단순한 이유 한 가지였다.

독상군에게 유은령에 대해 이야기를 하고 독상군에게 맡겨두었다가는 산통이 깨질 확률이 높았기에 조금 더 확률을 높일 요량으로 유은령과 친숙해진 후 두 사람을 연결시켜 줄 생각이었다.

떵떵.

칠현금 소리가 숙소에 울려 퍼졌고, 흡혈 대상 남소욱은 힐끗거리며 영호선과 유은령을 바라보았다.

영호선의 저 미친 짓은 분명 유은령 때문이리라.

하지만 유은령의 소심한 성격 어디에 매력을 느낀 것인지 도무지 이해할 수 없었다.

서열 이백위!

공식적인 잠마원 최하수!

영호선이 입부식 때 손을 쓰기도 전에 혼자 풀썩 쓰러져 알아서 이백위가 된 녀석이다.

입을 열어 하는 말이라곤 '미안', '웅', '알겠어', '고마워' 였고, 다른 말은 들어본 기억이 가물가물할 지경이었다.

'도대체 무슨 생각인 걸까나.'

그렇게 닷새가 지났다.

매일매일 어김없이 칠현금을 들고 나타나는 영호선을 보는 것도 익숙해지자, 이제 십조도 그러려니 하는 식이 되었다.

"반갑다."

영호선이 인사를 건네면,

"어, 그… 그래."

식의 반응이었던 것이 지금에 와선 오늘은 조금 늦었다는 둥, 밥은 먹었냐는 식으로 바뀌었을 정도이다.

칠현금을 연주하든 말든 제 볼일을 보는 것은 물론이고, 편히 누워 칠현금 음률을 따라 흥얼거리는 조원도 있었다.

십조장 서문익도 처음과 달리 지금에 와선 영호선에게 고마움을 품고 있었다.

사실 십조는 잠마원 내에서도 입지가 가장 약하고, 외부의 핍박에 시달리는 편이었다. 조장부터가 서열 십위였고, 마지막 서열 이백위가 바로 십조에 있었기 때문에 주위로부터 무시를 받는 일이 비일비재했는데 영호선이 출입하여 칠현금을 마구 튕겨내면서 소문이 퍼져 다른 조에서 괜한 시비를 일으키는 일이 없어졌던 것이다. 그것만 봐도 영호선의 입지가 잠마원 내에서 차지하는 비중이 얼마나 큰지 알 수 있는 대목이었다.

그러나 누구보다도 기뻐한 것은 남소욱이었다.

남소욱은 독상군을 필두로 한 흡협 대상 중 하나였는데, 영호선이 십조에 호의를 가지게 되면서 앞으로는 결코 피를 빨릴 일이 없다는 것은 십 년 묵은 체증이 내려가는 기분이었던 것이다.

가끔 영호선은 칠현금을 연주하는 중간 중간 농담도 건네고 했기에 남소욱은 원래 영호선의 본성이 맑고 건강한 정신을 가진 인간이었나 하는 생각을 품게 될 정도였다.

점심때 영호선이 식사를 마치고 나오는 것을 본 남소욱이 환한 미소를 짓고 말했다.

"식사는 맛있게 했냐?"

영호선이 고개를 저었다.

"오늘 식단은 별로네."

"그래? 유은령은 많이 밝아진 것 같던데. 따로 이야기는 해 봤어?"

"아니, 아직. 근데 유은령이 밝아졌다는 말이 무슨 말이냐?"

"사실 지금까지 유은령이 웃는 얼굴을 본 적이 있는지 가물거릴 정도인데, 요 며칠 네가 들락거리면서는 혼자 있을 때면 웃음을 짓곤 하던걸. 특히 네가 칠현금을 탈 때면 눈빛도 초롱초롱해지고 말이야."

"오호, 그래?"

영호선도 그 정도는 확인했다. 하지만 그런 표정 정도야 보통 사람이라면 누구나 짓는 것이라 생각했는데 유은령에겐 획기적인 변화인 모양이다.

"네가 유은령을 어떤 관점에서 바라보는지는 모르겠지만 지금쯤이면 따로 만나도 될 것 같다만."

그렇게 한창 대화를 열중하던 두 사람은 어느새 한적한 곳으로 이르렀다.

"좋은 말이었다. 하하하! 그런 의미에서 한잔해야지?"

"한잔? 그거 좋… 컥!"

콸콸콸!

소맷자락으로 쓰윽 피 묻은 입술을 닦은 영호선이 상쾌하게 ‘꺼억’ 소리를 냈다.

“잘 마셨습니다.”

꾸벅 인사를 건넨 영호선이 오후 수업을 위해 신형을 날려 사라졌다.

부들거리던 남소욱이 이를 악물었다.

‘저 새끼… 하나도 안 변해잖아.’

한 명은 기뻐서 튀고, 한 명은 자빠진 채 이를 갈고 있는 이 광경은 고스란히 한 사람의 시선에 담겨졌다.

시선의 주인은 유은령. 그녀의 얼굴엔 청순한 미소가 어려 있었다.

第十一章
독상군의 열정

潛魔
잠마검선
劍仙

"영호선!"

거칠게 오조 숙소 문이 열렸다.

순간 호통 친 자의 정체를 확인한 오조원들의 눈에 의문이 가득 떠올랐다.

'저 호구가 무슨 일이지?

'죽으려고 작정이라도 한 거냐?

'살 좀 빼더니 뵈는 게 없나 보네.'

'영약 대신 독약이라도 먹은 건가?

독상군!

영호선의 내공 증진에 막대한 기여를 한 공인된 호구가 오조에 쳐들어왔다. 눈은 핏발이 서 있고, 당장 칼부림이라도 일으킬 기세를 노골적으로 드러내고 있었다.

그 모습을 확인한 오조원들은… 신경도 쓰지 않았다.

가볍게 무시당한 독상군이 다시 한 번 크게 외쳤다.

"영호선, 숨지 말고 나와라!"

독상군은 분명히 칠현금을 들고 숙소 안으로 들어간 영호선을 확인한 뒤였다. 요새 십조 숙소를 제집처럼 드나들고 있다는 것도 알고 있었다.

뒈지려고 발악하는 노력에 일말의 구원의 손길을 건네고자 부조장 초이량이 가만히 일어나 숙소 문을 닫아버렸다.

"영호선!"

문밖에서 다시 한 번 외침이 들리자 부조장 초이량도 화가 뻗쳤다.

문을 열고 독상군의 멱살을 잡았다.

"왜 자꾸 남의 숙소에 찾아와 행패냐! 우리는 허수아비로 보이는 거냐!"

명색이 오조의 부조장이다.

용장 밑에 약졸 없다는 말이 있지 않던가. 과대하게 미친놈 아래 있다 보면 그만큼 적정선까지는 미치게 되어 있는 것이다. 오조원들은 스스로는 느끼지 못하고 있었지만 이미 어느 정도씩은 광기에 전염된 상태였다.

초이량이 독상군을 잡아채 숙소 한복판에 패대기치자, 오조원들이 일제히 달려들어 짓밟았다.

"여기가 육조냐?"

"가라면 갈 것이지 왜 고집인데?"

"우리는 그냥 물로 보여? 앙!"

몸을 잔뜩 움츠리고 열심을 다해 매를 맞던 독상군을 구한 것은 뜻밖에도 영호선이었다.

"누군데 그래?"

"육조의 독상군."

옥헌무가 근처에 있다가 대답하자, 영호선이 화들짝 놀라는 표정을 지었다.

"너희들 지금 무슨 짓이냐! 귀한 손님을 이렇게 반 죽여놓으면 앞으로 오조의 명성이 땅에 떨어질 일! 어서 방으로 모셔라!"

옆에 선 옥헌무와 조원들은 그야말로 황당하기 짝이 없었다. 도대체 오조의 명성이 땅에 떨어진 지가 언제인지 기억도 나지 않는다. 게다가 방 안에서 독상군이 내지른 소리 정도는 귀를 막고 있었다고 해도 못 들었을 리 만무한 것이다.

"어서어서… 귀인을 안으로……."

영호선이 호들갑을 떨자 더욱 서러워진 것은 독상군이었다.

독상군을 안으로 들인 후 오조원들은 서로의 얼굴을 보며 의문에 휩싸였다.

비록 폭행을 방치하긴 했어도 영호선이 독상군을 대하는

태도는 낯선 모습이었다. 아니, 그보다 독상군이 제 발로 오조를 찾아와 고함을 질렀다는 것이 더욱 이해되지 않는 일이기도 했다.

그러나 그런 의문은 시작에 불과했다.

"말을 해! 말을 하란 말이야!"

독상군이 윽박지르고 있다.

그런데 그 뒤에 당연히 따라와야 할 허공을 가르는 타격음과 신음 소리가 나지 않았다. 호기심이 머리 꼭대기까지 오른 오조원들이 문틈을 살짝 벌리고 내부 전경을 구경하느라 방문 밖에 우르르 몰려들었다.

영호선은 그저 입을 쩝쩝거리고 있을 뿐이고, 독상군은 기가 막히게도 삿대질을 해대고 있었다.

'오호!'

오조원들의 눈이 반짝반짝 빛났다. 이건 희소식이었다.

'조장에게 약점이 있다.'

원래 인간에겐 치명적인 약점이 있게 마련이지만 사실 그동안 오조원들이 겪은 영호선은 약점 자체가 없는 인간이었다. 유일한 약점이랄 수 있었던 '형산파 출신' 이라는 것조차 처음 입부식 때 모두를 때려눕힌 것으로 착각한 뒤, '내가 바로 형산파의 영호선이다!' 라는 외침으로 일소해 버린 영호선이 아니던가. 정파인들에겐 가릴 것도 많고, 자칫 애먼 마음을 품는 순간 뒤집어씌울 것도 많다지만 마도에서는 아무리 미친 짓을 해도 그것이 상대를 옭아맬 약점이 되진 않는다. 오히려 그런 점이 긍정적인 작용을 해서 모두가 두려워하는 대상이 되고 마는 것이다.

그런데 지금 독상군은 흡혈야차의 첫 번째 희생양이자 호구라는 입장에도 불구하고 영호선을 몰아치고 있으니 이건 간단한 일이 아니었다. 어쩌면 이 일을 구체적으로 알아내 영호선을 꼼짝 못하게 할 수 있지 않겠는가.

"너, 분명히 알고 있지? 너, 정말 죽고 싶냐? 앙!"

막말을 서슴없이 쏟아낸 독상군이 급기야 영호선의 멱살을 잡고 흔들었다.

영호선이 헝겊 인형처럼 힘없이 앞뒤로 흔들렸다.

"왜 말을 못해? 난 지금껏 손조차 잡아보지 못했단 말이다!"

독상군의 광기의 근원이 튀어나왔다. 물론 이 말이 무엇을 뜻하는지 오조원들이 이해하기엔 정보가 부족했다.

'손을 못 잡아봐?'

'무슨 손? 설마 여자?'

'근데, 그게 영호선하고 무슨 상관인데?'

그러는 중에 방 안의 대화는 이어지고 있었다.

"흥분하지 말고 앉아봐."

"내가 지금 흥분하지 않게 생겼어! 넌 계속 날 피해 다녔잖아! 내 눈을 똑바로 쳐다보고 말해봐!"

　사실 독상군은 요 며칠 잠도 제대로 못 잤다. 누군가 나를 좋아하고 있다는 것은 독상군에겐 충격적인 대사건이었다. 뚱뚱한 몸 때문에 또래 여자애들은 '쟤 턱살 좀 봐. 걸을 때마다 출렁거려!' 라는 식으로 소곤거릴 때면 자신의 귀가 밝은 것을 한탄했다. 그런 일들이 누적되면서 독상군은 여자에 초연해졌지만 그건 엄연히 초연해지려고 해서 초연해진 것이 아니라 어쩔 수 없이 초연해질 수밖에 없는 외길 선택지였을 뿐이다.

　그런 독상군에게 '누가 널 좋아해' 라는 말은 뇌를 마비시키기에 충분했고, 지금 이렇게 천적인 영호선의 멱살을 쥐어 흔드는 사태를 낳게 된 것이다.

　"아직은 때가 아니라니까 그러네. 삼라만상의 이치에는 모두 정해진 때가 있는 법."

　퍽!

　급기야 참다못한 독상군이 영호선의 턱을 날렸다.

　문틈으로 엿보고 있던 오조원들이 기겁을 한 것은 너무도 당연했다.

　'헉! 저건 아니잖아.'

　'바로 썰릴 것 같은데……. 포대 준비해야 하는 거 아냐?'

　'끝이다.'

　암습과 결투가 가능한 시간에 타 조의 숙소에 혈혈단신으로 들어온다는 것은 사실 죽을 각오를 해야 하는 일이었다.

물론 잠마원 내에 몇몇 수련생, 즉 사인방이나 영호선 정도라
면 거침없겠으나 독상군이 거기에 포함될 턱이 없었다. 게다
가 이곳은 무려 오조가 아니던가.

홧김에 주먹을 날린 독상군도 순간 멈칫했다. 그제야 자신
이 무슨 짓을 했는지 자각한 것이다.

오조원들은 한 생명이 덧없이 질 것을 생각하고 안타까워
했다.

‘멍청아, 늦었잖아.’

‘저 새끼, 분명 환각제라도 복용한 거야. 약기운이 이제 떨
어진 거지.’

영호선이 천천히 자리에서 일어섰다.

독상군이 엉거주춤한 자세로 간신히 입을 열었다.

“미… 미안.”

영호선은 세 걸음을 걸어 장검을 잡았다.

“사, 살려줘.”

부들거리는 독상군을 보며 훔쳐보던 오조원 중 하나가 부
조장 초이량의 눈짓을 받고 시체를 담을 포대를 챙기러 신법
을 펼쳐 달려갔다.

영호선이 장검을 집어 옆으로 세워놓고는 그 아래쪽에 있
는 칠현금을 들고 본래 자리로 돌아왔다.

‘칠현금으로 때려죽이려는 거야?’

‘하긴, 그게 더 무자비하지.’

오조원들의 기대와 달리 영호선은 칠현금을 휘두르지 않았다.

턱하니 앞에 놓고 애절한 가락을 튕겨내고 있었다.

현재 지금의 영호선은 극도로 끓어오르는 살기를 칠현금의 음률로 다스리는 중이었다. 장검을 들었을 때만 해도 그냥 썰어버려야겠다고 생각했는데 그 아래 칠현금을 보면서 마음을 고쳐먹은 것이다.

선율 속에서 영호선은 오직 한 가지 생각만 떠올렸다.

'설요홍의 목에 대롱을 꽂고 피를 빨 때까지는 참아야 한다.'

그렇게 하려면 유은령과 독상군을 엮어주어야 한다. 독상군을 썰어버리면 유은령이 슬퍼한다.

'참아야 해. 인내, 인내, 인내……'

한참 울리던 칠현금이 멈추고 영호선이 자신의 뺨을 후려쳤다.

그리곤 다시 칠현금을 연주했다.

독상군은 지금 도망가는 것이 최선일지 아니면 한마디 사과를 건네야 하는 것인지 갈피를 잡을 수 없어 마른침만 연신 삼켰다.

그때 밖에서 쾌활한 소리가 울려 퍼졌다. 아까 포대를 가지러 간 조원이었다.

"어떻게 됐어? 피범벅이지? 자, 여기 포대에 어서 담자."

일제히 쳐다보는 오조원들의 시선이 이상했다. 게다가 뜬금없이 칠현금 소리라니.

"장송곡?"

밖에서 들리는 소리에 독상군이 더 이상 머무를 용기를 갖지 못하고 살금살금 문 쪽으로 향했다.

칠현금 소리 속에 낭랑하게 영호선이 외쳤다.

"조만간 노부가 찾아갈 테니 그대는 때를 기다리며 편안한 마음으로 있게나."

독상군이 문을 열자 우르르 몰려 있던 오조원들이 황급히 몸을 뗐다.

발이 보이지 않을 정도로 달아나는 독상군과 여전히 칠현금을 타고 있는 영호선을 오조원들은 이해할 수 없다는 듯 바라보았다.

*   *   *

유은령은 이불 속에서 흐뭇한 미소를 연신 지었다.

웃을 일이 없던 나날에 문득 끼어든 영호선 때문이었다.

영호선은 비단 유은령뿐 아니라 십조의 화제의 인물이었다. 남소욱이 또 피를 빨렸다며 욕을 퍼부었지만 그것조차도 다른 이들의 공분을 일으키지 못했다. 그건 유은령도 마찬가지였다.

‘뭐, 그럴 수도 있지.’

그러다 다른 한 사람의 얼굴이 영호선 위에 포개졌다.

독상군!

뚱뚱한 외모에 언제나 포근할 것 같은, 초원에 돗자리를 깔고 독상군의 배를 깔고 누워 하늘을 올려다보면 얼마나 좋을까 생각했었다. 하지만 지금은 예전의 그 포근한 외형은 찾아볼 수 없었다.

‘지금의 독상군을 베고 누우면 뼈마디에 머리가 저릴걸.’

그녀는 문득 창피한 생각이 들어 이불을 푹 뒤집어쓰고 새하얀 이를 드러내며 웃었다.

*　　　　*　　　　*

영호선의 노력은 헛되지 않아 얼마 뒤 기회가 찾아왔다. 십조 숙소에 밥 먹듯이 드나들고, 틈만 나면 유은령과 마주칠 기회를 만들어 반갑게 인사를 건넸다. 그때마다 대답은 없었지만 옅은 미소를 확인할 수는 있었다.

그리고 지금 영호선의 옆에는 유은령이 수줍은 듯 고개를 푹 숙이고 앉아 있는 것이다.

사실 영호선은 유은령의 촌스럽게 흘러내린 머리에 한껏 움츠린 어깨며, 마음에 드는 구석이 하나도 없어 곁에 있는 것 자체가 몸이 뒤틀릴 것 같았지만 ‘설요홍의 피’를 생각하며 온갖 설레발을 쳐댔다.

촌스럽게 흘러내린 머리에 한껏 움츠린 어깨며 곁에 있는 것마저 짜증이 났다.

날씨가 좋지 않느냐부터 시작해서 요즘 식당에 나오는 음식이 맛이 있네 없네, 교두 중 마음에 드는 사람이 누구인지 등등, 억지로 쥐어짜서 쓸데없는 말들을 쏟아냈다.

하지만 역시나 유은령은 기대를 저버리지 않고, '응', 혹은 '아니' 등으로 대답할 뿐이었다.

이미 얼굴은 빨개져 홍당무가 따로 없었다.

'하아, 정말 심하네. 혀에 염증 생길 정도로 떠들었으면 최소한 맞장구라도 쳐야 할 거 아냐!'

뒷목을 잡아 누르고 싶은 마음이 마구 솟아났지만 왼손으로 오른손을 제지하며 영호선은 본격적인 이야기를 꺼냈다.

"한 가지 궁금한 게 있다."

유은령이 입은 봉해 버리고 슬쩍 눈으로 물었다.

"너……."

"……?"

"독상군 좋아하는 것 같더라?"

유은령의 얼굴이 더욱 빨개졌고, 반면 영호선의 살갗에는 닭살이 사정없이 돋아났다.

"그, 그건……."

부정하지 않은 것을 보고 영호선은 여유있게 웃었다.

“아무도 모르니까 안심해. 난 입이 가벼운 사람이 아니거든.”

유은령이 조금은 마음이 놓이는지 살며시 고개를 끄덕였다.

“독상군도 알아?”

유은령이 고개를 가로저었다.

“독상군이라면 내가 말해줄 수 있는데, 어때?”

“안 돼!”

갑자기 버럭 소리치는 바람에 영호선이 흠칫 몸을 젖혔다.

유은령이 얼른 손으로 입을 가리고 원래대로 고개를 숙였다.

“전에는…….”

처음으로 제대로 된 말이 나오려는 것이라 영호선이 눈을 말똥거리며 다음 말을 기다렸다.

“좋아… 했는데 지금은… 아니야.”

“응? 아니, 왜?”

영호선이 아무리 남녀 관계에 무신경한 작자긴 해도 도무지 이해할 수가 없었다. 과거의 독상군보다 지금 몸매가 잘 가꾸어진 독상군이 훨씬 나아 보여야 정상이었기 때문이다.

“……”

“그냥 갑작스럽게 싫어졌을 리가 없잖아. 미안한 말이지만 살이 빠진 뒤에도 넌 독상군을 지켜보던걸?”

순간 유은령이 영호선을 바라봤다. 그때 영호선은 유은령의 눈이 한순간 번들거린다고 생각했다. 하지만 그것은 찰나에 불과했다.

"지금은… 포근한 느낌이 아니잖아."

"……?"

영호선은 순간 어이가 없어 유은령의 뺨을 내갈길 뻔했다.

'하아, 이런 미친년 같으니!'

그러나 이 중요한 작업 순간에 본심을 드러낼 수는 없었다.

참을 인, 참을 인.

"그건 염려 마. 내게 맡겨둬."

"어떻게 하려고?"

"원래대로 돌려놔야지. 자, 그럼 나중에 보자. 좋은 소식 들려줄 테니까 기대하고."

영호선이 신형을 날려 사라졌다.

혼자 남은 유은령은 흐뭇한 미소를 지었다.

"영호선, 계속 나를 지켜보고 있었던 거구나? 나… 사실 지금은……."

그녀의 뒷말은 너무 희미해 바람결에 묻혀 버렸다.

유은령과의 대화는 곧바로 부작용을 일으켰다.

온몸에 벌레가 기어 다니는 듯한 느낌에 영호선은 치를 떨었다. 덕분에 오조원 중 몇몇이 광기 어린 몽둥이에 쳐 맞아야 했다.

처참한 비명 소리는 유은령과의 낯간지러운 대화를 어느 정도 중화시켜 주었다.

"휴우, 살 것 같다."

오조원들은 신나게 두들겨 패고 살 것 같다는 말이 왜 나오는지 알 수 없었지만 다행스럽게도 더 이상 폭력이 이어지지 않았다.

"독상군, 나와봐라."

취침 시간이 임박한 시간에 육조 숙소에 들이닥친 것은 영호선이었다.

"왔구나. 하하하하!"

독상군이 날 듯 움직였다.

육조장 청당을 비롯한 조원들이 전투태세를 갖추다 얼이 나가 버렸다. 원래 영호선의 목소리가 들렸다 싶으면 구석지에 몸부터 웅크리던 독상군이 마치 죽마고우가 찾아온 것처럼 뛰쳐나간 것이다.

육조원들이 허탈하게 중얼거렸다.

"완전히 맛이 가버렸나 보네."

"저 녀석, 적응해 버린 모양이야."

"아까 봤냐? 독상군의 환한 웃음이라니. 허허."

뒤에서 조원들이 뭐라고 떠들든 독상군은 영호선 앞에 이르렀다. 좋아 죽을 것 같았다.

영호선이 독상군의 머리를 후려쳤다.

"인마, 침이나 닦아."

맞아도 좋은지 독상군이 '헤에' 하고는 소매로 입가를 훔쳐냈다.

영호선은 한숨이 절로 나왔다.

여자 손 한 번 잡아보지 못했다며 이 기회를 놓칠 수 없다는 놈과 촌스러운 머리 모양에 말도 잘 못하는 서열 이백위의 계집. 정말이지 취향의 기괴함이란!

"가자."

"헤에, 어디 가는데?"

"식당!"

"응?"

우적우적.

독상군의 눈은 광기로 번들거리며 앞에 놓인 밥을 빠르게 해치워 나갔다.

식당에 도착하기 전 영호선이 들려준 이야기 때문이었다.

"그 여자애 말이다, 네 예전 모습이 좋다더라. 지금은 삭막해 보인다는 거지."

영호선은 추가적인 설명을 하려고 했지만 독상군은 신법을 끌어올리더니 식당을 박차고 들어가 가공할 먹성을 보이고 있었다.

이미 주방에는 영호선의 성화로 식사가 준비되어 있었고, 혹시 음식이 부족할지도 모르는 사태에 대비해 당장에라도 조리할 태세를 갖추고 있었다.

주방의 일꾼들은 이 두 사람을 명확히 기억하고 있었다. 얼마 전에 혼자 삼백 인분을 처리한 인간과 그 앞에서 억지로 밥을 욱여넣던 인간을 어찌 잊을 수가 있겠는가.

그런데 오늘은 웬일인지 입장이 바뀌어 있으니 이 인간들이 돌아가면서 미치나 싶었다.

게다가 더 기괴한 것은 영호선의 음식 주문 내용이었다.

되도록 살이 팍팍 찌는 것이라니. 그래서 온갖 기름진 음식에 삶은 계란 등이 동원되어 있었다. 막상 만들면서도 이걸 누가 다 먹을까 고민했건만 그 고민을 비웃기라도 하듯 해치우고 있는 것이다.

식사를 한다기보다는 그저 욱여넣는다는 말이 어울릴 정도로 쑤셔 넣던 독상군이 겨우 소리란 걸 냈다.

"누구야?"

살찐 모습을 좋아한다는 말에 허겁지겁 먹다 이제야 본질
을 놓치고 있었다는 것을 깨달은 것이다.

영호선이 말했다.

"그건 아직 말해줄 수 없다."

"왜?"

"왜냐면 지금 말해주면 네가 그 애를 의식할 테고, 그러면
무척이나 어색해질 테니까."

독상군은 잠시 씹던 동작을 멈추며 생각을 골똘히 하더니
밥알이 새어 나오는 것도 모르고 '헤에' 하고 웃더니 다시 음
식 쑤셔 넣기에 열중했다.

영호선은 그 모습을 보며 혀를 끌끌 찼다.

이렇게 인간이 단순하게 말을 따를 줄이야.

만약 반항한다면 어떻게든 강압적으로 밥을 먹일 생각이
었는데 싱겁게도 알아서 먹어치우니 기분이 떨떠름했다.

그때 식당 문이 열리며 한 사람이 모습을 나타냈다.

"야, 이놈아, 대체 무슨 수작을 부리는 거냐!"

독안마의였다.

외부의 일을 처리하고 돌아온 것이 오늘 늦은 오후였는데
잠마원에 도착하자마자 영호선이 쳐들어와 '영감, 살찌는 약
좀 만들어줘. 되도록 많이!' 하고는 쌩하고 사라져 버렸던 것
이다.

덕분에 쉬지도 못하고 지금 약병을 들고 온 것이다.

영호선의 눈이 환하게 밝아졌다.

"영감, 해냈구만."

"이런 썩을 놈, 내가 누군 줄 알고 있었냐!"

그러면서 독안마의는 캘캘거리며 웃었다.

주방 일꾼들의 얼굴이 경악스럽게 변했다.

독안마의가 어떤 사람이던가!

소문 속의 독안마의는 결코 저렇게 캘캘거리는 사람이 아니었다.

기분이 나쁘다는 이유로 사소한 병도 일단 배를 가르는가 하면 머리가 아프다면 뚜껑 열기를 주저하지 않는 인간이었다. 눈이 하나인 것도 소문에 의하자면 누군가를 고치라는 교주의 말에 고치기 싫다고 마교 교주 앞에서 반항하다가 교주가 그럼 네 눈 하나를 놓고 가라는 말에 즉시 눈알을 뽑아 씹어 삼키고 물러갔다는 말이 전해지고 있었다.

그런 독안마의건만 영호선이라는 미친놈은 서슴없이 '영감' 이라고 부르고 있었다. 그런데다 그걸 또 당연하게 받아들이고 있는 독안마의였으니 벌린 입을 다물지 못한 것은 당연했다.

"그거 어떻게 먹어야 하는 건데?"

독안마의는 영호선의 말을 듣지 못한 듯 거침없이 먹성을 발휘하고 있는 독상군을 한 번 보고 만들어 온 약병을 다시 쳐다봤다.

"뭐냐? 약이 그다지 필요할 것 같지 않은데?"

저렇게 잠들기 전 열흘만 처먹어도 살찌는 데는 무리가 없을 것이 틀림없었다. 거기에 약까지 먹으면 굉장할 테지만 그러면 아주 돼지새끼로 변신할 터였다.

"빠르면 빠를수록 좋은 것이거든. 지금 머뭇거리고 있을 때가 아니라니까."

멍하니 서 있는 독안마의의 손에서 약병을 뺏어 든 영호선이 다짜고짜 독상군에게 들이댔다.

"자, 네 소망을 이루어줄 환상의 약이다."

독상군이 낚아채 그대로 약병에 든 가루를 한꺼번에 털어 넣었다.

"염병할 놈아, 그거 열흘 분량이란 말이다."

독안마의가 소리쳤을 때는 이미 약병은 깨끗이 비워진 뒤였다.

한숨을 내쉰 독안마의가 한쪽 탁자에 앉았다.

"앉아봐라. 대체 무슨 일인지 이야기나 들어보자."

영호선은 혹시 독상군이 들을 것을 염려해 전음을 통해 그간의 사정을 설명했다.

갑자기 여인이 찾아온 것부터 유은령을 부탁한다는 것, 그리고 유은령이 좋아하고 있는 사람이 독상군이라는 것 등등이 빠르게 전해지자 독안마의가 기가 막힌 표정으로 독상군을 쳐다봤다.

'하여튼 가지가지 하는구만.'

"근데 약효는 어느 정돈 거야?"

"흥, 내일 아침쯤에는 아마 퉁퉁 불어터져 있을 게다."

"오호!"

둘의 대화를 들었는지 독상군이 엄청난 속도로 음식을 입으로 옮기던 손을 우뚝 멈췄다.

독안마의와 영호선이 흠칫했다.

독상군이 의자를 밀치고 일어났다.

이 광경을 낱낱이 구경하고 있던 주방의 일꾼들도 긴장했다. 불어터져 버릴 것이라는 말을 듣고 기분이 좋을 인간이 어디에 있겠는가!

"고맙습니다."

기분이 좋을 인간이 있었다.

독안마의가 얼떨떨하게 인사를 받았다.

"어? 어, 그래. 마저 먹어라."

채 이틀도 지나지 않아 독상군은 제법 과거의 모습에 근접해 가고 있었다.

주변의 수군거림이 끊이지 않았지만 독상군은 그저 싱글벙글했다.

'니들이 나와 사귈 것도 아니잖느냐. 예전 모습을 찾으면 나는 애인을 갖게 된단 말이다.'

육조원들 사이에서는 독상군이 미쳐 간다는 소문이 돌았다.

영호선과 매일 밤 만나면서 살이 찌고, 그럼에도 불구하고 혼자 있을 때면 헤실거리는 횟수가 증가하고 있어서 영호선이 독상군의 피를 빠는 것으로 만족하지 않고 아예 먹어치우려고 사육을 하고 있다는 이야기도 오갔다.

그러거나 말거나 매일 밤 독상군은 영호선과 함께 식당으로 향했고, 덩달아 독안마의도 약병을 들고 동참했다. 처음엔 열흘 분량을 먹고 후유증이 있을까 염려했지만 별문제가 없자 아예 매일 열흘 분량을 만들어서 주곤 독상군의 먹는 모습을 구경하고 있었다.

이날도 어김없이 온갖 기름진 음식을 구겨 넣고 있는 독상군은 그야말로 눈에 뵈는 것이 없었다.

그리고 그걸 바라보는 영호선과 독안마의는 애써 독상군을 외면하며 입으로 격려를 보낼 따름이었다.

"늦어! 좀 더 빨리!"

"그래서 언제 살이 찌겠느냐, 이 비쩍 마른 놈아!"

사정을 모르는 주방 일꾼들은 영호선과 독안마의가 너무하다 싶었지만 해당 당사자가 저리도 기뻐하며 식사를 하고 있으니 무작정 영호선과 독안마의를 탓할 수도 없어서 그저 세 사람이 전부 미친 것이려니 속편하게 생각했다.

독안마의가 연신 입으로 격려를 발하며 눈으로는 딴청을 피우던 중 갑자기 '엇' 하고 소리를 질렀다.

“영감, 왜 그래?”

“분명히 누가 보고 있는 것 같았는데…….”

“근데?”

“갑자기 사라져 버렸다.”

영호선이 피식 웃었다.

“이젠 슬슬 무덤을 파고들어 갈 때가 된 거로구먼. 헛것을 보고 말이야.”

독안마의는 버럭 화를 낼 법도 했지만 너무 기괴했던지 열린 창문 가로 신형을 날려 주변을 둘러보았다.

“거참, 희한하네.”

그냥 농담이겠거니 했는데 그게 아닌 모양이라 영호선도 고개를 갸웃했다.

‘영감의 눈을 벗어나?’

최고의 의술을 지닌 독안마의의 눈이 얼마나 빠르고 정확할지는 영호선도 인정하는 바였다. 그런데 그 눈이 형체를 분별하기도 전에 사라졌다니.

한 사람이라면 가능했다.

무영마객 현원령. 그 외에는 달리 떠오르는 사람이 없었다.

“꺼억!”

식사 종료를 알리는 트림 소리에 독안마의와 영호선이 의문을 떨치고 돌아섰다.

거기엔 독상군이 가득 불러온 배를 내밀고 만족스러운 미소를 머금고 있었다.

"독상군, 수고했다."

"헤에, 수고는, 내가 고맙지."

"그럼 내일 또 보자."

"어, 그래. 독안마의님도 편히 주무십시오."

"오냐. 돼지꿈 꿔라."

"네, 고맙습니다."

부풀어 오른 배만큼이나 뿌듯한 마음으로 숙소로 돌아온 독상군은 침상에 몸을 뉘였다.

'아, 내일 아침이 기대되는구나. 얼마나 변해 있을까?

어서 과거의 모습을 찾아 꿈에도 그리던 만남을 이루고 싶었다.

배가 부른데다 자정을 훌쩍 넘긴 터라 독상군은 곧바로 깊은 잠에 빠졌다.

그로부터 한 시진이 지났을 때다.

희미한 윤곽만 보일 정도의 어둠에 잠긴 육조의 숙소 한복판에 한 인영이 모습을 드러냈다.

외부인이 침입했지만 육조의 어느 누구도 낌새를 알아차린 사람이 없었다.

복면을 한 침입자는 침상을 쭉 훑어보다 한곳에서 멈췄다.

거기엔 독상군이 입을 얌얌거리고 있었다.

복면 침입자는 스르르 미끄러지듯 독상군에게 접근해서는 약병을 꺼내 들었다. 미약한 빛에 약병 속의 액체가 흔들거리는 것이 드러났다.

이어 독상군의 입에 대고 들이붓자 독상군이 꿀꺽 하면서 삼켰다. 워낙에 무엇인가를 닥치는 대로 먹어야 한다는 의식이 강해져 있어 잠든 상황에서도 거침이 없었다.

약병이 깨끗하게 비워진 것을 확인한 복면인의 눈이 만족스러운 빛을 발했다.

이윽고 복면인의 신형이 어둠 속으로 스며드는가 싶더니 순식간에 육조의 숙소에서 모습을 감췄다.

"으아아악!"

힌밤의 괴성은 독상군의 입에서 터져 나왔다.

하지만 정작 터져 나오려는 것은 부글거리는 배였다.

육조원이 모두 기겁을 하며 일어난 것은 당연한 일이었다. 원래 취침 시간에는 암습을 할 수 없었지만 이곳은 잠마원이다. 별 해괴한 인간들이 우글거리는 속에서 규정을 어기는 인간이 나오지 말라는 보장은 어디에도 없었다.

육조장 청당이 신속하게 야명주의 가리개를 걷어내자, 숙소가 대낮처럼 밝아졌다.

"안 돼!"

괴성을 다시 내지른 독상군은 눈물을 흩뿌리면서 조원들을 지나쳐 밖으로 뛰쳐나갔다.

외부 침입자 따위는 그림자도 보이지 않는 것을 확인한 육 조원들이 인상을 찡그렸다.

"저거 그냥 죽여 버릴까?"

"에휴, 하루가 다르게 미쳐 가는 꼴이라니."

"독상군 저놈, 그냥 오조로 보내 버리는 건 어때?"

"난 찬성!"

조원들의 불만에 청당이 그래도 조장답게 독상군을 편들었다.

"굳이 그렇게까지 말할……."

"아아악! 안 돼~! 설사는 안 돼~!"

거기까지 말했을 때 독상군의 처절한 비명 소리가 울려 퍼졌다.

청당의 안색이 싸악 굳어졌다.

"나도 모르겠다."

독상군의 비명은 아침 해가 떠오를 때까지 계속되었다. 무엇인지도 모르고 잠결에 마신 액체는 독상군의 뱃속을 거덜내는 중이었고, 독상군의 안타까움은 이루 말로 형용할 수가 없었다.

다음날 독상군은 고스란히 본래대로 돌아와 있었다. 아니,

얼굴만 따지자면 영호선과 독안마의, 그리고 밤잠을 늦춰가며 음식을 갖다 바친 주방의 일꾼들의 노력을 헛되게 했다고 해도 과언이 아니었다.

해쓱해진 독상군을 보며 영호선이 분노한 것은 당연한 일이었다.

"뭐, 뭐야!"

몸 안의 잔존물을 모조리 뒷간으로 보내 버린 독상군은 기력이 쇠해 대답조차 못하고 간신히 눈을 뜰 뿐이었다.

"너, 너, 누구야?"

"나도… 어떻게 된 일인지 모르겠어."

겨우 입을 연 독상군은 분노에 찬 영호선의 손길에 난자당했다.

"이게 무슨 개수작이야? 왜 그랬어? 내가 설요홍의 피를 빨아보겠다는데 그게 그렇게 불만이야?"

"난… 그냥 잠들었을 뿐인데… 갑자기 배가 너무 아파서……."

퍽!

"욱!"

"그게 말이 되냔 말이다!"

"혹시 독안마의님이 지어준 약 때문이 아닐까?"

"네가 감히 영감의 의술을 의심해!"

퍽! 퍽!

영호선은 독안마의로부터 구체적인 설명을 들었기에 말도 안 된다고 생각했다. 독안마의는 변비가 심해지면 심해졌지 죽었다 깨어나도 설사를 할 리가 없다고 했다. 그 말이면 더 이상 토를 달 여지는 없었다.

"왜 그런 짓을 한 거야! 똑바로 대답 못해!"

막상 패는 영호선이 한참을 패다 보니 독상군이 스스로 설사를 하려고 발악을 했을 리는 없다는 쪽으로 이성을 찾아갔다. 누구보다도 열정적이었던 독상군이 아니던가.

'그럼 대체 무슨 조화야?'

오전 수련 시간이 되려면 시간이 조금 남아 있었기에 영호선은 축 늘어진 독상군을 옆구리에 끼고 독안마의를 찾아갔다.

독안마의도 놀라기는 마찬가지였다.

"어떻게 된 거냐?"

영호선이 독상군을 바닥에 팽개치고 짧게 답했다.

"설사!"

"엥? 그럴 리가?"

"과부하인가?"

"이놈아, 과부하가 걸리면 아예 똥을 한 달 정도 못 싸야 정상이지."

"음, 맞아. 열흘 분량을 하루에 먹었으니까 말이야."

독안마의는 한쪽에서 손가락 길이만 한 종이 쪼가리를 가

져와 퍼진 채 쌕쌕대는 독상군의 입에 물렸다. 과거 영호선
에게도 이와 같이 하여 독의 여부를 판별했던 독안마의이
다.

"이건 뭐야?"

당시 영호선은 입에 뭐가 물렸는지 전혀 기억이 없는 상태
였다.

"약성분을 추출해 봐야지."

잠시 후 종이 색깔이 변하자 독안마의가 그럼 그렇지 하는
표정으로 고개를 끄덕였다.

"역시 누군가 손을 썼구나."

그리고 독안마의와 영호선은 동시에 서로를 바라보며 똑
같은 말을 내뱉었다.

"그럼 혹시?"

지난밤 식당에서 독안마의가 헛것을 보았다고 했던 그 정
체불명의 존재가 범인일 가능성이 높았다. 하지만 이내 독안
마의와 영호선은 고개를 푹 숙였다.

"근데 누구냐고……."

바닥에서 쌕쌕대는 독상군의 해쓱한 얼굴을 보고 있자니
영호선은 화가 치밀어 견딜 수가 없었다.

"아후, 대체 어떤 놈이야!"

퍽퍽!

거친 발길질이 독상군의 복부에 꽂혔다.

독상군이 다 죽어가는 소리로 중얼거렸다.

"왜 날 패는 건데……?"

*　　　*　　　*

형산파 장로 청허자는 문득 하늘을 올려다보고는 길게 한숨을 내쉬었다. 서신 한 장만을 남겨두고 바람같이 떠난 제자 영호선의 얼굴이 떠올랐기 때문이다.

'제자야!'

처음엔 찾지 못해도 삼 개월 내에는 돌아올 것이라고 생각했다. 군자검이라 불린 제자가 아니던가. 하루하루 지나고 또 다른 날이 되면서 영호선은 하늘로 솟아버린 듯 그림자조자 찾을 수 없었다.

'지금이라도 돌아와 주면 안 되겠느냐.'

사실 지금이라도 영호선이 돌아온다면 항마원에 입부가 가능했다. 장문인이 요양 중이라는 핑계로 일 년 뒤로 미뤄두었기 때문이다.

'네가 사형제들을 배려해 떠난 것임을 알고 있으니 이젠 돌아오렴.'

지금 어디에서 무엇을 하고 있을지. 언제나 약자를 위하고, 생명을 고귀히 여기며, 부처님의 미소를 달고 살던 제자이다. 다른 사람보다 우선 자신을 희생하길 주저하지 않기도 했다.

의와 협, 정과 예가 골수까지 뿌리내린 제자가 아니던가. 하지만 지금은 어디에도 사랑스런 제자 영호선의 모습은 없었다.

그때 그의 곁으로 바람이 다가오듯 한 사람이 옆에 모습을 드러냈다.

"어찌 그리 근심이 가득하신 게요?"

칭허자가 보니 장문인 조운 진인이었다.

"장문인!"

"군자검은 곧 돌아올 겝니다."

칭허자가 길게 한숨을 내쉬었다.

"하지만 언제까지 항마원에 기다려달라고 말할 수는 없는 일이지 않습니까?"

"아닙니다. 돌아옵니다. 항마원은…… 기다려야지요."

잔잔한 형산의 바람이 두 사람을 스치고 지나갔다.

「잠마검선」 1권 끝

은하의 계곡

무천향

武天鄕

허담 新무협 판타지 소설

뿌리를 찾아가는 목동 파소의 여행.
그 여정의 끝에서
검 든 자들의 고향 대무천향 (大武天鄕)을 만난다.

검객 단보, 그는 노래했다.

…모든 검 든 자들의 고향 무천향.
한초식의 검에 잠든 용이 깨어나고, 또 한초식의 검에 잠든 바다가 일어나네.
검의 흐름을 따라가다 보면 어느새, 세월도 잊어버리고, 사랑도 잊어버리고,
무공도 잊어버려…….
결국에는 자신조차 잊어버리는…….

은하의 가장 밝은 빛이 되어버린다는
그 무성(武星)들의 대지(大地).

아, 대무천향(大武天鄕)이여!

유행이 아닌 자유추구 —
WWW. chungeoram.com
Book Publishing CHUNGEORAM

낭왕 狼王

별도 新무협 판타지 소설

살내음 나는 이야기에 여러분은 가슴 졸인 적이 있는가?
남들이 볼까 두려워하며 책을 가리면서 읽었던 구절을 몇 번이나 반복하며
읽은 적이 없는가?

구무협의 향수를 그리워하던 별도가 결국은
〈무협의 르네상스〉를 부르짖으며 직접 자판 앞에 앉았다.

"제가 무협을 쓰기 시작한 이유는 더 이상 읽을 책이 없었기 때문입니다."

모든 일은 4년 전부터 시작되었다.
살인사건을 배경으로 펼쳐지는 음모와 배신, 사랑과 역공작,
그리고 정사!

우리 시대의 이야기꾼, 별도의 새로운 글, 〈낭왕狼王〉!
〈천하무식 유아독존〉, 〈그림자무사〉, 〈검은여우毒心狐狸〉에
이은 그의 또 하나의 역작!

화공도담

畵工道談

예(禮)와 법(法)을 익힘에 있어
느리디 느린 둔재(鈍才).
법식(法式)에 얽매이기보다 마음을 다하며,
술(術)을 익히는 데는 느리지만
누구보다 빨리 도(道)에 이를 기재(奇才).

큰 지혜는 도리어 어리석게 보이는 법[大智若愚]!

화폭(畵幅)에 천지간(天地間)의 흐름을 담고
일획(一劃)에 그리움을 다하여라!

형식과 필법을 익히는 데는 둔하나
참다운 아름다움을 그릴 수 있게 된
화공(畵工) 진자명(陳自明)의 강호유람기!

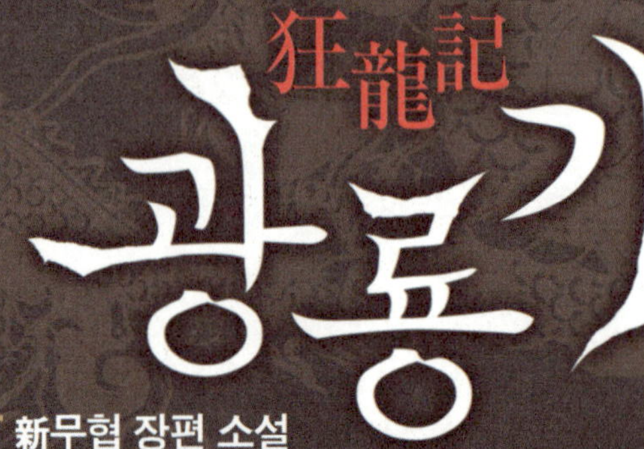

狂龍記

광룡기

장담 新무협 장편 소설

미친 바람이 동해에서 불기 시작했다!
둥지를 떠난 광룡(狂龍)이 강호에 나타났다!

내가 가고 싶은 때로 간다.
내가 하고 싶은 때로 한다.
누구도 내 앞을 막지 마라!

한겨울, 마침내 광룡의 전설이 시작되고,
천하가 광룡과 빙심에 뒤집어졌다!

유행이 아닌 자유추구 -
WWW.chungeoram.com

Book Publishing CHUNGEORAM